grafit

Die dänische Originalausgabe »Når det regner på præsten« erschien
1983 bei Forum Publishers, Kopenhagen

Deutsche Erstausgabe

Chemnitzer Str. 31, D-44139 Dortmund
Internet: http://www.grafit.de
E-Mail: Grafit-Verlag@t-online.de

Umschlagillustration: Peter Bucker
Druck und Bindearbeiten: Elsnerdruck GmbH, Berlin
ISBN 3-89425-501-3
2. 3. 4. 5. / 2002

Kirsten Holst

Du sollst nicht töten!

Kriminalroman

Aus dem Dänischen von
Paul Berf

grafit

Die Autorin

Kirsten Holst wurde 1936 in Lemvig, Dänemark geboren. Seit 1995 ist sie Präsidentin der CWS (›Crime Writers of Scandinavia‹). Sie ist mit dem Poe-Preis ausgezeichnet worden und hat insgesamt vierzehn Kriminalromane geschrieben.

Du sollst nicht töten! ist der erste Kriminalroman der dänischen Queen of Crime, der in deutscher Sprache erscheint.

1.

Er drehte den Körper halb zur Seite und ließ sich rücklings auf den feuchten Waldboden fallen. Sein Atem ging in kurzen, keuchenden Zügen und der säuerlich beißende Geruch, der vom Erdboden aufstieg und sich mit dem durchdringenden, an Heringslake erinnernden Duft von Weißdorn vermischte, schnürte ihm die Kehle zu. Er blieb noch einen Moment liegen, spürte, wie der Puls langsam wieder zu seinem gewohnten Rhythmus zurückfand, und schaute in den blassgrauen, stumpfen Himmel hinauf, der an den lichten Stellen zwischen den Bäumen über ihm schwebte. Er fühlte sich erschöpft und vollkommen leer. Leer, aber triumphierend. Vollendet.

Er sah das Mädchen nicht an, das regungslos an seiner Seite lag, begann stattdessen, sich die Hose wieder hochzuziehen, weiterhin auf dem Rücken liegend. Man sollte ihn nicht mit heruntergelassener Hose erwischen. Er hob den Körper zu einer Brücke, während er sich das Hemd in die Hose stopfte und den Reißverschluss zuzog, stand dann langsam auf und ging ein paar Schritte zu einem Stapel aus Holzscheiten, auf dem er seine Jacke abgelegt hatte. Es wurde jetzt langsam hell. Er konnte alles um sich herum deutlich erkennen, graue und schwarze Konturen, denn die Farben waren noch nicht hinzugekommen, nur die Dolden des Weißdorns ließen sich als weiße Flecken vor dem dunklen Hintergrund erahnen. Im Übrigen hatte er die ganze Zeit schon sehen können, denn er konnte gut im Dunkeln sehen. Wie eine Katze, pflegte er zu sagen.

Sein Puls war jetzt wieder fast normal. Er zog seine Jacke an und tastete sie unwillkürlich ab, ob er auch alles hatte. Die Brieftasche in der Innentasche, Zigaretten und Feuerzeug in der rechten Jackentasche, die Autoschlüssel in der linken.

Leer, aber triumphierend. Er hatte es wieder getan. Es, das schlimmer war als der Tod!

Unsinn. Die hatten doch keine Ahnung, wovon sie redeten. Der Tod war das Schlimmste. Er wusste es und die Mädchen wussten es auch. Sie weinten und flehten ihn an und waren zu allem bereit, versprachen alles, machten alles. Er beherrschte sie, demütigte sie, verängstigte sie. Er hatte die Macht.

Sie waren so erleichtert, wenn sie es überstanden hatten. Es, das schlimmer war als der Tod. Er ließ ihnen Zeit, sich erleichtert zu fühlen und zu glauben, dass es damit getan war.

Und erst dann kam, wovor sie wirklich Angst hatten!

Er ging zu der Kleinen zurück, die noch genauso dalag wie zuvor. Er würdigte sie keines Blickes, bückte sich nur, packte sie bei den Fußgelenken und begann, sie zum Holzstapel hinüberzuzerren. Die welken Blätter raschelten und ein paar Zweige knackten unter ihr. Und dann war da plötzlich ein anderer Laut. Ein Stöhnen? Oder ein Wimmern?

Er ließ ihre Füße fallen und sie fielen schwer und leblos auf den Waldboden; aber da war etwas gewesen. Ein Laut. Sie war nicht tot. Sie war nicht tot. Sie hatte ihn hereingelegt, dieses kleine Luder. Ihn hereingelegt. Sie war nicht tot.

Er stand da, immer noch ein wenig vorgebeugt, und starrte sie an, und während er so dastand und starrte, zog sie langsam ihre Beine ein wenig an, streckte sie und zog sie von neuem wieder an.

Er spürte, wie ihm am ganzen Körper der Schweiß ausbrach und eine erstickende Angst Besitz von ihm ergriff. Er wollte schreien, sich erbrechen, fliehen, zum Auto stürzen und wegfahren. Eine ganze Reihe verschiedener Impulse kämpfte in ihm um die Vorherrschaft und lähmte ihn völlig. In wenigen Sekunden würde sie die Augen aufschlagen und dann würde etwas Schreckliches geschehen. Er wusste nicht was, wusste nur, dass es unvorstellbar grauenhaft sein würde.

Er kannte dieses Gefühl. Es war das gleiche Gefühl wie damals bei der Sache mit der Wespe.

Er hatte im Badezimmer eine Wespe erschlagen. Wie man das so macht. Nur eine ganz gewöhnliche Wespe, die dort he-

rumsummte. Er hatte sie mit der Zeitung erschlagen, die er dabeihatte, sie ins Waschbecken geworfen und hinuntergespült. Aber plötzlich, während er noch dastand und sich die Hände am Handtuch abtrocknete, sah er, wie sie mühselig durch die Löcher des Abflusses wieder hochkroch. Er hatte sie totgeschlagen und nun krabbelte sie wieder zu ihm hoch, größer als je zuvor. Groß und bedrohlich. Damals hatte ihn die gleiche erstickende Angst gepackt. Er hatte den Wasserhahn aufgedreht und das Wasser noch lange, lange laufen lassen, nachdem die Wespe verschwunden war. Dann hatte er den Wasserhahn wieder zugedreht und war stehen geblieben, ohne zu atmen, hatte gewartet, und einen Augenblick später kam die Wespe wieder angekrabbelt, langsam und mühevoll, aber unüberwindlich wie ein Panzer, der sich schlingernd und mit Mühe durch feindliches Territorium bewegt.

Er drehte den Warmwasserhahn auf. Kochend heißes Wasser schoss in das Waschbecken hinab, der Dampf ließ den Spiegel beschlagen und verhüllte so sein leichenblasses Gesicht. Er ließ das Wasser minutenlang laufen, drehte es dann wieder ab und stand unbeweglich da und starrte in das Waschbecken hinab. Jetzt musste sie einfach tot sein.

Diesmal dauerte es länger, aber sie kam. Ihre Beine hatten sich unter ihr eigenartig verkrümmt, sie sah aus, als wäre sie gekocht worden, aber trotz allem kroch sie wieder durch den Abfluss in das Waschbecken hinauf. Ihre tausend Augen sahen nichts, aber sie wusste, dass er da war, und sie kam unerbittlich zu ihm hoch – hoch, hoch, hoch! Und er wusste, wenn sie wirklich hochkam, würde etwas Fürchterliches geschehen.

Er hatte dort gestanden, schwitzend und zitternd, und wäre am liebsten in Panik aus dem Badezimmer geflohen, um anschließend die Tür zuzumauern. Um nie wieder dorthin zurückzukehren.

Aber dann war es ihm endlich gelungen, sich zusammenzureißen. Zum Teufel, es war doch nur eine Wespe, eine ganz gewöhnliche Wespe. Er hatte eine Flasche Shampoo genommen und sie damit zerquetscht, hatte sie zerquetscht, bis man nicht mehr erkennen konnte, dass sie einmal eine Wespe gewesen war. Dann hatte er die Überreste mit etwas zusammengefaltetem Toilettenpapier aufgewischt, das Ganze in die Toilette geworfen und abgezogen. Jetzt war sie auf jeden Fall tot.

Wieder ließ die Kleine einen wimmernden Laut vernehmen. Ihre Beine bewegten sich und ihre Hände krochen raschelnd durch das trockene Laub.

»Nein!«, schrie es in ihm. »Nein! Nein! Nein!«

Er ging langsam rückwärts, die Augen unablässig auf sie gerichtet, bis er an den Holzstapel stieß. Ohne den Blick von ihr abzuwenden tastete er hinter sich und seine Hände fanden einen Holzscheit und ergriffen ihn. Dann ging er mit steifen Schritten zu ihr, ließ sich an ihrer Seite halb auf die Knie fallen und holte weit aus mit dem Arm.

Hinterher zitterte er am ganzen Körper. Ein Schweißtropfen lief ihm ins Auge, so dass es brannte und ihm entfuhr ein trockenes Schluchzen, das fast wie ein Husten klang. Es war so schön gewesen, aber sie hatte alles kaputtgemacht. Dieses Luder. Dieses dreckige, kleine Miststück!

Tot!, dachte Høyer und atmete tief ein. Der Geruch ließ keinen Zweifel zu. Er konnte ihn schon beim ersten Spatenstich riechen. Den Gestank von Tod und Verwesung. Er machte noch ein paar Spatenstiche, wippte dann den kleinen Fliederstrauch vorsichtig mit dem Spaten nach oben, packte ihn bei den Zweigen und hob ihn so hoch, dass der Wurzelballen genau in Höhe seiner Nase war. Er verzog das Gesicht zu einer Grimasse! Igitt, verdammt! Es roch wie moderndes Blumenwasser. Dem würde er kein Leben mehr einflößen können.

Der Garten bot einen traurigen Anblick. Høyer konnte sich nicht erinnern, dass er je zuvor so erbärmlich ausgesehen hatte. Die tiefstgelegene Ecke hatte mehrere Wochen lang unter Wasser gestanden, was den Fliederstrauch offensichtlich das Leben gekostet hatte. Der Strauch daneben sah auch nicht gerade aus, als ginge es ihm sonderlich gut, aber er war schon älter und hatte ein größeres Wurzelwerk, so dass er vielleicht durchkam. Wenn nur der Regen endlich aufhören wollte.

Er stellte den Spaten an seinen Platz im Geräteschuppen und ging mit dem Fliederstrauch in der Hand zur Hintertür. Seine hoch gewachsene, kräftige Gestalt sah in dem regennassen, olivgrünen Regenmantel noch größer aus als sonst. Er hielt den Fliederstrauch an den Zweigen, so dass die Wurzeln bei jedem seiner Schritte vor und zurück schwenkten. Es sah beinahe so aus, als würde er den abgeschlagenen Kopf eines Trolls tragen.

Er ging in die Einmachküche und legte den Strauch ab, nachdem er sich die Gummistiefel ausgezogen, seine Hausschuhe übergestreift und den Regenmantel an die Garderobe gehängt hatte, nahm er den Strauch wieder auf und ging in die Küche, wo er ihn auf dem Tisch ablegte.

»Sieh dir das an!«, sagte er anklagend.

Seine Frau war gerade dabei, das Kaffeetablett zu decken. Sie drehte sich um und sah fragend von dem Strauch zu ihm und wieder zurück.

»Was in aller Welt macht dieses dreckige Ding auf dem sauberen Küchentisch?«, fragte sie.

»Er ist tot!«, sagte Høyer dramatisch. »Mausetot. Außerdem ist das kein Ding, sondern der Zwergflieder, den ich letzten Herbst gepflanzt habe und der so schön ausgeschlagen war. Vor ein paar Wochen noch hatte er große, feine Knospen und jetzt sieh ihn dir an!« Er hob den Strauch hoch, ließ die Finger über einen Zweig gleiten und sah zu, wie die trockenen, verschrumpelten Knospen auf den Fußboden plumpsten.

Seine Frau betrachtete die braunen Schuppen, die nun über den ganzen Küchenboden verstreut lagen. »Was ist denn mit ihm passiert?«, fragte sie.

»Ertrunken«, antwortete er. »Riech doch nur mal. Er riecht verfault. Die Erde ist faul, total verfault. Sie hat ja auch ewig lange unter Wasser gestanden. Dieses elende Mistwetter! Es ist zum Verrücktwerden. Regen, Regen, Regen!«

»Es muss aber auch bald mal aufhören«, sagte seine Frau. »Das kann doch nicht immer so weitergehen.«

»Ha!«, platzte Høyer heraus. »Das haben wir vor einer Woche auch schon gesagt und vor zwei Wochen und vor drei Wochen. Aber das kann es offenkundig doch. Jetzt verspricht uns dieser Wetterprophet auch noch, dass der Sommer genauso schlecht wird. Es kommt noch so weit, dass uns Kiemen und Schwimmhäute wachsen.«

»Die haben sich schon oft genug geirrt«, meinte seine Frau tröstend. »Warum schmeißt du den da nicht in den Mülleimer, dann können wir Kaffee trinken.«

»Ich kann es nicht ertragen, wenn etwas stirbt«, sagte er. »Etwas, für das ich die Verantwortung trage. Ich fühle mich irgendwie schuldig. Oder wie ein Versager.«

»Es ist doch wohl nicht deine Schuld, dass es regnet«, rief seine Frau zu ihm hinaus.

Høyer kam mit Handfeger und Kehrschaufel wieder zurück.

»Nein, beim besten Willen nicht«, sagte er. »Aber wenn wir nun eine Dränage gelegt hätten. Andererseits hat der Garten auch noch nie so ausgesehen und wir wohnen hier immerhin schon einige Jahre ... Aber ich hätte ihn ausgraben und umpflanzen können. Ihn vielleicht im Treibhaus einpflanzen können. Verstehst du, ich *habe* doch gesehen, dass er anfing, die Blätter ein wenig hängen zu lassen, ich hatte nur keine rechte Lust, was dagegen zu unternehmen, und du weißt, wie das mit Unterlassungssünden ist.« Er seufzte. »Das liegt auch an diesem verdammten Regenwetter«, ergänzte er ein wenig ungerecht.

»Hast du ihn weggeschmissen?«, fragte seine Frau.

Er schüttelte den Kopf. »Nein, ich habe es nicht übers Herz gebracht. Ich denke, ich werde doch erst noch versuchen, ihn umzupflanzen. Vielleicht kommt er ja noch einmal, wenn er neue Erde bekommt, dann …«

»Du hättest ihn genauso gut gleich wegschmeißen können«, sagte seine Frau. »Er wird dir nur Kummer bereiten. Ich glaube nicht, dass er noch einmal kommt.«

»Ich gebe ihm noch eine Chance«, erwiderte Høyer. »Es ist einen Versuch wert.«

Sie nahm das Kaffeetablett. »Das Leben ist das schlechteste nicht«, summte sie. »Denn jetzt steht der Kaffee auf dem Tisch.«

»Ha!«, sagte Høyer.

In Wirklichkeit ärgerte es ihn ein wenig, dass ihr das Wetter anscheinend nicht das Geringste ausmachte, auch wenn er wusste, dass es viel schlimmer gewesen wäre, wenn auch sie begonnen hätte, sich von ihm beeinflussen zu lassen.

Gewöhnlich machte ihm etwas Regenwetter nichts aus, aber an einem solchen langen Sonntag, an dem er außerdem noch Bereitschaft hatte und an das Haus gebunden war, fühlte er sich eingesperrt durch den Regen. Eingesperrt und isoliert. Es war, als säße man auf einer verlassenen Insel.

Aber der eigentliche Grund für seine schlechte Laune war weder das Wetter noch der Sonntag noch seine Bereitschaft. Høyer sollte Großvater werden und seine Tochter war bereits vier Tage über den errechneten Termin. Alle reagierten darauf, als sei das vollkommen normal, aber mit jedem Tag, der verging, war Høyer mehr davon überzeugt, dass da irgendetwas nicht stimmte.

»Sie hat doch nicht angerufen?«, fragte er seine Frau, während er sich einen Kaffee eingoss. Er versuchte, es wie eine beiläufige Frage klingen zu lassen, aber ihrem

Lächeln konnte er entnehmen, dass sie ihn durchschaut hatte.

»Nein«, sagte sie. »Du warst aber auch nicht länger als eine Viertelstunde im Garten. Und wenn sie angerufen hätte, hätte ich dir das schon gesagt. Hier, nimm ein Stück von dem Kranz.«

»Und zu dick wird man auch noch bei diesem Wetter«, meckerte Høyer, während er ein Stück von dem Hefekranz abbiss. »Man kann im Grunde nichts anderes tun als zu essen und zu schlafen – und das Fernsehprogramm ist auch eine Katastrophe.«

Seine Frau lachte auf.

»Ja, du hast es schwer, nicht wahr? Jetzt fehlt nur noch die Regierung. Übrigens kann ich beim besten Willen nicht begreifen, was das Fernsehen mit dem Wetter zu tun hat.«

»Überhaupt nichts, aber man sitzt dann eben da und glotzt. Wenn ich in Rente gehe, ziehen wir in den Süden. Raus aus diesem Mistklima.«

»Bis dahin sind es aber noch viele Jahre«, meinte sie.

»Ich könnte mich vorzeitig pensionieren lassen. In den Vorvorruhestand gehen, und dann ziehen wir um. Was meinst du?«

»Warum nicht«, antwortete sie, so als hätte er vorgeschlagen, dass sie ins Kino gehen sollten.

Er sah sie verblüfft an. »Könntest du dir das wirklich vorstellen?«, fragte er ungläubig. »In den Süden zu ziehen?«

»Ehrlich gesagt habe ich noch nie einen Gedanken daran verschwendet«, sagte sie mit einem etwas schiefen Lächeln. »Das brauche ich auch gar nicht, denn ich weiß, dass du es dir jedenfalls nicht vorstellen können wirst, wenn es einmal so weit ist.«

»Na, na«, wandte er ein.

»Niemals«, sagte seine Frau entschieden. »Dir geht es mit diesem lächerlichen, kleinen Land ungefähr so, wie es mir mit dir geht. Ich kann mich über dich ärgern und ab und zu kann ich mir auch schon einmal wünschen, du wärst anders, aber ich könnte mir keinen anderen vorstellen als dich.«

Høyer lachte. »Das freut mich aber. Ich werde dich bei Gelegenheit daran erinnern. Und du hast sicher Recht, ich würde es bestimmt als eine Strafe empfinden, woanders zu leben als hier – Klima hin, Klima her.«

Sie stand auf. »Was hältst du davon, wenn wir uns mit einem Kognak trösten?«

»Aber nur ein Schlückchen«, sagte er. »Ich kann mich ja noch nicht einmal dem Suff hingeben, ich hab doch Dienst.«

Høyer sah ihr nach, als sie die Kognakflasche holen ging. *Er* konnte sich auch keine andere vorstellen, nicht wirklich, und hatte sie sich wohl auch noch nie anders gewünscht, stellte er plötzlich mit einem gewissen Erstaunen fest. Warum eigentlich nicht?, fragte er sich selbst. Ja, erstens, weil sie seine Frau war, und zweitens, weil ... Er dachte ein wenig nach. Genau, weil sie ihm *gefiel*. Er lauschte ein wenig dem Wort nach. Wie war er bloß darauf gekommen? Gefiel. Das klang ein wenig albern, aber besser konnte er es nicht ausdrücken.

Sie kehrte mit der Kognakflasche und zwei Gläsern zum Tisch zurück. Ihre Gestalt gefiel ihm auch. Eine große, üppige Frauengestalt. Eine von denen, die ohne einen Faden am Leib am schönsten waren. Selbst ihre Beine, die ihr heimlicher Kummer waren, gefielen ihm. Sie selbst fand, dass sie zu dicke Knöchel hatte, aber Høyer machte sich nichts aus Porzellanbeinen, er zog ihre soliden, standfesten Beine vor. Sie passten zu ihr.

»Was guckst du mich so an?«, fragte sie, als sie sich hinsetzte.

»Ich war nur in Gedanken«, antwortete Høyer und hatte selbst fast vergessen, woran er gedacht hatte. Die

Gedanken trieben an einem solchen Regentag nur dumpf durch seinen Kopf.

»Jedenfalls ist es ein ruhiger Dienst gewesen«, sagte sie, als sie ihnen einschenkte.

»Wir wollen die Daumen drücken«, meinte Høyer. »Sonst klingelt das Telefon, noch ehe wir dazu gekommen sind, diesen kostbaren Tropfen zu kosten.«

Sie lachte und sie prosteten sich schnell zu. Aber die Daumen drückten sie dann doch nicht.

Sie hatte Recht. Es war ein friedliches Wochenende gewesen. Fast schon zu friedlich. In der letzten Zeit war es überhaupt ziemlich ruhig gewesen, so als habe der Regen allem einen Dämpfer verpasst. Høyer hatte im Gefühl, dass das sehnsüchtig erwartete Sommerwetter, wenn es denn endlich kam, alles zum Explodieren bringen würde in einer Flut von Delikten. Insbesondere Gewaltdelikten. Überfällen und Vergewaltigungen. Wenn nicht noch Schlimmeres passierte.

Er schüttelte sich kurz und nahm noch einen Schluck Kognak.

»Was ist mit dem Mädchen?«, fragte seine Frau. »Diesem Fall Tina. Habt ihr den ganz ad acta gelegt?«

Høyer war inzwischen so sehr daran gewöhnt, dass seine Frau seine Gedanken lesen konnte, dass er es kaum noch registrierte.

Er zuckte mit den Schultern. »Ad acta gelegt ist wohl ein wenig zu viel gesagt«, meinte er. »Aber wir werden nicht weiterkommen, wenn nicht etwas Neues auftaucht. Diese Art von Fällen, bei denen der Täter und sein Opfer vorher offensichtlich nichts miteinander zu tun hatten, ist praktisch hoffnungslos, es sei denn, man bekommt den einen oder anderen Tipp von jemandem.«

»Es ist einfach so furchtbar«, sagte sie.

Er nickte. Ja, sicher war es furchtbar. Es war sogar noch furchtbarer, als seine Frau ahnte.

Der Fall Tina lag nun schon fast vier Monate zurück. Ein junges, siebzehn Jahre altes Mädchen war auf dem Heimweg von einem Schulfest überfallen worden. Vom Fahrrad gezerrt, vergewaltigt und erwürgt worden. Das Einzige, was man mit Sicherheit wusste, war, dass der Täter in einem Auto gekommen war und dass er das Mädchen auf keinen Fall vorher gekannt hatte. Man hatte im Rahmen der Ermittlungen nach einem blauen Opel Ascona gefahndet. Niemand hatte sich gemeldet, und ob es wirklich das Auto war, das der Mann gefahren hatte, war nach wie vor unklar. Alles war nach wie vor unklar.

Aber am fürchterlichsten war die Tatsache, die sie bislang vor der Öffentlichkeit verbergen konnten, dass ein genaues Studium einer Reihe von Berichten aus verschiedenen Polizeidistrikten darauf hindeutete, dass derselbe Mann bereits zwei Mal zuvor ähnliche Verbrechen begangen hatte. Letztes Jahr war eine junge Frau nach einem Jahrmarktsbesuch verschwunden und erst vierzehn Tage später hatte man ihre Leiche in einer stillgelegten Kiesgrube gefunden und vorigen Sommer war ein fünfzehnjähriges Schulmädchen auf dem Heimweg vom Jugendzentrum überfallen und ermordet worden. Die äußeren Tatumstände waren fast identisch gewesen, die Vorgehensweise gleich, und was den Polizisten ganz besonders alptraumhafte Tagträume bescherte, war der Umstand, dass die Analysen des rechtsmedizinischen Instituts mit neunzigprozentiger Sicherheit darauf hindeuteten, dass die verschiedenen Proben ein und derselben Person zuzuschreiben waren. Zumindest in diesen beiden Fällen.

Ein wahnsinniger Mann. Ein Geisteskranker. Einer, der von Zeit zu Zeit den inneren Druck entweichen lassen musste, und zwar in immer kürzer werdenden Zeitabständen. Wer konnte schon wissen, wann er das nächste

Mal zuschlagen würde. Vielleicht würden Jahre vergehen, vielleicht auch nur Monate. Und dann konnte es ebenso gut hier wie überall sonst im Land sein.

Dies gehörte zu den Dingen, die sie sehr verwirrt hatten. Dass die Morde an weit voneinander entfernten Orten im Land geschehen waren, es aber gleichzeitig den Anschein hatte, als wäre der Täter ortskundig. Aber davon sollte man sich vielleicht nicht in die Irre führen lassen. Es konnte purer Zufall sein, dass es so lange gedauert hatte, bis man die beiden ersten Opfer fand. Allem Anschein nach hatte er sich letztlich doch keine größere Mühe gegeben, sie zu verstecken, und hatte sie nur ein wenig von der Straße entfernt abgelegt. Wer bewegt sich schon abseits der normalen Wege durch den Wald und wer kommt schon in eine stillgelegte Kiesgrube?

Aber da war noch etwas, das ebenso eigenartig erschien. Zwei der Mädchen sollten ausgesprochen wenig befahrene Straßen genommen haben. Hieß das etwa, dass er Abend für Abend geduldig gewartet hatte, oder war er ihnen in seinem Auto gefolgt, bis sie zu einer ausreichend abgelegenen Stelle gekommen waren, oder besaß er ein gewisses Vorwissen über seine Opfer?

Auch in dem einen der beiden anderen Fälle hatte man nach einem Auto gefahndet. Nach einem beige- oder bordeauxfarbenen Kombi unbekannter Marke. Die junge Frau, die auf dem Jahrmarkt gewesen war, hatte sich mit ihrem Verlobten gestritten und war bereits vor Mitternacht von dort aus zu Fuß nach Hause gegangen. Zeugen gaben an, sie etwa einen Kilometer entfernt mit dem Fahrer eines beige- oder bordeauxfarbenen Kombis sprechen gesehen zu haben, aber niemand hatte sie in das Auto einsteigen sehen und der Fahrer des Wagens hatte sich nicht gemeldet.

Zwei Autos. Ein hellblauer Opel Ascona und ein beige- oder bordeauxfarbener Kombi. Das waren im Großen und Ganzen die Spuren, denen sie folgen konnten. Und das war zu wenig.

Wie so oft hatte Høyer das Gefühl, dass *irgendjemand* Bescheid wusste oder einen Verdacht hatte. Eine Frau, eine Mutter, ein Vater, ein Freund. Was würde man selbst in einer solchen Situation tun? Den Verdacht als absurd vom Tisch fegen oder ihn wie einen Stachel im Fleisch mit sich herumtragen?

»Noch etwas Kaffee?«, fragte seine Frau und unterbrach seinen Gedankengang.

»Gern«, sagte er.

Sie goss ihnen beiden noch etwas Kaffee ein, hob dann ihr Kognakglas.

»Prost«, sagte sie. »Lass uns darauf trinken, dass der Regen bald aufhört.«

»Damit der Rest des Gartens überlebt«, sagte Høyer. »Ja, das ist wirklich ein frommer Wunsch, prost!«

Er leerte sein Glas und setzte es mit einem zufriedenen Seufzer ab. Ja, ja, wenn man keine anderen Sorgen hätte als ein bisschen Regen, dann ...

Das Telefon klingelte und Høyer stand mit einem Ruck auf. Vielleicht war es seine Tocher Lisbeth oder ihr Mann Erik, der ihnen mitteilen wollte, dass die Sache nun endlich in Gang gekommen war. Er griff schnell nach dem Hörer.

Es war der Dienst habende Polizist.

Høyers Gesichtsausdruck veränderte sich, während er lauschte.

Ab und an konnte er von dem fast schon abergläubischen Gefühl erfasst werden, dass man unangenehme Dinge heraufbeschwören konnte, indem man bloß an sie dachte. Das war natürlich ein absurder Gedanke, denn in dem Augenblick, als Høyer an die ermordeten Mädchen gedacht hatte, war das letzte Opfer bereits mehr als zwölf Stunden tot, aber als er die Stimme des wachhabenden

Polizisten hörte, wusste er augenblicklich, was er jetzt sagen würde. Vielleicht war es eine Form von Gedankenübertragung, Intuition oder etwas in der Art.

Er lauschte eine Zeit lang schweigend, warf ab und zu eine kurze Frage ein, während er sich auf dem Block vor sich Notizen machte, und legte dann den Hörer wieder auf.

Einen Augenblick lang blieb er vollkommen regungslos am Schreibtisch sitzen.

Dann begegnete er dem Blick seiner Frau.

»Wieder eine?«, sagte sie fragend.

Høyer nickte.

»Ja, wieder eine«, sagte er langsam und seufzte schwer. »Wieder eine.«

Die beiden Meldungen waren ungefähr gleichzeitig eingegangen. Ein besorgtes Elternpaar vermisste seine sechzehnjährige Tochter, die nicht nach Hause gekommen war, nachdem sie am Abend zuvor auf einem Fest bei einer Freundin gewesen war. Als sie um die Mittagszeit noch nicht wieder aufgetaucht war und sich auch nicht in der Bäckerei gezeigt hatte, in der sie ein Praktikum absolvierte, hatten ihre Eltern angefangen, sich ernsthaft Sorgen zu machen und Nachforschungen angestellt. Ihrer Freundin zufolge war sie als eine der Ersten kurz vor zwei aufgebrochen, weil sie am nächsten Morgen früh aufstehen musste, und niemand hatte sie seither gesehen.

Die zweite Meldung kam ein paar Minuten später. Drei kleine Indianer, ein Mädchen und zwei Jungen, hatten eine teilweise entkleidete Frauenleiche in einem kleinen Waldstück gefunden, das nur wenige Kilometer vom Zuhause des vermissten Mädchens entfernt lag.

Høyer fuhr vor Therkelsens Haus rechts ran und hupte kurz. Die Einfahrt war durch Fahrräder, Mopeds und sogar ein Motorrad blockiert. Høyer schüttelte ungläubig den Kopf. Waren sie denn wirklich schon so alt? Er hatte anhand dieser Einfahrt die Entwicklung in der Therkelsen'schen Menagerie von Kinder- und Sportwagen über Dreiräder und Roller bis zu ihren ersten richtigen Fahrrädern und jetzt also Mopeds und Motorrädern verfolgt. Als Nächstes kämen dann wohl Autos, aber bis es so weit war, würde die Einfahrt sicher leer sein, der Garten ein wenig gepflegter aussehen und alles ein wenig langweiliger sein. Aber das begriff man erst, wenn es zu spät war. Die Zeit verging so schnell, ohne dass man im Grunde etwas davon merkte, das war nun einmal so.

Therkelsens lange, hagere Gestalt tauchte im Türrahmen auf. Er bahnte sich einen Weg zwischen den Fahrzeugen hindurch und lief gebückt, um sich vor dem Regen zu schützen, zum Auto.

»Was für ein Scheißwetter!«, knurrte er, als er sich neben Høyer ins Auto setzte.

Høyer nickte. Er hatte keine Lust, noch einmal über das Wetter zu sprechen. Das hatte er hinter sich gebracht – für heute zumindest.

»Und dabei habe ich noch nicht einmal Dienst«, fuhr Therkelsen fort, der angesichts des mangelnden Mitgefühls ein wenig brüskiert war.

Høyer lachte. »Das hast du mir schon einmal gesagt. In aller Deutlichkeit.«

»Aber es hat dich offensichtlich nicht davon abgehalten, mich vom Frieden des heimischen Herds fortzureißen«, bemerkte Therkelsen.

»Na ja, Frieden«, erwiderte Høyer mit einem Blick in den Rückspiegel auf die überfüllte Einfahrt. »Wie bekommst du eigentlich deinen Wagen raus?«

»Zurzeit ist das kein Problem. Er ist in der Werkstatt. Eigentlich müsste ich ihn gegen einen neuen tauschen. Wie zum Teufel konnten wir es uns früher eigentlich leisten, ein Auto zu kaufen? Ich finde, daran braucht man heute gar keinen Gedanken mehr zu verschwenden. Aber *wenn* ich mit ihm fahre, lasse ich es vor dem Haus stehen, die Garage ist sowieso voller Gerümpel und außerdem klemmt das Garagentor. Es lässt sich weder öffnen noch schließen. Es müsste repariert werden. Irgendwas ist immer. Im Moment sind die Kinder dabei, einen der Kellerräume in eine Videothek zu verwandeln und da hätte ich zu gerne ein Auge drauf gehabt. Ich traue ihnen nicht ganz an einem solchen langen Sonntagnachmittag.«

»Ist deine Frau nicht zu Hause?«, fragte Høyer.

Therkelsen zuckte mit den Schultern. »Sie ist zu Hause, aber nicht anwesend. Sie hat das Kunststück gelernt, die Augen und Ohren vor allem zu verschließen, was die Kinder anstellen. Sie liest oder sieht fern oder was weiß ich und sie könnten vor ihren Füßen das ganze Hause auf den Kopf stellen, ohne dass es zu ihr vordringen würde.«

»Eine großartige Eigenschaft«, meinte Høyer.

»Ja, für sie«, sagte Therkelsen düster. »Sie war übrigens für diesen Videoraum. Sie behauptet, dass es so ruhiger wird. Mag sein. Aber ich finde den Gedanken nun mal beunruhigend, dass sie in Zukunft täglich mehrere Stunden in einem Kellerraum sitzen und Horrorfilme glotzen.«

»Sie sehen sich doch bestimmt auch anderes an«, sagte Høyer.

»Na klar, sicher, sie haben sich schon die ersten beiden Filme ausgeliehen«, schnaubte Therkelsen. »Weißt du, wie sie heißen? *Der Abgrund des Todes* und *Terminator*. Gott bewahre! Und die sollen dann später einmal für unsere Rente sorgen, Høyer.«

»Du sagst doch immer, dass sie uns erschießen, wenn wir siebzig werden«, erinnerte ihn Høyer.

»Das werden sie auch tun«, meinte Therkelsen. »Was sollen sie denn sonst mit uns anfangen. Sie können unmöglich alle alten Knacker versorgen, die es dann geben wird.«

»Sie könnten sich vielleicht damit begnügen, uns die Möglichkeiten zu geben, die wir ihnen heute bieten«, sagte Høyer mit einem säuerlichen Lächeln. »Dann sterben wir hungers und sie können ihre Hände in Unschuld waschen.«

»Ja, da ist schon was dran«, erwiderte Therkelsen. »Nun gut, wir können jedenfalls nicht immer weiter um den heißen Brei herumreden, nicht wahr? Was denkst du? Ist wieder der Gleiche am Werk gewesen?«

Eigentlich war das keine Frage. Er wusste sehr wohl, dass Høyer dazu noch nicht das Geringste sagen konnte.

»Das ist durchaus möglich«, antwortete Høyer. »Deshalb war ich auch der Meinung, dass du von Anfang an dabei sein solltest.«

»Wie du das sagst, klingt es fast, als würdest du mir damit einen Gefallen tun«, meinte Therkelsen. »Aber danke sagen möchte ich trotzdem nicht gerade.«

»Ich hoffe nicht, dass es wieder derselbe war«, sagte Høyer. »Drei waren schon zu viel.«

»Tja«, sagte Therkelsen. »Ich weiß nicht recht. Fändest du es denn besser, wenn hier *zwei* Verrückte frei herumliefen?«

Høyer blieb eine Zeit lang stumm. Sie näherten sich jetzt dem Waldstück. Die asphaltierte Straße endete etwa zehn Meter vor dem Waldrand und wurde von einem aufgeweichten Feldweg abgelöst. Am Straßenrand, noch ein gutes Stück vom Wald entfernt, standen bereits mehrere Autos. Ganz vorne konnte er einen ihrer Streifenwagen erkennen. Eine Polizistin trat mit erhobenem Arm auf die Straße und signalisierte ihnen, dass sie anhalten sollten. Høyer erkannte sie sofort, es war Winther. Eine der jungen weiblichen Polizeibeamten.

»Es muss aber auch nicht unbedingt ein Verrückter

gewesen sein«, sagte Høyer, während er den Wagen hinter das letzte Auto setzte und den Motor ausschaltete. »Wir wissen doch noch gar nichts. Es könnte auch ein eifersüchtiger Freund gewesen sein oder irgendein Kerl, dem sie einen Korb gegeben hat. Jemand, den sie schon gekannt hat. Alles ist möglich.«

»Nur Verrückte machen so etwas«, behauptete Therkelsen.

Und als Høyer das Mädchen sah, war er geneigt, ihm Recht zu geben.

Das hier konnte nur ein Verrückter getan haben.

2.

Winther und ihr Kollege aus dem Streifenwagen, die als Erste vor Ort angekommen waren, hatten schon einen Teil der Arbeit erledigt. Das Gebiet war weiträumig abgesperrt worden, niemand hatte auf den Feldweg fahren dürfen und der eigentliche Fundort der Leiche war nochmals abgesperrt und markiert worden. Das Ganze sieht aus wie im Lehrbuch, dachte Høyer, typisch Winther. Er war etwas skeptisch gewesen, als die ersten Frauen bei ihnen anfingen, aber er musste zugeben, dass Winther tüchtig war. Tüchtig und effektiv. Nichts wurde dem Zufall überlassen. Doch es blieb abzuwarten, ob sie genauso effektiv sein konnte, wenn sie sich einmal nicht an das Lehrbuch halten konnte. Manchmal kam sie ihm wie die brave Streberin der Klasse vor.

Er war sich durchaus bewusst, dass er ungerecht war, und sprach das auch nicht laut aus. Er war überzeugt, dass ihm sonst vorgeworfen werden würde, er sei ein alter Chauvinist. Und das wahrscheinlich nicht ganz zu Unrecht, wie er einräumen musste. Es hatte weiß Gott eine ganze Reihe junger männlicher Polizeibeamter gegeben, bei denen er dankbar gewesen wäre, wenn sie einfach nur dem Lehrbuch gefolgt wären. Von Geistesgegenwart wollte er erst gar nicht anfangen.

Sie kam zu ihnen, als sie aus dem Auto gestiegen waren, und zeigte ihnen, wohin sie gehen sollten.

»Was ist das da?«, fragte Høyer und zeigte auf eine Markierung am Straßenrand, ungefähr an der Stelle, wo die asphaltierte Straße endete.

Winther errötete ein wenig, so als hätte sie das Gefühl, etwas übereifrig gehandelt zu haben. »Es gab da ein paar Reifenspuren«, sagte sie. »Als hätte hier ein Auto auf der Straße gewendet und wäre dabei mit den Hinterrädern auf den Acker geraten. Sie können es sich anschauen.« Sie blieb stehen und zeigte. »Sie sahen ziemlich frisch aus, deshalb dachte ich, dass ...«

»Ja, sicher«, sagte Høyer. »Ausgezeichnet.«

Er war drauf und dran, ›mein Mädchen‹ hinzuzufügen, konnte sich aber noch bremsen. Das hätte Polizeibeamtin Winther sicher nicht gefallen.

Er blieb einen Moment stehen und versuchte, sich ein Bild von der Umgebung zu machen. Offensichtlich war der Feldweg eine Sackgasse, die an einem kleinen Bauernhof zwei-, dreihundert Meter vom Wald entfernt endete, und diesseits des Waldstücks lagen nur ein einzelner Hof und ein kleineres Haus. Ein abgelegener Ort, dachte er. Kein Ort, an dem man zufällig vorbeikam. Eine gottverlassene Landstraße, die nirgendwohin führte.

Therkelsen und er folgten dem Feldweg etwa fünfzig Meter weit, bis sie eine Lichtung am Waldrand erreichten, von der ein aufgeweichter Weg, eher ein Paar Reifenspuren, in den Wald führte.

Die Leute vom Erkennungsdienst waren bereits vollauf damit beschäftigt, das Areal zu durchkämmen. Hinter einem Holzstapel konnte Høyer eine kleine Gruppe von Männern erkennen und nur wenig entfernt von ihnen fiel sein Blick auf einige Kleidungsstücke, die auf dem Waldboden verstreut lagen.

Sie gingen zu dem Holzstapel und gesellten sich zu den anderen.

»Großer Gott!«, entfuhr es Høyer unwillkürlich, als er das Mädchen erblickte. Der Anblick traf ihn vollkommen unvorbereitet. Er war ganz selbstverständlich davon ausgegangen, dass sie erdrosselt worden war wie die anderen, aber das hier …!

Er holte schnell ein paar Mal Luft, um seiner Übelkeit Herr zu werden. Therkelsen war einige Schritte zurückgetreten und studierte den grauen Himmel, während er sich mit knirschenden Zähnen sammelte.

Høyer entschuldigte sich in Gedanken bei Winther. Ein Anblick wie dieser hätte selbst ältere und abgebrühtere Polizeibeamte aus dem Konzept bringen können. Es steckte offensichtlich mehr Mumm in dem Mädchen, als er gedacht hatte.

Ein seltsamer Laut brachte Høyer dazu, sich umzudrehen und einen forschenden Blick um sich zu werfen.

»Wer ist das?«, fragte er erstaunt Larsen, der gerade zu ihm kam, und nickte in die Richtung von zwei Männern, die etwas weiter weg auf einem umgestürzten Baumstamm hockten. Der eine Mann hielt den Kopf in den Händen verborgen. Es war sein trockenes, stoßweises Weinen, das Høyer gehört hatte, und für einen kurzen, erleichterten Augenblick glaubte er, den Täter vor Augen zu haben.

»Ihr Vater«, sagte Larsen und blickte hinüber.

»Ihr Vater?«, rief Høyer und spürte, wie er wütend wurde. »Welcher Idiot hatte denn die geniale Idee, den …?«

»Niemand«, beeilte sich Larsen einzuwerfen. »Es war schlicht und ergreifend Pech. Er war gerade auf dem Hof auf der anderen Seite des Waldstücks, als die Kinder nach Hause kamen und erzählten, dass sie draußen im Wald ein Mädchen gefunden hätten, das ›ganz krank‹ sei. Er war unterwegs, um nach seiner Tochter zu suchen, und dann fuhr er mit seinem Nachbarn natürlich hierher.«

»Großer Gott!«, sagte Høyer erneut. Ja, es war in der Tat *Pech*, dass sich ihr Vater ausgerechnet zu diesem Zeitpunkt dort aufhielt, dann hierher kam und sie sah. »Aber warum hat man ihn denn nicht längst nach Hause gebracht?«, fragte er.

»Er will nicht«, antwortete Larsen missvergnügt. »Er … er sagt, dass er sie nicht allein lassen will.«

Allein! Gott im Himmel! Sie war nicht allein. Sie war nie weniger allein gewesen. Es wimmelte von Menschen um sie herum, die ihren toten Körper zeichneten, fotografierten, studierten und untersuchten und nichts davon konnte noch zu ihr vordringen. Aber früher, noch vor einem halben Tag, hatte sie sich sicher wie der einsamste Mensch auf Erden gefühlt. Und doch konnte Høyer den Gedankengang des Vaters gut nachvollziehen.

»Und wer ist der andere?«, fragte Høyer. »Ist das der Nachbar?«

Larsen schaute wieder hinüber. »Ja, das ist der Mann von dem Bauernhof. Direkte Nachbarn sind sie ja nicht. Er versucht, ihn dazu zu überreden, nach Hause zu gehen.«

»Er *muss* nach Hause«, sagte Høyer. »Wir können ihn doch hier nicht herumsitzen lassen. Und was ist mit seiner Frau, verdammt nochmal? Weiß sie etwa noch gar nicht Bescheid?«

»Doch, der Bauer hat seine Frau rübergeschickt, als er zu Hause war, um anzurufen. Da wollte der Mann auch nicht mitkommen. Aber der Arzt hat ihm in der Zwischenzeit eine Beruhigungsspritze gegeben, so dass er jetzt vielleicht …« Larsen sah sehr unglücklich aus.

»Weißt du, Høyer, das Beschissene ist einfach, dass er es war, der von dem Mädchen verlangt hat, spätestens um zwei zu Hause zu sein, weil sie doch am nächsten Morgen zur Arbeit musste, und jetzt denkt er natürlich, das Ganze wäre seine Schuld.«

Høyer seufzte schwer. Ja, das konnte er sich vorstellen. Selbstvorwürfe und das unausweichliche ›Wenn ich doch nur‹. Vielleicht war er am Morgen zunächst sogar noch wütend gewesen, als sie nicht nach Hause gekommen war. Dann war seine Wut zu Unruhe, Sorge, Angst geworden, zu einer Angst, die in 99,9 Prozent aller Fälle völlig unbegründet gewesen wäre.

Der Mann hatte aufgehört zu schluchzen, saß nun da und drehte ein Taschentuch in seinen großen Händen.

»Wie hieß er noch?«, fragte Høyer.

»Bjerg«, sagte Larsen. »Poul Bjerg.«

Høyer ging zu dem umgestürzten Baumstamm, neigte sich ein wenig vor und legte eine Hand auf die Schulter des Mannes.

»Sie müssen jetzt nach Hause gehen, Herr Bjerg«, sagte er.

Der Mann schüttelte den Kopf.

»Sind Sie mit Ihrem Auto hierher gefahren?«, fragte Høyer den Mann, der daneben saß.

Er schüttelte den Kopf. Er war sehr blass. »Nein, mit seinem. Es stand ja draußen. Aber ich kann bestimmt damit fahren.«

»Dann sollten Sie ihn jetzt besser nach Hause fahren«, meinte Høyer.

Der Mann nickte.

»Kommen Sie«, sagte Høyer zu Bjerg und rüttelte sanft an seiner Schulter. »Sie fahren jetzt nach Hause.«

Bjerg stand langsam auf. Er sah Høyer aus blutunterlaufenen Augen an. »Es war meine Schuld«, sagte er leise. »Ich war es, der ihr gesagt hat, sie solle …«

Høyer klopfte ihm auf die Schulter.

»Darüber lässt sich noch gar nichts sagen«, unterbrach er ihn. »Wir wissen doch gar nicht, was wirklich geschehen ist. Vielleicht wartete er einfach nur darauf, dass die eine oder andere auftauchen würde, und dann hätte er auch noch eine Stunde länger gewartet. Sie war die Einzige, die hier in der Gegend wohnte?«

Der Mann nickte. Seltsamerweise sah er ein wenig getröstet aus, auch wenn Høyer fand, dass es nur ein schwacher Trost war, den er ihm hatte spenden können.

Der Nachbar nahm ihn am Arm und sie setzten sich in Bewegung.

Høyer stoppte sie und zog den anderen Mann ein wenig auf die Seite.

»Sorgen Sie dafür, dass er seiner Frau nicht erzählt ... Sie wissen schon ...« Høyer wies mit dem Kopf in die Richtung des toten Mädchens. »Es gibt keinen Grund, warum sie erfahren sollte, wie es geschehen ist.«

Der Mann nickte.

Aber Høyer wusste insgeheim, dass es sich nicht verheimlichen lassen würde. Nicht auf Dauer. Früher oder später würde sie es erfahren. Mit allen Details. Eines Tages würde ihr eine alte Zeitung in die Hände fallen, vielleicht nicht jetzt, sondern erst in ein oder zwei Jahren, vielleicht genau dann, wenn die Wunde gerade anfing zu heilen. Oder eine Zeitung würde die Geschichte in einem anderen Zusammenhang wieder aufgreifen und dabei jede einzelne widerwärtige Einzelheit nennen.

Høyer würde nie lernen, damit zu leben. Er wusste, dass sie die Presse auch brauchten oder sogar ganz besonders brauchten in Fällen wie diesem hier, aber es musste auch anders gehen, bei ein paar Zeitungen ging es tatsächlich auch anders, aber es gab nur wenige anständige. Es war eben die Pornografie des Todes, die sich auszahlte.

Er ging wieder zu dem Holzstapel hinüber. Der Arzt und der Fotograf arbeiteten immer noch. Der Arzt kniete auf einem Bein an der Seite des Mädchens, seine Hosenbeine waren durchnässt und die Schuhe waren als solche kaum mehr zu erkennen.

»Lars Damgård, Notarzt«, sagte er, als Høyer sich ihm vorgestellt hatte. »Ich war gerade in der Nähe, aber ich hätte mir da wohl besser erst mal ein Paar Gummistiefel leihen sollen.«

Høyer nickte. Er fand, dass der Mann noch sehr jung aussah.

»Können Sie zum jetzigen Zeitpunkt schon etwas sagen?«, fragte er.

»Nicht viel«, antwortete Lars Damgård. »Aber alles deutet darauf hin, dass sie vergewaltigt wurde und … na ja, Sie sehen ja selbst.«

Høyer nickte und trat ein wenig zur Seite, um dem Fotografen Bøjsen Platz zu machen, bevor die Leiche umgedreht wurde.

Høyer warf wieder einen Blick auf das Mädchen. Er vermied sorgfältig, das anzusehen, was einmal ein Gesicht gewesen war. Das Mädchen war fast nackt, es trug nur eine dünne Hemdbluse. Die meisten Knöpfe waren abgerissen und die Bluse bis unter die Arme hochgezogen worden. Wahrscheinlich, als sie über den Waldboden geschleift wurde, dachte Høyer, der die Schleifspuren bemerkt hatte.

Therkelsen trat zu Høyer. »Ich glaube, wir haben etwas gefunden«, sagte er.

Høyer folgte ihm zu einem Strauch etwas weiter weg. Ein paar Zweige waren geknickt und in einer Astgabel verkeilt hing ein Stück Holz, das aussah, als würde es von dem Stapel Holzscheite stammen.

Høyer nickte. »Ja, es hat ganz den Anschein, als hätten wir hier die Mordwaffe. Da sind Haare und Blut dran, wenn ich richtig sehe«, sagte er und zeigte auf das Holz. »Lass Bøjsen ein paar Bilder machen, ehe ihr den Scheit wegnehmt, er ist da drüben sicher gleich fertig. Ist sonst noch etwas gefunden worden?«

Therkelsen schüttelte den Kopf. »Noch nicht, aber es kann natürlich immer noch etwas auftauchen.«

»Was ist mit Fußspuren?«

»Nein, es sieht aus, als wäre er immer auf dem Gras geblieben. Es gibt nichts, was wir gebrauchen können. Hier jedenfalls nicht. Vielleicht draußen auf dem Feldweg.«

Der Arzt schien fertig zu sein. Er hatte sich aus seiner knienden Haltung erhoben und versuchte, seine Hose mit einem Taschentuch abzutrocknen, schüttelte dann aber plötzlich den Kopf und steckte das Taschentuch mit einer Grimasse wieder in die Tasche zurück.

Høyer ging zu ihm. »Sie sollten am besten anschließend noch zu ihrer Familie fahren, falls das kein anderer übernommen hat. Dort werden sie sicher einen Arzt brauchen.«

Der Arzt nickte, während er in seiner Hosentasche nach einer Packung Zigaretten suchte. Mit etwas Mühe fischte er eine heraus und steckte sie sich in den Mund. Høyer bemerkte, dass seine Hände stark zitterten. Er klopfte suchend seine Taschen ab, aber noch ehe er seine Streichhölzer gefunden hatte, streckte Therkelsen, der gerade zu ihnen getreten war, ihm ein brennendes Feuerzeug entgegen.

»Wenn es geht, keine Streichhölzer hier«, sagte Therkelsen.

»Ach so, nein, entschuldigen Sie«, sagte der Arzt. »Ich … ich habe so etwas noch nie zuvor gesehen. Zum Glück.«

»Wir wollen uns da drüben hinsetzen«, meinte Høyer und zeigte auf den umgestürzten Baumstamm. »Da sind wir nicht im Weg.«

Sie marschierten im Gänsemarsch zu dem umgestürzten Baumstamm hinüber und setzten sich.

»Tja«, sagte der Arzt, nachdem sie eine Weile schweigend dagesessen hatten. »Das ist weiß Gott eine grausame Geschichte, aber so etwas sind Sie wahrscheinlich gewohnt.«

Høyer schüttelte den Kopf. »Nein, beim besten Willen nicht! Und im Übrigen gewöhnt man sich nie daran.«

»Nein«, pflichtete ihm der andere Mann bei. »Wahrscheinlich nicht.«

»Außerdem kamen wir diesmal wohl mit bestimmten Erwartungen«, sagte Høyer. »Tatsächlich waren wir etwas überrumpelt. Wir hatten geglaubt, sie sei erwürgt worden.«

Der Arzt sah ihn an. »Aber das ist sie doch auch«, sagte er.

»Was?«, platzte Therkelsen ungläubig heraus. »Sie wollen doch wohl nicht sagen, dass sie *sowohl* erwürgt *als auch* … ? Ja, aber das ist doch wahnsinnig.«

»Und doch ist es so gewesen«, erwiderte der Arzt. »Sie hatte einen Strick um den Hals und die hübscheste Würgefurche, die man sich nur denken kann. Aber der Strick hatte sich gelöst. Es war eine Laufschlinge, verstehen Sie?«

Høyer und Therkelsen sahen sich an. Es war genau wie in den vorhergegangenen Fällen. Aber …

»Ich verstehe das einfach nicht«, meinte Høyer. »Wenn sich der Strick gelöst hat, warum hat er ihn dann nicht einfach wieder zugezogen? Warum das da?« Er nickte in die Richtung der Stelle, an der das Mädchen lag.

»Vielleicht hat es etwas gedauert, bis er es bemerkte«, schlug der Arzt vor.

»Ja, aber als er es dann bemerkte.«

Der Arzt zuckte mit den Schultern. »Was machen Sie, wenn Sie eine Katze oder einen Hund überfahren und das Tier noch nicht ganz tot ist?«, fragte er.

Høyer und Therkelsen sahen ihn verständnislos an.

»Sie nehmen einen Stein oder einen Wagenheber oder etwas Ähnliches, nicht wahr?«, sagte der Arzt. »Und erschlagen es damit. Sie überfahren es nicht noch einmal.«

»Zum Teufel, das können Sie doch nicht miteinander vergleichen ...«, begann Høyer, verstummte dann aber. Vielleicht konnte man doch, so grotesk es einem auch vorkommen mochte.

»Darf ich die Kippe hier wegwerfen«, fragte der Arzt. Er hatte seine Zigarette bereits aufgeraucht.

»Lieber nicht«, antwortete Therkelsen. »Geben Sie sie mir.«

Er fischte eine alte Tabaksdose aus seiner Tasche und legte die Kippe hinein.

»Was meinen Sie, wie lange ist sie schon tot?«, fragte Høyer. »Nur eine Schätzung.«

»Ungefähr zwölf Stunden«, antwortete der Arzt. »Aber das sage ich unter allen nur erdenklichen Vorbehalten. Sie brauchen mich hier doch nicht mehr, oder?«

»Nein«, sagte Høyer. »Sie können ruhig gehen.«

»Dann fahre ich jetzt zu den Bjergs. Sie bekommen meinen Bericht so schnell wie möglich.«

»Das ist nett«, sagte Høyer.

Sie blieben sitzen und sahen ihm hinterher, als er den Weg hinabging.

»Er sah aus, als könnte er selbst einen Arzt brauchen«, sagte Therkelsen.

»Da kannst du Gift drauf nehmen«, meinte Høyer. »Wenn er vorher nur gehört hat, dass im Wald ein krankes Mädchen liegt?«

Sie standen auf und gingen zu dem Holzstapel zurück.

»Es sieht so aus, als ob er Recht hat«, sagte Høyer. »Die Tat wurde offensichtlich da drüben begangen.« Er zeigte hinüber. »Anschließend nahm er ihre Beine und schleifte sie hinter den Holzstapel. Das passt ja auch zu den früheren Fällen, aber was dann verdammt noch mal passiert ist, weiß der Teufel.«

»Sie kam wieder zu Bewußtsein und hat sich gewehrt«, schlug Therkelsen vor. »Und dann ist er in Panik geraten.«

Høyer schüttelte langsam den Kopf. »Ich glaube nicht, dass sie sich gewehrt hat. Es sieht aus, als hätte sie ziemlich regungslos dagelegen, als sie die Schläge bekam. Deshalb glaube ich nicht, dass sie bei Bewusstsein war. Das hoffe ich jedenfalls. Vielleicht entdeckte er nur, dass sie noch atmete, falls sie das wirklich tat, es wäre ja auch möglich, dass er nur entdeckte, dass die Schnur sich gelöst hatte, wer weiß?«

»Das würde bedeuten, sie war vielleicht auf dem Wege, die Sache zu überleben«, überlegte Therkelsen. »Ich meine, falls sie noch am Leben war, nachdem er versucht hatte, sie zu erwürgen. Das macht die Sache ja fast noch schlimmer.«

»Sicher ist das aber auch nicht«, erwiderte Høyer. »Vielleicht hat sich der Knoten erst gelöst, als er sie über den Waldboden geschleift hat.« Er sah sich um. »Aber ich glaube tatsächlich, dass sie dabei war, das Bewusstsein wiederzuerlangen«, fügte er dann hinzu. »Oder dass der Kerl das zumindest geglaubt hat. Denn es deutet alles darauf hin, dass er in Panik geraten ist. Das erklärt auch, warum er ihre Kleider liegen gelassen hat, anstatt sie auch hinter dem Holzstapel zu verstecken.«

»Du meinst, dass er es vergessen hat?«, fragte Therkelsen.

»Ja, schlicht und ergreifend. Der Plan war, sowohl sie als auch ihre Kleider hinter dem Holzstapel zu verstecken, aber dann ist irgendetwas passiert.«

»Das war kein besonders gutes Versteck«, meinte Therkelsen.

»Nein, aber man hätte ohne weiteres auf dem Weg vorbeigehen können, ohne sie zu sehen, wenn sie ganz dahinter geschleppt worden wäre, und so war es wohl gedacht.«

»Er hat sich ja nie besondere Mühe gegeben, sie zu verstecken«, sagte Therkelsen.

»Wenn es wirklich der Gleiche war«, wandte Høyer ein. »Das *wissen* wir ja noch nicht und unabhängig davon, was wir denken oder glauben, ist das hier ein vollkommen neuer Fall, bei dem wir ohne vorgefasste Meinungen ganz von vorne anfangen müssen.«

»Bei null, meinst du.« Therkelsen zog eine Grimasse. »Ja, nichts leichter als das, denn da stehen wir ja auch im vorigen Fall.«

»Vielleicht haben wir ja diesmal mehr Glück«, meinte Høyer. »Das müssen wir verdammt noch mal auch.«

Sie blieben eine Weile stumm und sahen sich um.

Im Grunde war es hier schön.

Auf dem Waldboden wuchsen noch immer ein paar hohe Anemonen und der Waldmeister hatte begonnen zu blühen, aber Høyer und Therkelsen bemerkten es kaum. Sie standen jeder für sich in Gedanken versunken da.

Dieses Waldstück würde für lange Zeit verdorben sein, dachte Høyer. Jedenfalls für die Menschen, die normalerweise hierher kamen. Die Kinder würden Angst davor haben, hier zu spielen, die jungen Paare würden keine Lust verspüren, hier zu schmusen, dem Ort würde vielleicht für die Dauer eines Menschenalters etwas Unheimliches anhaften, auch wenn der Wald sich kein bisschen verändert hatte.

Er riss sich mit einem Ruck zusammen. »Gut, es bringt ja nichts, hier nur rumzustehen«, sagte er. »Den Rest können wir der technischen Abteilung überlassen. Ich sollte lieber zusehen, dass ich mit den Kindern rede, die sie gefunden haben, bevor sie zu viel Zeit hatten, darüber zu reden und nachzudenken. Währenddessen kannst du mit Larsen und Bach anfangen, die Leute abzuklappern. Zum einen die Leute hier in der Gegend, zum anderen die Jugendlichen, die auf dem Fest waren. Wir wollen die Hoffnung nicht aufgeben, dass es ausnahmsweise einmal jemanden gibt, der etwas gesehen hat.«

Høyer fand die drei kleinen Indianer auf dem Bauernhof auf der anderen Seite des Waldstücks, dort, wo der Feldweg endete. Drei sehr kleine und sehr nasse Indianer in leuchtend gelben Regenjacken und mit schlaffen Federn im Haar.

Als er auftauchte, sahen sie ihn halb ängstlich und halb erwartungsvoll an.

»Hallo«, sagte Høyer und ging auf sie zu. »Na, ihr spielt wohl Indianer.«

Sie nickten stumm.

»Wohnt ihr alle drei hier?«

»Nein, nur ich«, antwortete der älteste von ihnen. »Bist du Arzt?«

»Nein«, sagte Høyer. »Ich bin Polizist.«

»Warum das denn?«, fragte der Junge.

Høyer zögerte einen Moment. Dann begriff er, dass sich der Junge fragte, warum ein Polizist kam und kein Arzt.

»Birthe ist ein Unglück zugestoßen«, sagte er. »Dann muss die Polizei immer untersuchen, was passiert ist.«

Die Kinder schienen sich mit dieser Antwort zufrieden zu geben.

»Wer von euch hat sie gefunden?«, fragte Høyer.

»Wir alle«, erwiderte der große Junge. »Wir kamen angeschlichen und bums! Da lag sie. Sie war richtig krank. Sie war überall voller Kotze.«

Die beiden anderen nickten ernst.

Gott sei Dank!, dachte Høyer. Sie hatten sich offensichtlich eine Erklärung für das zurechtgelegt, was sie gesehen hatten. Sie hatten es sich nicht erklären können, aber es musste einen Namen haben, also hatte sie gebrochen. Was das war, wussten sie. Sie würden hoffentlich vergessen, was sie in Wirklichkeit im Wald gesehen hatten.

»Wir konnten aber nicht erkennen, dass es Birthe war«, sagte der Große. »Wir konnten nur sehen, dass es ein Mädchen war.«

Høyer nickte. Es schien sie nicht besonders beeindruckt zu haben, dass das Mädchen fast nackt gewesen war. Vor zwanzig, dreißig Jahren hätte sie das sicherlich noch schockiert.

»Ihr habt im Wald nicht zufällig etwas gefunden«, fragte er. »Etwas, das ihr aufgesammelt habt. Indianer finden doch andauernd was.«

Sie schüttelten den Kopf.

»Aber ich habe *ein* Auto gesehen«, sagte der Kleinste und betonte dabei *ein*. Høyer vermutete, dass er dies tat, weil jetzt so viele Autos am Waldrand standen.

»Tatsächlich«, sagte Høyer. »Wann war das?«

»Heute Nacht«, antwortete der Junge.

Høyer sah ihn skeptisch an. Wenn da mal nicht die Fantasie mit dem Jungen durchging. Er fand bestimmt, dass es an der Zeit war, ein wenig auf sich aufmerksam zu machen.

»Wann genau heute Nacht war das?«, fragte er.

Der Kleine dachte nach. »Als es ein bisschen hell und ein bisschen dunkel war«, sagte er schließlich.

»Du meinst gestern Abend, nicht wahr?«, sagte Høyer. »Als du ins Bett musstest?«

»Nein, diese Nacht«, antwortete der Junge. »Als es schon dunkel gewesen war.«

»Wie alt bist du?«, fragte Høyer.

»Sechseinhalb«, antwortete der Junge.

»Bist du nachts oft auf?«, fragte Høyer.

»Ja«, sagte der Junge und nickte mit großen, überzeugenden Augen. »Jede Nacht. Ich bin jede Nacht auf.«

Høyer lächelte. Man konnte hören, worum es ging, dachte er. Aber das Mädchen, das offensichtlich die große Schwester des Kleinen war, kam ihm zu Hilfe.

»Das stimmt schon«, sagte sie. »Das ist, weil er *ilektrisch* Pipi macht.«

»Was macht er?«, fragte Høyer verblüfft.

»Er macht *ilektrisch* Pipi«, erläuterte das Mädchen geduldig. »Weil er immer ins Bett gemacht hat, und dann hat er so ein ilektrisches Ding bekommen, riiiing, wenn nur ein Tropfen kommt, und jetzt wacht er immer auf, selbst wenn es gar nicht geklingelt hat. Jede Nacht!«, fügte sie hinzu und sah ebenso überzeugend aus wie ihr Bruder.

»Dann war es also, als du schon geschlafen hattest?«, sagte Høyer zu dem ›ilektrischen‹ Indianer.

»Ja, es war ein bisschen hell und ein bisschen dunkel«, wiederholte der Junge.

Høyer dachte nach. Doch, zeitlich konnte das gut und gerne hinkommen.

»Wo stand denn das Auto?«, fragte er.

»Da hinten«, sagte der Junge und zeigte. »Wo jetzt das Polizeiauto steht.«

»Und wo wohnt ihr?«, fragte Høyer.

Das Mädchen zeigte auf das kleine Haus auf der anderen Seite des Waldstücks. »Und das Fenster der Toilette ist da oben«, sagte sie und richtete den Finger auf ein Fenster im Giebel.

»Hast du in der Nähe des Autos jemanden gesehen?«, fragte Høyer. »Einen Mann oder ein Mädchen?«

»Nein«, antwortete der Junge. »Aber es war *ein* Mann im Auto.« Wieder mit Betonung auf *ein*, so als wolle er ganz besonders genau sein.

»Das konntest du aber doch von da hinten bestimmt nicht so genau erkennen«, wandte Høyer vorsichtig ein.

»Doch, als er unten auf der Straße vorbeifuhr. Er ist ein Stück rückwärts gefahren, hat dann gedreht und ist dann vorbeigefahren und es war *ein* Mann.«

»Konntest du auch erkennen, welche Farbe der Wagen hatte?«, fragte Høyer.

Der Junge nickte. »Es war ein roter Mazda.«

Høyer blieb vor Verblüffung fast die Spucke weg, aber der ilektrische Indianer schien überhaupt nicht zu bemerken, welchen Eindruck seine Enthüllung gemacht hatte.

»Bist du sicher?«, fragte Høyer. »Kennst du dich denn mit Autos aus?«

»Ja«, sagte der Junge.

»Und du bist sicher, dass es ein Mazda war?«

Der Junge nickte eifrig. »Ja, ein roter Mazda wie der von meinem Onkel, nur dass der grün ist.«

»Was für ein Auto ist das da?«, fragte Høyer und zeigte auf sein eigenes Auto.

»Ein altes«, meinte der Junge.

Høyer schmunzelte. »Ja gut, aber was für eine Marke?«

»Ein Toyota.«

Der ilektrische Indianer gab ohne zu zögern Auskunft über alle Automarken, die sie sehen konnten, und Høyer musste zugeben, dass er an einen Experten geraten war.

Therkelsen holte seinen Notizblock heraus und studierte ihn einen Moment lang.

»Dann hätten wir noch die beiden Häuser da, Bach«, sagte er. »Das weiße auf der rechten Seite übernehme ich und du kannst dann das nächste nehmen, was meinst du?«

»O.k.«, erwiderte Bach. »Meinst du, du bist in einer halben Stunde fertig?«

»Bestimmt«, sagte Therkelsen ein wenig müde. »Warum sollten sie mehr zu sagen haben als die anderen?«

»Du hast Recht, es wäre gelogen, wenn man behaupten würde, wir hätten eine Menge herausgefunden«, sagte Bach. »Aber wir haben ja noch zwei Chancen.«

Therkelsen, Larsen und Bach hatten die Gäste des Fests untereinander aufgeteilt. Angefangen hatten sie auf dem Hof, auf dem das Fest stattgefunden hatte, und dort die Namen und Adressen aller Jugendlichen bekommen, die dabei gewesen waren. Therkelsen hatte den Eindruck, dass sie alle gleich aussahen. Jeans und T-Shirts, die gleiche Frisur, die gleiche Art sich auszudrücken. Im Übrigen hätten es auch seine eigenen Kinder sein können. Er fand, dass die Jugendlichen von heute in einem verblüffenden Maße uniformiert waren.

Bach parkte den Wagen vor der Einfahrt.

»Ach, du lieber Gott!«, rief er entsetzt aus. »Nur gut, dass ich da drüben reinmuss.«

Ein riesiger Hund kam bellend auf den Wagen zugelaufen.

Therkelsen grinste. Er wusste, dass Bach alles andere als ein Held war, wenn es um Hunde ging, und er fand es ein klein wenig komisch, dass sich ein erwachsener Mann von einem kleinen Hund einschüchtern ließ. Aber hier handelte es sich in der Tat um einen ausgewachsenen Brocken, und wenn er sich nicht darauf verlassen hätte, dass Hunde ihn im Allgemeinen mochten, hätte er vielleicht auch Bedenken gehabt, sich zu ihm hinauszuwagen.

»Hol mich einfach hier ab, sobald du fertig bist«, sagte er zu Bach, während er die Tür öffnete. »Wenn du mich nicht finden kannst, bin ich bestimmt aufgefressen worden!«

Er stieg aus dem Wagen und Bachs Augen verfolgten ihn besorgt. Erst als er sah, dass Therkelsen sich bückte und den Hund streichelte, dem dies offensichtlich zu gefallen schien, ließ er den Wagen wieder an.

Therkelsen sah auf die Uhr, während er darauf wartete, dass jemand auf sein Klopfen reagierte. Halb neun. Es würde spät werden, ehe sie an diesem Tag zum Ende kommen würden.

Die Tür wurde von einem etwa sechzehn Jahre alten Mädchen mit hellen Haaren geöffnet. Die gleiche Kleidung wie bei allen anderen, mit denen er gesprochen hatte. Therkelsen seufzte innerlich. Es kam ihm vor, als würde er schon jetzt den Ausgang des Gesprächs kennen. Aber da irrte er sich.

»Ja, ich weiß nicht, ob es etwas zu bedeuten hat«, sagte das Mädchen plötzlich. »Aber ich bin jemandem begegnet, der etwas seltsam war.«

»Wann?«, fragte Therkelsen.

»Auf dem Heimweg«, erklärte sie. »Aber das war noch bevor Birthe gegangen ist. Ich muss immer schon um eins zu Hause sein. Das ist ein bisschen blöd, aber ich habe mich daran gewöhnt.«

»Folglich bist du ungefähr um zehn vor eins aufgebrochen«, sagte Therkelsen und warf einen Blick in seine Notizen.

»Ja also, wenn ich ehrlich sein soll, war es wohl schon eins, als ich losfuhr.«

»Mit dem Fahrrad?«

»Ja.«

»Und was ist dann passiert?«

»Also, als ich fast schon zu Hause war, etwa auf der Höhe der großen Pappel, wissen Sie, war da ein Auto, das neben mir anhielt, und der Fahrer beugte sich herüber, kurbelte das Fenster herunter und fragte, ob ich mitfahren wolle.«

»Demnach kam er von hinten?«

»Ja, und das Eigenartige war, dass er ganz plötzlich da

war. Ich hatte weder ein Auto gesehen noch gehört, so dass … Es kam mir irgendwie so vor, als hätte er irgendwo gestanden und gewartet.«

»Hm, hm«, sagte Therkelsen. »Konntest du ihn sehen?«

»Nein, nicht richtig. Ich glaube, er war jung. Und er sprach wie einer aus der Stadt. Ein bisschen hochtrabend, wissen Sie?«

»Wie ging es dann weiter.«

»Ich sagte, dass ich fast zu Hause sei. Aber er ist weiter langsam neben mir hergerollt, so als würde er mich mit dem Auto ein wenig bedrängen, verstehen Sie? Das hat mir absolut nicht gefallen, aber dann kam Dingo angelaufen und machte einen ziemlichen Radau und der Typ ist endlich abgehauen.«

»Dingo, ist das der Hund, dem ich draußen begegnet bin?«, fragte Therkelsen.

»Ja«, sie nickte. »Meine Eltern sperren ihn immer aus, bevor sie ins Bett gehen. Vor allem, wenn ich in der Stadt bin. Er ist ja groß und auch ein wenig bissig. Es ist ein Riesenschnauzer.«

Therkelsen nickte. »Du hast nicht zufällig darauf geachtet, was das für ein Auto war?«

Sie schüttelte den Kopf. »Nein, mit Autos kenne ich mich nicht besonders aus. Ich erkenne nicht einmal unser eigenes Auto. Ich meine, wenn ich eines von der gleichen Marke sehe.«

»Die Farbe konntest du auch nicht erkennen?«

»Nein, es war ja dunkel und es war auf jeden Fall ein dunkles Auto, aber ich weiß nicht, welche Farbe es hatte.«
Therkelsen saß da und dachte nach. Er hatte das Gefühl, dass der Hund einen riesengroßen Knochen verdient hatte.

Das Mädchen sah ihn an.

»Könnte er das gewesen sein?«, fragte sie. »Glauben Sie, dass er es war?«

»Ich weiß es nicht«, antwortete Therkelsen. »Aber an deiner Stelle wäre ich mächtig froh, dass es den Hund gibt.«

Pastor Villadsen löschte das Licht in der Kirche, ging in die Vorhalle und nahm seinen Regenmantel, den er hier draußen auf der Bank abgelegt hatte. Er ging zur Tür, öffnete das große Kirchenportal einen Spalt breit, um zu schauen, ob es immer noch regnete, und begann dann seufzend, sich den Regenmantel anzuziehen. Es hatte ganz den Anschein, als würde es bis in alle Ewigkeit weiterregnen.

Er knöpfte den Regenmantel sorgfältig bis zum untersten Knopf zu, löschte anschließend das Licht in der Vorhalle, ging hinaus und ließ die schwere Tür hinter sich mit einem Knall, der auf dem verlassenen Friedhof widerhallte, ins Schloss fallen. Dann drehte er den großen schmiedeeisernen Schlüssel im Schloss, zog ihn heraus und blieb einen Augenblick stehen, während sich seine Augen an die Dunkelheit gewöhnten. Das ist auch so ein Gebrechen, das das Alter mit sich bringt, dachte er. Man wird immer nachtblinder. Tante Dagmar, die gute Seele, behauptete zwar steif und fest, dass es an zu viel Tabak und zu wenig Möhren läge, aber sie hatte ja immer die wüstesten Ideen. Nein, es war das Alter, und damit basta. Man hörte nicht mehr so gut, man sah nicht mehr so gut und man roch wahrscheinlich auch nicht besonders gut, dachte er mit einem säuerlichen Grinsen.

Er blieb noch einen Moment mit dem Schlüssel in der Hand stehen, so als habe er sich noch nicht ganz entschieden, was er jetzt tun sollte.

In diesem Augenblick schlug die Kirchturmuhr ein einziges Mal, halb elf, und es gab keinen Grund, noch länger zu warten. Aber die Sache war wirklich eigenartig, äußerst eigenartig. Er runzelte grübelnd die Stirn, während er ein paar Schritte zur Seite ging, sich tastend einen Weg hinter den großen Lorbeerbaum bahnte, der rechts neben der Kirchentür stand, sich mühsam bückte und den losen Stein aus der Mauer herausnestelte. Er legte den Schlüssel in den Hohlraum dahinter und setzte den Stein sorgfältig wieder an seinem Platz ein. Während er dies tat, schmunzelte er ein wenig. Nun hatte der Schlüssel bereits seit vierzig Jahren dort seinen Platz, aber das wussten außer ihm selbst letzten Endes nur eine Hand voll Menschen. Er richtete sich wieder auf und sein Gesicht nahm erneut den gleichen grübelnden, halb ärgerlichen, halb beunruhigten Ausdruck an, den es zuvor gehabt hatte. Eigenartig.

Er ging den breiten, platt gewalzten Weg zum Tor hinab, an Gräbern vorbei, an denen er schon tausendmal vorbeigekommen war. Als er Konsul Mørchs pompöses Grabmal passierte, blieb er stehen und lauschte, ein alter, fast vergessener Instinkt hatte eine vage Unruhe in ihm geweckt und er drehte sich unwillkürlich halb um.

Aber seine Reaktionen waren allzu langsam geworden. Er begriff nicht einmal mehr, dass dort jemand war, da traf ihn auch schon ein Schlag und falls er einen Laut von sich gab, so hörte er ihn jedenfalls selbst nicht mehr.

Er lag zur Hälfte auf dem Grab, sein Kopf ruhte auf einem Stein und der Regen trommelte unablässig auf seinen schwarzen Regenmantel herab.

»Aaaaaah!« Høyer gähnte lautstark, als Therkelsen und er spätabends in seinem Büro saßen und den Tag Revue passieren ließen.

Therkelsen sah ihn an und grinste. »Müde?«, fragte er.

»Nicht im Geringsten«, erwiderte Høyer. »Ich sorge bloß für eine gute Durchblutung meines Gehirns. Du solltest es auch einmal probieren, das könnte dir wahrlich nicht schaden. Übrigens ist es schon nach halb elf und ich glaube sowieso nicht, dass wir heute noch weiterkommen werden.«

Er blickte etwas verzagt auf die Berichte auf seinem Schreibtisch.

»Nein«, sagte Therkelsen. »Es war nicht gerade viel, was wir herausgefunden haben. Was machen wir jetzt?«

»Ich lasse schon nach dem roten Mazda fahnden«, sagte Høyer.

»Du hast gesagt, der Kleine war erst sieben«, wandte Therkelsen ein. »Glaubst du wirklich, dass wir uns auf ihn verlassen können?«

»Ja, davon bin ich tatsächlich überzeugt«, sagte Høyer. »Und es ist zumindest denkbar, dass es sich um das gleiche Auto handelt, das deine Freundin mit dem Hund gesehen hat. Das ist natürlich nur eine Vermutung, aber sie fühlte sich offensichtlich bedroht, und wenn es um so etwas geht, glaube ich an den sechsten Sinn der Menschen.«

»Meinst du, wir sollen Hilfe von außen anfordern?«, fragte Therkelsen.

»Auf jeden Fall«, antwortete Høyer. »Es gibt vieles, was darauf hindeutet, dass wir es wieder mit dem gleichen Mann zu tun haben. Also wäre es das Beste, die Sonderkommission von Anfang an in den Fall einzuschalten. Sie kennen die anderen Fälle und haben deshalb viel bessere Möglichkeiten, Schlüsse zu ziehen.«

»Und wenn sich doch noch herausstellt, dass es nicht der Gleiche war?«, fragte Therkelsen.

»Nun ja, das wird mich nachts auch nicht wach halten können«, meinte Høyer. »Jetzt, da die Ferien vor der Tür stehen und die da oben zu allem Überfluss auch noch wollen, dass wir unsere Überstunden abfeiern, können wir jede Hilfe brauchen, die wir bekommen können. Nein, nein, lass uns diesen Fall der Sonderkommission überlassen. Ich bin mir ganz sicher, dass es auch so schon mehr als genug Dinge für uns zu tun geben wird.«

Von Zeit zu Zeit können einen Høyers Prophezeiungen geradezu abergläubisch werden lassen, dachte Therkelsen.

Aber das dachte er erst am nächsten Tag.

3.

Jes Villadsen nahm die vier Steinstufen zur Tür in zwei Sprüngen, klingelte und betrat den Hausflur ohne darauf zu warten, dass jemand kam und ihm aufmachte.

»Uncas!«, rief er, während er sein Regencape an die Garderobe hing. »Uncas!«

Eine magere, alte Frau mit einem Dutt im Nacken und vergrämten Gesichtszügen trat in den Flur hinaus und betrachtete missbilligend die nassen Flecken auf dem Läufer.

»Was schreist du denn so, Jes«, sagte sie vorwurfsvoll.

»Das ist, damit du mich besser hören kannst«, sagte Jes mit tiefer Stimme. »Hallo, Tante Dagmar, wo ist Uncas?«, fragte er dann mit seiner normalen Stimme.

»Dein Onkel Gorm ist noch einmal in die Kirche gegangen«, antwortete sie.

»In die Kirche?«, wiederholte Jes verwundert. »Weshalb?«

»Das weiß ich nicht«, sagte Tante Dagmar. »Er erzählt mir ja nie was.«

Ihr Tonfall war resigniert, deutete aber gleichzeitig an, dass sie der Meinung war, ihr werde fortlaufend eine Fülle spannender Geheimnisse vorenthalten.

Jes lächelte vorsichtig. Er wusste nur zu gut, dass sein Onkel abends oft in die Kirche ging, vor allem, wenn nichts im Fernsehen kam, das ihn interessierte. Jes unterstellte ihm deswegen des Öfteren spaßeshalber, drüben in der Sakristei zu sitzen, Messwein zu trinken und Kriminalromane zu lesen. Eine Anschuldigung, die sein Onkel ausgesprochen gelassen hinnahm, Tante Dagmar aber sehr verärgerte. In Wirklicheit hegte Jes den Verdacht, dass er sich hinüberschlich, wenn er das Bedürfnis hatte, seiner Haushälterin ein wenig aus dem Weg zu gehen.

»Wann ist er denn gegangen?«, fragte Jes.

»Kurz nach neun«, sagte Tante Dagmar.

»Dann dürfte er ja bald wieder zurück sein«, meinte Jes. »Es ist halb elf durch.«

Er ging ins Wohnzimmer und ließ sich vor dem Fernseher auf den Stuhl fallen, auf dem sein Onkel sonst immer saß. Tante Dagmar kniff die Lippen zusammen, sagte aber nichts. Sie setzte sich aufs Sofa und nahm ihr Strickzeug wieder zur Hand, während sie gleichzeitig verfolgte, was auf dem Bildschirm geschah. Sie war ständig mit irgendeiner Handarbeit für die Mission beschäftigt.

Sie blickte verstohlen zu Jes hinüber. »Möchtest du etwas Bestimmtes von deinem Onkel?«, fragte sie.

»Was?«, sagte Jes. »Nein, ganz und gar nicht.«

Sie saßen eine Weile schweigend da. Jes sah ab und zu auf seine Uhr.

»Möchtest du eine Tasse Kaffee?«, fragte sie. »Es ist sicher noch eine Tasse in der Thermoskanne.«

»Nein, danke«, sagte Jes, ohne seinen Blick vom Bildschirm abzuwenden. »Ich habe heute Abend schon zwei Tassen Kaffee getrunken.«

Er hätte sehr wohl noch eine dritte Tasse Kaffee trinken können, hatte aber keine Lust auf Tante Dagmars Kaffee, der zu dünn war, um gut zu schmecken, und aber stark genug, um einen wach zu halten. »Hier helfen weder Hoffnung noch Glaube, hier helfen nur Gebete«, pflegte sein Onkel zu sagen, wenn sie es nicht hörte.

»Soll ich ausmachen?«, fragte er und stand halb auf, als das Programm zu Ende war.

»Nein, lass uns noch die Nachrichten schauen«, sagte Tante Dagmar.

Jes guckte sie an. Er hätte schwören können, dass sie auch schon die frühere Nachrichtensendung gesehen hatte, also was zum Teufel glaubte sie, könnte inzwischen wohl noch passiert sein? Die eine oder andere Katastrophe? Etwas, das sie aus ihrem täglichen Trott, aus der Langeweile herausreißen konnte und ihr das Gefühl vermittelte, dass sie noch am Leben war? Er war der festen Überzeugung, dass Tausende solcher Tanten im ganzen Land herumsaßen und sich nach Schiffskatastrophen sehnten. Jedenfalls auf dem Bildschirm. Mein Gott, es kam doch wirklich nie etwas Neues in den Spätnachrichten.

Er saß da und sah die Nachrichtensprecherin an, ohne eigentlich hinzuhören, was gesagt wurde, so dass er aufschreckte, als Tante Dagmar plötzlich sagte: »Das ist schrecklich, nicht wahr?«

»Äh … ja«, sagte er, ohne wirklich zu wissen, was denn eigentlich so schrecklich war.

»So ein junges Mädchen«, fuhr sie fort. »Es ist schon das zweite in den letzten vier Monaten. Weiß der Himmel, ob es der Gleiche war, der das getan hat.«

»Schwer zu sagen«, meinte Jes vage.

»Es ist so sinnlos«, sagte sie. »Aber was machen diese jungen Mädchen auch so spät noch draußen. Die Jugend von heute …«

Das war wieder typisch Tante Dagmar, dachte Jes. *Die Jugend von heute!*

»Ja, es wird wirklich immer schlimmer«, unterbrach Jes ihren Redefluss. »Jetzt lassen sie sich doch tatsächlich auch noch ermorden. Was wird als Nächstes kommen?«

Tante Dagmar kniff beleidigt die Lippen zusammen und konzentrierte sich auf ihre Handarbeit. Sie hatte diesen Jungen noch nie richtig gemocht. Er war und blieb ein Flegel. Dass er inzwischen Ende zwanzig war, hatte ihn offensichtlich weder erwachsener noch höflicher gemacht.

Die Nachrichtensprecherin war zu den Lottozahlen vorgedrungen und Jes holte einen Haufen Tippzettel aus der Tasche und verfolgte aufmerksam die Zahlen. Dann steckte er sie wieder in die Tasche.

Tante Dagmar sah ihn verstohlen an, sagte aber nichts.

»Wo zum Teufel bleibt er denn nur?«, fragte Jes ungeduldig. »Er ist doch sonst nicht so spät noch da drüben.«

»Doch, wenn er die Sterne beobachtet«, antwortete sie.

»Heute wird er ja wohl kaum die Sterne beobachten«, wandte Jes ein. »Es gießt doch in Strömen.«

»Bei deinem Onkel weiß man nie«, bemerkte Tante Dagmar. »Er ist so unberechenbar.«

Sie ließ deutlich durchblicken, dass es ein wenig einem Martyrium nahe kam, Haushälterin bei Pastor Villadsen zu sein.

Jes stand auf und ging ein wenig im Wohnzimmer auf und ab, fummelte erst an einem Gegenstand herum und dann an einem anderen und machte überhaupt einen ausgesprochen rastlosen Eindruck. Tante Dagmars Augen folgten ihm.

Jes drehte sich zu ihr um. »Hast du nicht gesagt, dass er um neun gegangen ist?«, fragte er.

»Ja, jedenfalls so ungefähr. Wir hatten gerade Kaffee getrunken.«

Jes ging zu der Tür, die in das Arbeitszimmer seines Onkels führte.

»Was willst du da?«, fragte Tante Dagmar etwas gereizt. Sie konnte es nicht leiden, dass er sich im ganzen Haus bewegte, als würde er hier wohnen. Aber dazu hatte ihn natürlich der Pastor selbst ermuntert.

»Nichts Bestimmtes«, erwiderte Jes und betrat das Arbeitszimmer, das zwei Türen hatte, eine zum Wohnzimmer und die andere zum Flur. Jes war plötzlich der absurde Gedanke gekommen, dass sein Onkel in Wirklichkeit längst heimgekehrt war, sich aber in sein Zimmer gestohlen hatte, ohne dass Tante Dagmar es bemerkt hatte. Aber das Zimmer war leer.

Jes blieb in der Mitte des Raumes stehen und sah sich um.

Es war ein ziemlich unaufgeräumtes Zimmer. Eine Wand war von oben bis unten mit Regalen bedeckt, aber die einzelnen Regalböden waren so überfüllt, dass das Ganze einen ausgesprochen unübersichtlichen Eindruck machte. Am Fenster stand ein riesiges Monstrum von Schreibtisch mit einer großen elektrischen Schreibmaschine mit Kugelkopf darauf. Vor dem Schreibtisch standen zwei nicht sonderlich bequeme Stühle – für die Kunden, wie sein Onkel zu sagen pflegte. Er selbst benutzte einen Bürosessel mit allen möglichen und unmöglichen Finessen und am anderen Ende des Zimmers stand ein gemütlicher Lederdiwan, auf dem ein Kissen und eine gehäkelte Schlafdecke lagen. Dort machte der Geistliche regelmäßig seinen Mittagsschlaf.

Jes ging zum Schreibtisch, wo er einen Moment lang stehen blieb und die unordentlichen Papierstapel studierte. Er musste kurz grinsen, als er entdeckte, dass sein Onkel offenkundig dabei war, ein neues Tippsystem zu entwickeln. Es war viel passiert, seit sie gemeinsam ihre ersten Anfängertipps ausgearbeitet hatten, die sich danach gerichtet hatten, in welchen Kirchenbänken die meisten Kirchgänger saßen, in denen auf der rechten oder denen auf der linken Seite. Heute gingen sie dagegen geradezu wissenschaftlich vor.

Oben auf einem der Papierstapel lag der Telefonnotizblock seines Onkels. Auf dem Block waren nur ein paar Zahlen notiert. 21.30. Wahrscheinlich eine Uhrzeit. 21.30? Jes schüttelte den Kopf.

»Wollte er sich in der Kirche mit jemandem treffen?«, rief er Tante Dagmar zu und trat in den Türrahmen.

»Davon weiß ich nichts«, sagte sie. »Er hat nichts davon gesagt. Aber möglich wäre es schon.«

»Hm«, meinte Jes.

Er sah wieder auf die Uhr. Jetzt war es fast schon halb zwölf. Natürlich war es möglich, dass sein Onkel drüben in der Kirche mit einem Mitglied seiner Gemeinde zusammensaß und sich unterhielt, aber mehrere Stunden? Noch dazu an einem Sonntagabend. Und es war nun wirklich nicht sehr wahrscheinlich, dass er auf den Kirchturm hinaufgestiegen war, um bei diesem Wetter den Nachthimmel zu beobachten. Außerdem hing das Teleskop an seinem Platz hinter der Tür.

Er ging wieder ins Wohnzimmer zurück.

»Wenn ihm nur nichts passiert ist«, sagte er.

»Was soll ihm denn passiert sein?«, fragte Tante Dagmar und begann, ihr Handarbeitszeug zusammenzupacken.

»Vielleicht ist er die Kirchturmtreppe hinuntergefallen und hat sich das Genick gebrochen«, sagte Jes verärgert über ihre Seelenruhe.

»Nicht doch, sag doch so etwas nicht«, rief sie tadelnd aus. »Er kommt, wenn er kommt.«

Dieser Frau fehlt einfach jede Fantasie, um sich vorzustellen, dass ihm etwas zugestoßen sein könnte, dachte Jes. Aber seinem Onkel konnte doch auch schlecht geworden sein. Der alte Knabe war immerhin 69 Jahre alt, so von der Hand zu weisen war das also nicht.

»Ich gehe rüber und seh mal nach ihm«, sagte er schließlich.

»Er kann es nicht leiden, wenn wir uns einmischen, hörst du«, entgegnete Tante Dagmar.

»Ich habe nicht vor, mitten in eine Beichte zu platzen«, versprach Jes. »Ich will mich nur vergewissern, dass alles in Ordnung ist. Vielleicht liegt er ja sturzbesoffen hinter dem Altar.«

»Jes«, rief Tante Dagmar verärgert. »Ich möchte nicht, dass du so etwas sagst. Du weißt doch ganz genau, dass dein Onkel nie …«

Aber Jes war bereits auf dem Weg nach draußen.

Schnellen Schrittes ging er den Kirchweg hinauf. Er hatte keine Lust gehabt, sein Regencape anzuziehen. Zum Fahrradfahren war es hervorragend geeignet, aber wenn er zu Fuß ging, war es ihm nur lästig. Er kam zur Küsterei, einem kleinen, alten Haus, das direkt am Friedhof lag, und statt den Weg durch das schmiedeeiserne Tor zu nehmen, sprang er über die Friedhofsmauer, um eine Abkürzung in Richtung Kirche zu nehmen. Er war hier so oft entlanggegangen, dass er den Friedhof praktisch auswendig kannte, und auch wenn es im Moment nur so schüttete, waren die Nächte um diese Jahreszeit doch hell.

Als er sich der Kirche näherte, registrierte er unbewusst, dass irgendetwas nicht stimmte, und beschleunigte unwillkürlich seine Schritte, erreichte die Kirchentür und drückte die große, schwere Klinke hinunter. Er stemmte sich mit der Schulter gegen die Tür, aber sie rührte sich nicht von der Stelle.

Abgeschlossen? Das war seltsam. Onkel Gorm schloss doch sonst nie ab, wenn er hier war. Jes' Sorge wurde größer. Er ging ein paar Schritte zur Seite, fand den Lorbeerbaum und tastete sich zu dem losen Stein vor. Er zog ihn heraus, steckte die Hand hinein und hätte fast überrascht aufgeschrien, als seine Finger das kalte Metall berührten. Der Schlüssel lag an seinem Platz. Aber wenn der Schlüssel hier war, wo war dann sein Onkel?

Jes schob den Stein langsam wieder an seinen Platz zurück, richtete sich auf, sah sich um und wusste jetzt auch, was ihn eben beunruhigt hatte. Es war kein Licht in der

Kirche. Nicht der geringste kleine Lichtschein drang durch die Rundbogenfenster nach außen.

War sein Onkel etwa gar nicht hier gewesen? Oder war er vielleicht schon wieder gegangen und ihm war unterwegs schlecht geworden? Er konnte auch gefallen sein und sich ein Bein gebrochen haben. Ein Oberschenkelhalsbruch vielleicht. Alte Menschen zogen sich immer einen Oberschenkelhalsbruch zu. Vielleicht lag er jetzt irgendwo auf dem Friedhof und jammerte vor Schmerzen.

Jes stand still und lauschte, aber er hörte nur den gleichmäßigen Regen auf das Dach tropfen, ein Gurgeln in der Dachrinne und das schwache Rauschen der Bäume.

Auf dem Rückweg würde er lieber den richtigen Weg nehmen, denn den hatte sein Onkel mit Sicherheit genommen. Wenn er gefallen war, musste er dort irgendwo sein.

Er ging langsam den Hauptweg hinab und sah sich nach allen Seiten hin um, spähte in die Dunkelheit. Ich hätte besser eine Taschenlampe mitgenommen, dachte er. Sein Onkel trug sicher seinen schwarzen Regenmantel, so dass er vielleicht in diesem Moment an ihm vorbeiging, ohne ihn überhaupt zu bemerken.

Jes ging jedoch selbst in diesem Moment an seinem Onkel vorbei.

Er hatte gerade Konsul Mørchs großes Grabmal passiert, als seine Füße gegen etwas stießen und er stehen blieb. Dort, halb auf dem kleinen Grab, das neben dem Familiengrab des Konsuls lag, konnte er eine schwarze Gestalt in einer seltsam verdrehten Stellung erahnen.

Jes beugte sich hastig über sie.

Es war Uncas.

Jes richtete sich wieder auf und sah sich einen Moment lang unentschlossen um, so als würde er überlegen, ob er Hilfe holen sollte, bückte sich dann aber entschlossen, hob die schlaffe Gestalt über die Schulter und ging mit schnellen Schritten den Weg hinab.

Er öffnete die Pforte im Friedhofstor mit dem Ellbogen und ging den Kirchweg hinab. Vor der Küsterei zögerte er einen Moment, aber da dort kein Licht zu sehen war, ging er weiter in Richtung Pfarrhaus.

Sein Onkel war ein kleiner, schmächtiger Mann, aber die Last wurde dennoch immer schwerer in seinen Armen, seine Schritte immer langsamer, und als er die Treppe hinaufstolperte, die Klinke runterdrückte und in den Flur trat, zitterten seine Beine.

Das Gesicht seines Onkels war entsetzlich blass in dem harten, weißen Licht, das erbarmungslos auf ihn herabschien, aber Jes nahm sich nicht die Zeit, ihn näher zu betrachten. Er ging weiter in das Arbeitszimmer und legte ihn vorsichtig auf die Couch.

Tante Dagmar tauchte in der Tür auf und warf einen entsetzten Blick auf die leblose Gestalt auf der Couch.

»Ja aber, um Himmels willen, was ist denn passiert, Jes?«

»Beeil dich, ruf schon an!«, rief Jes. »Wähl Null, Null, Null!«

Tante Dagmar lief händeringend ziellos umher, wobei sie wie ein Huhn verzweifelte, kurze, gackernde Laute ausstieß.

»Dann mach ich es eben selbst«, sagte Jes, der seinem Onkel inzwischen den Regenmantel ausgezogen und ihn mit der Schlafdecke zugedeckt hatte.

»Ja, natürlich eilt es!«, hörte Tante Dagmar ihn ins Telefon schreien. »Es ist bestimmt ein Herzanfall, aber er hat sich auch am Kopf verletzt.«

Er legte den Hörer auf, als er die notwendigen Angaben gemacht hatte, ging dann wieder zu seinem Onkel, bei dem er stehen blieb und ihn ansah, ohne ein Wort zu sagen.

»Er hat nichts davon gesagt, dass es ihm nicht gut ging, oder?«, fragte er.

Tante Dagmar schüttelte den Kopf. »Nein, ganz und gar nicht, glaubst du, dass er …?« Sie brachte es nicht über sich, das Wort auszusprechen.

Jes schüttelte den Kopf. »Ich weiß es nicht«, sagte er. »Er ist so kalt und ich kann keinen Puls fühlen.«

Dagmar stand da und biss sich in die Fingerknöchel. Sie hielt etwas Abstand, als habe sie Angst, sich anzustecken.

»Und außerdem wissen wir nicht, wie lange er schon so im Regen gelegen hat«, sagte Jes mehr zu sich selbst, als an sie gewandt. »Warum zum Teufel bin ich auch nicht gleich rübergegangen!«

»Jes, du darfst nicht fluchen, während dein Onkel dort liegt und …«

»Oh, kannst du nicht einmal das Maul halten!«, brüllte Jes verzweifelt und rasend vor Wut und Tante Dagmar brach augenblicklich in Tränen aus.

Der Regen und die Kälte, dachte Jes. Vielleicht waren es der Regen und die Kälte, die seinen Onkel so vollkommen leblos erscheinen ließen. War es nicht so, dass alle lebenswichtigen Funktionen irgendwie heruntergefahren wurden, wenn die Körpertemperatur ein paar Grad unter Normaltemperatur sank, so dass man kaum noch einen Puls ausmachen konnte. Vielleicht war das auch hier der Fall. Vielleicht gab es immer noch eine Chance. Eine winzige Chance.

Er stand wieder auf, ging zum Telefon und wählte eine Nummer. »Hier spricht Jes Villadsen«, sagte er, als am anderen Ende der Hörer abgehoben wurde. »Ist Dorthe da?«

Er hörte einen Augenblick zu.

»Da lässt sich nichts machen«, sagte er dann. »Aber wenn sie nach Hause kommt, könnten Sie ihr bitte ausrichten, dass sie mich anrufen soll? Ihr Onkel ist … schwer erkrankt. Sie sollte vielleicht zu ihm kommen. Wenn Sie ihr das ausrichten könnten. Hier spricht Jes, ihr Cousin, der … Ja … Vielen Dank. Wiederhören.«

Er legte wieder auf.

»Dorthe war nicht zu Hause«, sagte er zu Tante Dagmar, die immer noch da saß und weinte. »Aber sie haben versprochen, ihr Bescheid zu geben.«

Es war zehn Minuten nach zwölf, als der Krankenwagen schließlich mit heulenden Sirenen an der Notfallaufnahme des Krankenhauses vorfuhr. Die Rettungssanitäter sprangen heraus, hoben schnell und routiniert die Bahre aus dem Wagen und liefen mit ihr durch die Tür. Einen Augenblick später war Jes allein mit einer Krankenschwester, die einen ganzen Schwall von Fragen auf seinen schon einigermaßen verwirrten Kopf niederhageln ließ.

Das Ganze ist irgendwie völlig absurd, dachte Jes. Geradezu kafkaesk. Sie hatten seinen Onkel mitgenommen, waren mit ihm irgendwo in diesen halbdunklen, stummen Gängen verschwunden, hatten ihn in dieses System gesteckt, während er selbst draußen geblieben war, einer verrückten Frau ausgeliefert, die es offenbar als ihre Aufgabe ansah, ihn mit allen möglichen idiotischen Fragen in den Wahnsinn zu treiben.

Als sie schließlich fertig war, setzte er sich im Wartezimmer auf eine Bank. Dort stand ein Getränkeautomat, an dem man sich Kaffee, Tee und Bouillon ziehen konnte. Jes betrachtete ihn, bis er ihn am Ende auswendig konnte: *Kaffee/schwarz. Kaffee/mit Milch. Kaffee/mit Zucker. Tee. Bouillon.* An der gegenüberliegenden Wand hing ein Schild: RAUCHEN VERBOTEN und auf einem Tisch in der Mitte des Raumes lag ein Haufen zerlesener Illustrierten.

Er hatte das Gefühl, eine Ewigkeit so dagesessen zu

haben, als die Krankenschwester wieder hereinkam. Er stand schnell auf. »Wie geht es ihm?«, fragte er nervös.

»Die Dienst habende Ärztin möchte mit Ihnen sprechen«, antwortete sie. »Hier entlang, bitte.«

Sie ging vor und öffnete eine Tür, die zu einem kleinen Büro führte. Halb leere Kaffeetassen standen auf dem Schreibtisch und im Aschenbecher lagen glimmende Zigaretten.

Die Dienst habende Ärztin war in seinem Alter, vielleicht ein wenig älter. Eine rothaarige Frau mit großen blassen Sommersprossen im Gesicht und auf den Armen.

Sie bedeutete ihm mit einer Geste, Platz zu nehmen.

»Mein Onkel«, begann Jess. »Wie geht es ...?«

Sie schüttelte bedauernd den Kopf. »Es tut mir sehr Leid, aber ... Ihr Onkel ist tot.«

Jes saß wortlos da und ließ ihre Worte erst einmal langsam zu sich vordringen. Ihr Onkel ist tot. Nein, *mein* Onkel ist tot. Uncas. Er sah auf seine Hände hinab. Er wagte nicht aufzuschauen, denn er wusste, dass sich seine Augen dann unweigerlich mit Tränen füllen würden.

»Ich ...«, setzte er an, verstummte dann und räusperte sich, um seine Stimme wiederzuerlangen. »Ich kann das noch gar nicht richtig fassen. Er war doch nicht ... ich meine, sein Blutdruck war etwas zu hoch, aber niemand hätte gedacht, dass ...«

»Ihr Onkel hatte auch noch eine Kopfverletzung«, sagte die Ärztin. »Wissen Sie, wie er sie sich zugezogen hat?«

»Ja aber, das war doch nur eine ganz kleine Wunde«, erwiderte Jes überrascht. »Ich habe sie natürlich gesehen, aber sie schien mir nicht der Rede wert zu sein.«

»Wissen Sie, wie er sie sich zugezogen hat?«, fragte sie wieder.

»Nun ja, ich denke mal, dass er sich den Kopf an einem Stein gestoßen hat, als er gefallen ist. So sah es jedenfalls aus. Aber ... ist er denn wirklich daran gestorben?«

»Das lässt sich jetzt noch nicht sagen. Wir werden wohl gezwungen sein, ihn gründlicher zu untersuchen, ehe wir etwas über die genaue Todesursache sagen können. Aber es gibt ein paar Dinge, die ich nicht ganz verstehe, vielleicht können Sie mir da weiterhelfen. Wie lange hat es ungefähr gedauert, bis ein Krankenwagen gerufen wurde?«

»Das weiß ich nicht«, sagte Jes.

»Nur ungefähr«, sagte sie. »Von dem Moment, in dem ihr Onkel umgekippt ist, bis zu seiner Einlieferung hier.«

»Ja aber, das ist es ja gerade, was ich nicht weiß«, antwortete Jes. »Er war allein. Ich verstand nicht, wo er blieb, und dann fand ich ihn oben auf dem Friedhof. Besinnungslos.«

»Aha, so war das«, meinte sie. »Das heißt mit anderen Worten, dass er dort schon eine ganze Weile gelegen haben kann.«

Jes nickte.

Sie saß einen Moment lang schweigend da und spielte mit einem Kugelschreiber. Dann schaute sie ihn an. »Wäre es möglich … deutete etwas darauf hin, dass Ihr Onkel überfallen worden ist?«

»Überfallen!« Jes sah sie verwirrt an. »Nein, nein, überhaupt nichts.«

»Hm«, sagte sie. »Nun gut, jedenfalls können wir zum jetzigen Zeitpunkt noch nichts über die genaue Todesursache sagen.«

Sie stand auf und Jes fasste dies als ein Zeichen dafür auf, dass die Audienz allmählich beendet war.

»Morgen wird eine Autopsie durchgeführt werden, dann wissen wir mehr.«

»Eine Autopsie?«

»Ja, eine gesetzlich vorgeschriebene Autopsie. Das ist vollkommen normal, wenn Menschen tot aufgefunden werden.«

»Aber mein Onkel ist doch nicht tot aufgefunden worden«, wandte Jes ein.

»Doch«, erwiderte sie. »Ihr Onkel war bereits mehr als eine Stunde tot, als er hier eintraf.«

Die Luft in Høyers Büro stand vor Rauch, obwohl er ein Fenster geöffnet hatte. Therkelsens unumgängliche Stummelpfeife hatte Verstärkung durch Zigaretten und Zigarillos bekommen. Es war Montagvormittag, kurz nach neun, und die beiden Männer von der Sonderkommission waren vor einer halben Stunde eingetroffen.

Der Schreibtisch war übersät mit Karten, Skizzen und Fotografien und mitten in dem Ganzen lag eine zerrissene Bäckereitüte mit einem letzten Kopenhagener darin.

»Ja«, sagte Høyer und schielte auf die Tüte, widerstand aber der Versuchung. »Wie gesagt deutet einiges darauf hin, dass es sich um denselben Täter handelt, aber ganz sicher können wir natürlich nicht sein, bevor wir nicht die Ergebnisse der Proben haben. Die Vorgehensweise ist zumindest die gleiche gewesen, zunächst jedenfalls, aber was ihn dann dazu veranlasste, auf diese Weise Amok zu laufen, können wir nur raten.«

Er kramte ein paar Bilder hervor und zeigte sie seinen beiden Gästen.

Die Männer betrachteten sie eine Zeit lang schweigend.

»Panik!«, schlug der eine von ihnen anschließend vor. Es war Møller, ein kleiner, untersetzter Mann, der einem spitzfindigen Bauern glich. Høyer hatte sich immer gefragt, wie er eigentlich zu der vorgeschriebenen Mindestgröße für Polizisten gekommen war. Entweder war er seitdem geschrumpft oder aber er hatte auf die eine oder andere Weise gepfuscht.

»Ja«, sagte Therkelsen. »Das ist auch unsere Theorie. Wenn sie wirklich nicht sofort tot war, kann ihn das durchaus dazu gebracht haben, den Kopf zu verlieren.«

»Es kann aber auch eine neue Raffinesse sein«, meinte der zweite Gast, der Assistent des Leiters der Sonderkommission. Er hieß Hans Christian Andersen und alle Witze, die man angesichts seines berühmten Namensvetters über diesen Namen machen konnte, hatte er schon so oft gehört, dass sie ihn nicht einmal mehr ärgerten.

»Was meinst du mit Raffinesse, Hans Christian?«, fragte Høyer.

»Das noch etwas Neues dabei sein musste. Das hat es schon öfter gegeben. Beim ersten Mal begnügt er sich vielleicht damit, ein Mädchen zu vergewaltigen, aber beim nächsten Mal muss etwas mehr passieren. Gewalt, die eine oder andere Form von Folter. Und dann folgt Mord und in manchen Fällen gehen sie noch weiter und schänden die Leiche irgendwie.«

Møller drückte seine Zigarette im Aschenbecher aus und steckte sich sofort eine neue an. »Aber unabhängig davon, ob es sich im vorliegenden Fall um das eine oder das andere handelt, hilft uns das im Moment auch nicht weiter. Was habt ihr ganz konkret?«

Høyer schüttelte den Kopf. »Nicht viel. Auf den ersten Blick sieht es vielleicht ganz viel versprechend aus, aber wenn man sich die Sache genauer anschaut, ist es, als würde ... wie soll ich sagen ... genau, als würde die Substanz fehlen.« Er nahm noch ein paar Fotografien vom Tisch und reichte sie den anderen. »Zunächst einmal haben wir natürlich die üblichen Fotos. Das da ist der Holzscheit, der aller Wahrscheinlichkeit nach die Mordwaffe ist. Und hier haben wir die einzige Fußspur, die wir von dem Mann sicherstellen konnten. Von dem Mädchen gab es mehr, deshalb gehen wir davon aus, dass er bewusst darauf geachtet hat, die ganze Zeit im Gras zu gehen. Aber es gab wie gesagt eine einzige an der Stelle, wo sie den Feldweg verlassen haben und in den Wald eingebogen sind. Und hier sind die Bilder von dem Abguss, den wir von dem Fußabdruck gemacht haben.«

Møller lehnte sich ein wenig auf seinem Stuhl zurück und zog an seiner Zigarette. Dann beugte er sich wieder über den Schreibtisch. »Und das da sind die Reifenspuren, nicht wahr?«, fragte er. »Der rote Mazda, von dem ihr gesprochen habt.«

»Ja«, erwiderte Therkelsen.

»Und ihr meint, man kann mit ziemlicher Sicherheit davon ausgehen, dass es das Auto des Täters war?«

Høyer nickte. »Alles deutet darauf hin. Die Spuren hier stammen aller Wahrscheinlichkeit nach von einem Mazda und wir haben einen Zeugen, der dort zum ungefähren Zeitpunkt der Tat einen roten Mazda gesehen hat.«

»Warum, verdammt noch mal, ist er nicht bis zum Waldrand gefahren?«, fragte Møller. »Oder in den Wald hinein? Zum einen war an der Stelle das Risiko höher, dass sie weglaufen oder um Hilfe hätte rufen können, und zum anderen war es doch ein wenig riskant, das Auto dort für jeden sichtbar stehen zu lassen.«

»Letzteres glaube ich nun eher nicht«, meinte Høyer. »Er konnte fast hundertprozentig sicher sein, dass dort niemand vorbeikommen würde, und ich schätze, dass er vermeiden wollte, Spuren auf dem Feldweg zu hinterlassen, der ziemlich aufgeweicht war. Vielleicht hatte er auch Angst stecken zu bleiben, aber dann wurde er ein wenig nachlässig, als er drehte, um wegzufahren, und deshalb hinterließ er ein paar hübsche Spuren im Boden.«

»Du sagst, dass es kein großes Risiko war, dort zu halten«, meinte Møller. »Aber es gibt ja offensichtlich doch jemanden, der das Auto gesehen hat. Wer ist das?«

Høyer wand sich ein wenig. »Es ist eines der Kinder, die sie gefunden haben.«

Hans Christian hustete überrascht. »Ja aber, die waren doch noch ziemlich klein, oder etwa nicht?«

»Stimmt, der Junge ist knapp sieben Jahre alt«, räumte Høyer ein. »Aber ich bin überzeugt, dass er das Auto wirklich gesehen hat.«

Er erzählte ihnen die Geschichte von dem ›ilektrischen‹ Nachtwandler.

Møller und Hans Christian fingen an zu lachen, mussten Høyer aber Recht geben, dass der Junge durchaus glaubwürdig klang. »Und im Übrigen wird seine Geschichte ja auch von den Reifenspuren bestätigt«, meinte Møller, der sich eine neue Zigarette ansteckte. Høyer bekam allein vom bloßen Zusehen schon Schmerzen in der Lunge. »Aber ich verstehe schon, was du meinst, Høyer«, fuhr er fort, »wenn du sagst, dass es an Substanz fehlt. Ein roter Mazda, der vielleicht, vielleicht aber auch nicht mit der Sache zu tun hat. Beim letzten Fall war es ein Opel Ascona und davor war da was mit einem Kombi. Dass die Vorgehensweise gleich ist, kann auch andere Gründe haben … Ein Nachahmungseffekt sozusagen. Man hat schon mal davon gehört.«

Die anderen nickten.

»Solange wir nicht die Ergebnisse der Analysen bekommen haben, wissen wir demnach nichts Genaues. Fußspuren und Reifenspuren können wir uns an den Hut stecken, bis wir etwas haben, mit dem wir sie vergleichen können, und uns mit jedem roten Mazda im Königreich Dänemark zu beschäftigen würde enormes Personal erfordern, ohne dass wir sicher sein könnten, dass irgendetwas dabei herauskommt. Ist das alles, was ihr habt?«

»Ja und nein«, sagte Therkelsen und erzählte von dem Mädchen mit dem Riesenschnauzer.

»Das klingt in der Tat, als wäre dieser Hund genau im richtigen Moment aufgetaucht«, meinte Hans Christian. »Aber abgesehen davon, dass es darauf hindeutet, dass er möglicherweise auf der Lauer lag und auf der Suche nach einem Opfer war, bringt uns das auch nicht viel, woran wir uns halten können, solange sie sich weder an die Automarke, die Farbe noch die Nummer erinnern kann.«

»Stimmt«, sagte Høyer. »Aber das ist im Großen und Ganzen alles, was wir haben, und es ist mehr, als wir beim letzten Mal am Anfang hatten. Vielleicht bringt es doch etwas.«

»Wir sollten jedenfalls nicht die Hoffnung aufgeben, dass der rote Mazda auch noch von anderen gesehen worden ist«, meinte Møller. »Habt ihr ihn schon an die Presse gegeben?«

»Ja«, sagte Høyer. »Ich fand, je früher, desto besser.«

»Wir haben schon eine ganze Reihe von Hinweisen zu dem Fall bekommen«, sagte Therkelsen. »Zwei Leute, Bach und Larsen, sind damit beschäftigt, ihnen nachzugehen.«

»Ausgezeichnet«, sagte Møller. »Gut, aber jetzt sollten wir zusehen, dass wir uns hier einrichten, damit wir anfangen können. Wo sollen wir sitzen?«

»Wir haben ein leeres Büro hier drüben«, antwortete Høyer. »Für zwei ist es zwar ein wenig eng, aber es ist das Beste, was wir euch im Moment anbieten können.«

»Wir haben ja nicht vor, dort zu wohnen«, meinte Møller. »Das wird sicher gehen.«

»Ich bin jedenfalls froh, dass ihr den Fall übernehmt«, sagte Høyer. »Ich habe so eine Vorahnung, dass wir alle in den nächsten Wochen Überstunden machen werden und unseren Urlaub aufschieben müssen.«

Die drei Männer waren mit Therkelsen an der Spitze auf dem Weg zur Tür, als das Telefon klingelte.

Høyer hob ab.

Die anderen blieben stehen und sahen ihn abwartend an.

»Das gibt's doch nicht, zum Teufel!«, rief Høyer aus, als er den Hörer wieder auflegte.

»Gibt es was Neues?«, fragte Møller.

»Ja, das kann man wohl sagen«, antwortete Høyer. »Ich habe mich wohl zu früh gefreut. Es ist leider nichts, was uns weiterhilft. Im Gegenteil. Ein neuer Mord.«

Therkelsen sah Høyer mit einem fast ehrfürchtigen Blick an. Was hatte Høyer am Abend zuvor gesagt.

»Ein neuer Mord?«, fragte Møller. »Noch ein Mädchen?«

Høyer schüttelte den Kopf.

»Nein, ein Mann. Ein alter Pastor. Er ist diese Nacht vor seiner Kirche ermordet worden.«

4.

Høyer ließ sich ein wenig zurückfallen, nachdem er zusammen mit Therkelsen und Jes durch das große, schmiedeeiserne Tor den Friedhof betreten hatte. Er schaute sich um und zog unbewusst die Mundwinkel nach unten. Es gab Friedhöfe, die einen so schönen und idyllischen Eindruck machten, dass man fast Lust bekam, später einmal dort beerdigt zu werden, aber das traf auf diesen Friedhof beim besten Willen nicht zu. Im Gegenteil. Dabei war es gar nicht so, dass er regelrecht hässlich war, aber schön war er beim besten Willen auch nicht. Die Gräber waren gepflegt, es gab Bäume und Sträucher und jede Menge Blumen, aber als Ganzes war er unbeschreiblich fade. Fade und irgendwie kleinbürgerlich. Ich würde vor Langeweile umkommen, wenn ich hier liegen würde, dachte Høyer und musste über sich selbst lachen, als ihm die Paradoxie seines Gedankengangs aufging.

Er schloss zu den anderen auf.

»Könnten Sie uns so genau wie möglich beschreiben,

wo Sie ihren Onkel gestern Abend gefunden haben?«, bat er Jes.

»Das kann ich Ihnen ganz genau sagen«, antwortete Jes kurz angebunden.

Høyer warf ihm einen forschenden Blick zu. Es war Jes gewesen, der sie hereingelassen hatte, als sie zum Pfarrhaus kamen. Ein groß gewachsener, junger Mann mit dunkel gelocktem, kurz geschnittenem Haar und einem Lech-Walesa-Bärtchen. Er war unnatürlich blass, aber das mochte mit der Situation zusammenhängen. Immerhin war er es gewesen, der seinen Onkel tot aufgefunden hatte. Behauptete er jedenfalls. Denn bis auf weiteres stand dafür nur seine eigene Aussage und man konnte sich gut vorstellen, dass sein Onkel und er vielleicht nicht gerade Busenfreunde gewesen waren. Die meisten Morde in diesem Land wurden trotz allem immer noch innerhalb der Familie oder des Freundeskreises begangen. Wie seltsam einem das auch vorkommen mochte.

Jes blieb vor Konsul Mørchs großem Grabmal stehen. »Hier war es«, sagte er und zeigte auf das benachbarte Grab. Dort sah man zwei kleine Beete, die von Buchsbaum gesäumt wurden, einen Miniaturgartenweg mit weißem Perlkies und einen blank polierten Granitstein am Kopfende mit einem kleinen halbkreisförmigen Beet davor. Auf dem rechten Beet, fast schon auf dem Weg lag ein kleinerer Stein, RUHE IN FRIEDEN stand darauf.

»Er lag mit dem Kopf auf dem Stein da«, sagte Jes und zeigte auf den Stein, anscheinend ohne sich des grotesken Bildes bewusst zu sein, das er heraufbeschwor.

»Wie lag er?«, fragte Høyer. »Könnten Sie uns das erklären, was meinen Sie?«

Jes sah ihn an und Høyer wusste, dass er sich fragte, ob das wirklich nötig war. Musste dieser große Dickwanst wirklich all diese Fragen stellen? Er seufzte. Gelegentlich musste man eine ziemlich dickes Fell haben oder zumindest so tun, als ob man eines hätte, um in diesem Job bestehen zu können.

»Wir würden uns gerne einen Eindruck davon verschaffen, wie es passiert sein kann«, erklärte Høyer, als Jes nicht antwortete.

»Ja, ja, selbstverständlich«, sagte Jes. »Er lag halb auf der Seite. Das eine Bein lag auf der Eisenkette der Grabumrandung und ragte halb heraus und das andere lag unter der Kette halb auf dem Weg.«

»Hm«, gab Høyer von sich, während er versuchte, sich das Bild vor Augen zu rufen. Doch, das klang nicht ganz abwegig. »Und Sie sind davon ausgegangen, dass ihm schlecht geworden und er umgekippt war?«

»Ja natürlich«, antwortete Jes. »Das war doch der naheliegendste Gedanke, oder etwa nicht?«

»Tja«, sagte Høyer. »Jedenfalls fanden Sie hier Ihren Onkel und dann gingen Sie zurück und haben einen Krankenwagen gerufen, nicht wahr?«

»Nein.«

»Haben Sie nicht den Krankenwagen ...?«

Jes unterbrach ihn. »Ich habe ihn nicht hier liegen gelassen. Ich habe ihn nach Hause gebracht und dann einen Krankenwagen gerufen.«

»Wie haben Sie ihn denn nach Hause gebracht?«, fragte Høyer.

»Ich habe ihn getragen«, erwiderte Jes.

»Getragen!«, rief Høyer verblüfft.

»Ja«, sagte Jes. »Mein Onkel war nicht besonders groß und ziemlich schmächtig. Ich glaube nicht, dass er mehr als siebzig Kilo wog. Vielleicht sogar noch weniger.«

»Aber da mussten sie ihn doch trotzdem ein ganz schönes Stück tragen«, stellte Høyer fest.

»Es regnete doch«, sagte Jes, als wäre damit alles erklärt.

»War Ihnen denn nicht klar, dass er bereits tot war?«

Jes schüttelte den Kopf. »Ich weiß es nicht. Vielleicht wusste ich es im Grunde schon, aber … ich wollte es wohl nicht glauben. Konnte es nicht glauben. Das kam einfach zu … plötzlich, wenn Sie verstehen, was ich meine.«

Høyer nickte. Das klang alles so nett und überzeugend. Aber es konnte auch noch eine ganz andere Erklärung dafür geben, dass Jes seinen Onkel nach Hause getragen hatte. Hätten die Rettungssanitäter ihn tot auf dem Friedhof vorgefunden, wäre die Polizei automatisch und unverzüglich alarmiert worden. In der Zwischenzeit war dagegen alles, was es eventuell an Spuren hätte geben können, vom Regen fortgewaschen worden. Høyer, der ein wenig über ›diese Idioten von Rettungssanitätern‹ geknurrt hatte, sandte ihnen in Gedanken eine Entschuldigung. Sie waren überhaupt nicht hier gewesen, sondern schön und ordentlich zu einem Haus gerufen worden, wo ein alter Mann erkrankt war. Weshalb sollten sie also ein Verbrechen vermuten?

Høyer sah, dass der Wagen des Erkennungsdienstes am Tor hielt.

»Wer hat den Schlüssel zur Kirche?«, fragte er. »Denn sie ist doch wohl abgeschlossen?«

»Ja, heutzutage ist sie abgeschlossen. Früher stand sie tagsüber immer offen, aber das ist heute ja nicht mehr möglich. Der Totengräber hat einen Schlüssel.«

»Wo wohnt er?«, fragte Høyer. »Da vorne?« Er zeigte auf die Küsterei, deren Dach sich hinter den Bäumen an der Friedhofsmauer erahnen ließ.

»Nein«, erwiderte Jes. »Das Haus wird zwar die Küsterei genannt, aber der Küster wohnt nicht dort. Jedenfalls heute nicht mehr, und ob dort jemals ein Küster gewohnt hat, weiß ich nicht, aber möglich ist es schon. Der Totengräber wohnt drüben auf der Schulstraße, aber ansonsten …« Er zögerte, als würde er jetzt schon bereuen, was er sagen wollte.

»Ja?«, sagte Høyer auffordernd.

»Es gibt auch hier noch einen Schlüssel«, sagte Jes. »Den Schlüssel, den mein Onkel für gewöhnlich benutzte. Er ist oben an der Kirche.«

»Also schön, dann wollen wir ihn auch benutzen«, sagte Høyer. »Wir müssen jedenfalls in die Kirche kommen können.«

Therkelsen und er folgten Jes, der auf dem Weg zur Kirche vorging. Sie sahen, wie er etwas geheimnistuerisch halb hinter einem Lorbeerbaum verschwand, sich bückte und mit irgendetwas hantierte, sich anschließend wieder aufrichtete und mit dem Schlüssel in der Hand zu ihnen zurückkam.

»Er liegt hinter einem losen Stein in der Mauer«, erklärte Jes.

»Hm«, sagte Høyer. »Wer weiß alles, dass er immer da liegt?«

»Niemand«, antwortete Jes. »Abgesehen von mir, meiner Cousine Dorthe und vielleicht noch ein paar anderen. Ich glaube, nicht einmal der Totengräber weiß davon.«

»Hm«, brummte Høyer erneut. Er konnte noch nicht erkennen, ob der Schlüssel von Bedeutung war, aber er war jedenfalls eines jener kleinen Details, die er sich automatisch merkte. Er drehte sich zu Therkelsen um. »Ich glaube, du solltest runtergehen und den Technikern den Weg zeigen. Lass sie am Grab anfangen. Die Kirche kann noch warten.«

Jes' Augen folgten ihm, als er zu den Männern hinunterging, die nun fast das richtige Grab erreicht hatten. Er konnte sehen, wie Therkelsen zeigte und erklärte. Das alles kam ihm völlig unwirklich vor, wie ein Traum oder etwas, was man in einem Film sieht. Es wollte einfach nicht in seinen Kopf, dass sein Onkel, dass Uncas die Ursache für diesen ganzen Auflauf war. Dass er ermordet worden war.

»Es will mir nicht in den Kopf«, sagte Jes. »Ich kann es einfach nicht fassen.«

»Was fassen?«, fragte Høyer.

»Dass er tot ist«, sagte Jes. »Und doch, das könnte ich zur Not vielleicht noch verstehen, ich bräuchte nur noch ein wenig Zeit, aber dass er … dass er ermordet worden ist. Das ist einfach nicht zu fassen.« Er sah Høyer eindringlich an. »Ich weiß, dass es eine idiotische Frage ist, aber sind Sie sicher, sind Sie hundertprozentig sicher, dass hier kein Irrtum vorliegt?«

»Ja«, antwortete Høyer. »Das sind wir. Diese Art von Irrtümern gibt es nicht.«

Sie standen eine Weile schweigend da. Der Himmel war bedeckt, aber im Moment regnete es gerade nicht und Høyer konnte in der Ferne einen schmalen Streifen blauen Himmels erkennen. Wenn es nicht in Wirklichkeit eine Gewitterwolke war, was ihn beim besten Willen nicht wundern würde.

»Schön«, sagte er. »Vielleicht sollten wir jetzt zum Haus zurückgehen. Wir wollen sehen, dass wir Ihre Aussage schriftlich festhalten.«

Als sie an dem Grab vorbeikamen, auf dem Jes seinen Onkel gefunden hatte, schloss sich Therkelsen ihnen an und sie gingen gemeinsam zum Pfarrhaus zurück.

Tante Dagmar nahm sie an der Tür in Empfang. In Schwarz und mit blutunterlaufenen Augen.

»Sie müssen entschuldigen, dass ich nicht … dass ich nicht … es ist so fürchterlich. So sinnlos.« Sie drückte ein kleines, weißes Taschentuch an die Augen und schluchzte.

»Ist ja gut, Tante Dagmar«, sagte Jes und klopfte ihr unbeholfen auf die Schulter.

»Möchten Sie … soll ich Ihnen eine Tasse Kaffee machen?«, fragte Tante Dagmar.

»Danke«, antwortete Høyer. »Das wäre wirklich nett.

Wenn es Ihnen nicht zu große Umstände bereitet.« Die Erfahrung hatte ihn gelehrt, dass es den Menschen gut tat, sich mit etwas zu beschäftigen, und außerdem wollte er die alte Dame gerne aus dem Weg haben. »Gibt es hier ein Zimmer, wo …?«, fragte er und sah sich suchend um.

»Wir gehen wohl am besten in das Arbeitszimmer meines Onkels«, sagte Jes und ging ihnen voraus zur Tür, während Tante Dagmar durch eine andere Tür verschwand.

Høyer verschaffte sich einen schnellen Überblick über das Zimmer, ging dann zum Schreibtisch und setzte sich hinter ihn, während Therkelsen auf dem äußersten Zipfel des Lederdiwans Platz nahm und mit der Tapete zu verschmelzen versuchte. Er war bereit zu lauschen, zu notieren und zu beobachten. Jes setzte sich Høyer gegenüber auf den einen der beiden ›Gästestühle‹ und sah ihn abwartend an.

»Wir fangen am besten damit an, dass Sie uns Ihren Namen, Ihre Adresse und so weiter angeben«, meinte Høyer und sah zu Therkelsen hinüber. »Bist du so weit?«

Therkelsen nickte und Jes gab ihnen die gewünschten Angaben zur Person.

Høyer setzte sich überrascht auf, als Jes seine Adresse nannte.

»Sie wohnen also gar nicht hier im Haus?«, fragte er.

»Nein«, erwiderte Jes ein wenig erstaunt darüber, dass Høyer diesen Eindruck gewonnen hatte.

»Das heißt, dass Sie gestern Abend bei Ihrem Onkel nur zu Besuch waren. Wann sind Sie gekommen?«

»Soweit ich mich erinnere, war das gegen halb elf«, sagte Jes. »Tante Dagmar wird Ihnen das vielleicht genauer sagen können. Sie saß vor dem Fernseher und weiß vielleicht, wie lange das Programm schon lief, als ich kam.«

»Halb elf«, sagte Høyer. »War das nicht etwas spät für einen Besuch?«

»Nein, nicht bei meinem Onkel. Er ging immer erst sehr spät ins Bett. Aber er war wie gesagt nicht hier, als ich kam.«

»Überraschte Sie das?«

Jes dachte nach. »Ja, ich denke schon. Ich kam nämlich oft sonntagabends, deshalb hatte ich damit gerechnet, dass er zu Hause sein würde. Aber Tante Dagmar sagte mir, er sei in die Kirche gegangen.«

»Sie erwähnte nicht, weshalb er dorthin gegangen war?«

»Nein, besser gesagt, ich fragte Sie danach und sie antwortete, dass sie es nicht wisse.«

»Fanden Sie es nicht ein wenig ungewöhnlich, dass er in die Kirche gegangen war?«, fragte Høyer.

»Nein, ganz und gar nicht«, meinte Jes. »Er ging oft abends noch in die Kirche, ja, tagsüber auch natürlich. Ab und zu stieg er auch auf den Kirchturm hinauf, um die Aussicht zu genießen oder die Sterne zu beobachten.«

»Aber das kann er doch wohl kaum gestern Abend vorgehabt haben«, wandte Høyer ein.

»Nein«, pflichtete Jes ihm bei. «Es goss ja in Strömen, aber vielleicht wollte er auch nur ein wenig in der Kirche sitzen und … und nachdenken oder aber er wollte sich dort mit jemandem treffen.«

»Mit jemandem treffen?«, fragte Høyer in einem etwas schärferen Tonfall. »Kam das vor, dass er sich abends in der Kirche mit Leuten traf?«

»Ja, allerdings«, antwortete Jes. »Nicht besonders oft, aber es kam vor. Mein Onkel hatte gewisse, ja, ich habe es immer katholische Ideen genannt, zum Beispiel nahm er den Leuten manchmal die Beichte ab und das geschah in der Regel in der Kirche«, sagte Jes.

»Die Beichte?« Høyer sah ihn fragend an.

»Ja, so nannte er das. Und vielleicht war es auch eine Art Beichte. Die Beichte ist in der dänischen Volkskirche ja abgeschafft, aber ich glaube auch nicht, dass es darum ging, seine Sünden zu bekennen oder so, ich glaube eher, dass die Leute vor allem über ihre Sorgen und ähnliche Dinge mit ihm sprechen wollten. Aber darüber weiß ich natürlich nichts. Früher geschah dies, so weit ich weiß, in der Regel hier im Hause, aber nachdem Tante Dagmar hier eingezogen war, da …«

»Sie ist die Schwester Ihres Onkels, oder nicht?«, fragte Høyer.

»Nein, sie ist seine Haushälterin«, antwortete Jes. »Ich glaube nicht, dass er fürchtete, sie würde an der Tür lauschen und deshalb in die Kirche auswich, vielmehr verlor die Sache allein dadurch, dass sie wusste, wer hier gewesen war, an Anonymität. Ich glaube, das war der Grund.«

»Und das kam oft vor?«

»Na ja, oft, nein, das würde ich nicht sagen. Einmal im Monat oder so.«

»Und das war es also, was Sie eine katholische Idee nannten?«

»Ja, unter anderem«, sagte Jes. »Aber das war mehr spaßeshalber.«

»Welche ›katholischen Ideen‹ hatte er denn noch?«

»Er war nicht verheiratet.«

Høyer schmunzelte. »Das muss streng genommen nicht unbedingt etwas Katholisches sein.«

»Nein, aber das war es. Er sagte immer, die Katholiken hätten Recht mit ihrer Auffassung, man werde ein besserer Geistlicher, wenn man unverheiratet bleibe. Das liege zum einen daran, nein, jetzt kann ich mich doch nicht mehr erinnern, woran es lag, aber er sagte jedenfalls auch immer, wenn man sich um Frau und Kinder kümmern müsse und häusliche Probleme und finanzielle Schwierigkeiten und weiß der Teufel, was noch alles, dann raube einem das alle überschüssige Energie, die man ansonsten seiner Gemeinde zugute kommen lassen könne.

›Aber in der dänischen Volkskirche ist ja Platz für vieles‹, sagte er oft. ›Man kann selbst wählen, ob man ein Angestellter oder ein Pfarrer sein möchte, und ich ziehe es allemal vor, ein Pfarrer zu sein.‹ Ich habe nie richtig verstanden, ob er das wirklich ernst meinte oder ob er mich damit auf den Arm nehmen wollte. Aber eigentlich glaube ich, dass er es ernst meinte.«

»Aber Sie wussten letzten Endes nicht, ob er sich gestern Abend mit jemandem treffen wollte?«, hielt Høyer fest.

»Nein«, Jes schüttelte den Kopf. »Das war nur so ein Gedanke, der mir kam, weil mir auffiel, dass auf seinem Telefonblock eine Uhrzeit notiert war. Das ist der, der da oben liegt.« Er zeigte hin. »Da stand 21.30 und da kam mir der Gedanke, dass er vielleicht verabredet war.«

»Hier steht aber kein Datum«, sagte Høyer, der den Block auf den kunterbunten Papierstapeln gefunden hatte.

»Nein, das ist richtig«, sagte Jes. »Deshalb bin ich auch davon ausgegangen, dass der Tag gemeint sein müsse, an dem es geschrieben wurde. Es war offensichtlich die letzte Notiz, die er sich gemacht hatte. Aber sie kann natürlich auch von Freitag oder Samstag sein. Mein Onkel war nicht besonders penibel in solchen Dingen, also ist nicht gesagt, dass er die letzte Seite abgerissen hätte, wenn er den Block nicht mehr gebrauchte.«

»Sie selbst waren aber am Freitag oder Samstag nicht hier?«, fragte Høyer.

Jes schüttelte den Kopf.

»Aber Ihre Tante wird doch sicher wissen, ob er freitags oder samstags eine Verabredung hatte.«

»Ja, das denke ich schon«, meinte Jes. »Sie ist übrigens nicht meine Tante. Wir nennen sie nur Tante Dagmar. Innerhalb der Familie. Sie war die Tante der Mutter meiner Cousine.«

»Der Mutter Ihrer Cousine?«, wiederholte Høyer ein wenig verwirrt. Er hatte Mühe, den Verwandtschaftsgrad auf die Schnelle zu ermitteln.

»Ja«, sagte Jes und lächelte schwach. »Mein Onkel war nicht mit ihr verwandt. Die Mutter meiner Cousine starb vor, ja, das muss jetzt fünfzehn Jahre her sein, und dann stand mein Onkel, also mein anderer Onkel, allein mit einem Mädchen von zehn Jahren, und Tante Dagmar machte daraufhin den Vorschlag, dass sie kommen könne, um ihm den Haushalt zu führen. Sie war fünf Jahre dort, und als mein Onkel eine neue Frau fand, brachte er es nicht übers Herz, Tante Dagmar so mir nichts, dir nichts wieder hinauszuschmeißen, aber das war natürlich auch kein Zustand mit einer Frau und einer Haushälterin unter einem Dach, so dass sein großer Bruder, also mein Onkel, sich schließlich seiner bzw. Dagmars erbarmte und sie übernahm. Er mochte sie im Grunde nicht besonders, aber er hat es jetzt zehn Jahre mit ihr ausgehalten und ich glaube nicht, dass er sie noch einmal losgeworden wäre.«

Hinter der Tür waren Schritte zu hören und Høyer beeilte sich, das Thema zu wechseln.

»Sie kamen also um halb elf, blieben hier sitzen und warteten bis halb zwölf. Warum gingen Sie dann zu guter Letzt doch noch auf den Friedhof?«

»Ich verstand einfach nicht, warum es so lange dauerte. Er war kurz nach neun gegangen, sagte Tante Dagmar, also war er fast zweieinhalb Stunden fort, nicht wahr? Ich ging zuerst zur Kirche, ich rechnete ja damit, dass er dort war, aber dort war alles verschlossen und verriegelt und der Schlüssel war an seinem Platz hinter dem Stein, … das brachte mich ehrlich gesagt etwas durcheinander.«

Tante Dagmar klopfte vorsichtig an die Tür und betrat das Zimmer.

»Entschuldigen Sie«, sagte sie fast flüsternd, so als habe sie das Gefühl, es sei unpassend, laut in einem Haus zu sprechen, in dem jemand gestorben war. »Entschuldigen Sie, möchten Sie den Kaffee hier trinken oder lieber drüben im Wohnzimmer?«

»Hier, vielen Dank«, sagte Høyer. »Das wird schon gehen.«

»Ja, hier ist es ja ein wenig unordentlich«, flüsterte sie entschuldigend. »Er wollte mich hier drinnen nicht aufräumen lassen, aber ... Soll ich jetzt mit dem Kaffee kommen?«

Sie ging hinaus, ließ aber die Tür einen Spalt weit aufstehen und kehrte gleich darauf mit einem Tablett zurück, auf dem Tassen, eine Thermoskanne und Kekse standen. Høyer fragte sich, warum sie für so wenig so lange gebraucht hatte.

»Sie können ruhig alles hier abstellen«, sagte Høyer und zeigte auf eine einigermaßen aufgeräumte Ecke des Schreibtischs.

Sie setzte das Tablett vorsichtig ab und wollte mit dem Verteilen der Tassen beginnen, aber Høyer beeilte sich, sie zu bremsen. »Danke, das machen wir schon selbst. Haben Sie vielen Dank. Ach, übrigens. Es wäre nett, wenn Sie im Hause bleiben könnten, denn wir müssen Ihnen nachher sicher noch die eine oder andere Frage stellen.«

Therkelsen sah ihn ironisch lächelnd an. Das war eine sehr diplomatische Art und Weise, sie hinauszuwerfen. Sie verstand den Wink auch sofort, zog sich leise zurück und schloss die Tür hinter sich.

»Na, dann wollen wir uns mal bedienen«, meinte Høyer. »Wenn sich die gute Frau schon die Mühe gemacht hat.«

Therkelsen stand von seinem Platz auf dem Diwan auf und holte sich ein Plätzchen und eine Tasse Kaffee, die er vorsichtig zurückbalancierte und auf einem der Böden des Regals, das direkt neben dem Diwan stand, abstellte.

Høyer nahm einen Schluck Kaffee und blickte anschließend forschend in seine Tasse hinab. »Da ist eine Sache, die mich wundert«, sagte er und Jes dachte für einen Moment, dass Høyer sich über den Kaffee wunderte. Tante Dagmars Kaffee war, wenn das überhaupt möglich war, noch dünner als sonst. Vielleicht hatte sie ihn mit Tränen verdünnt, dachte er und entdeckte, dass er nicht gehört hatte, was Høyer gesagt hatte.

»Entschuldigung?«, sagte Jes. »Ich habe wohl nicht zugehört …«

»Ich sagte, ich wundere mich, dass Sie Ihren Onkel nicht schon auf dem Weg zur Kirche gefunden haben. Sie haben doch erzählt, dass Sie an der Kirchentür waren, da müssen Sie doch geradewegs an ihm vorbeigelaufen sein.«

»Nein«, erwiderte Jes. »Ich habe einen anderen Weg genommen. Ich bin an der Küsterei über die Friedhofsmauer gesprungen und dann schräg gegangen. So ist es viel kürzer. Aber ich wusste, dass mein Onkel den richtigen Weg nehmen würde, wenn er nach Hause wollte, und bin deshalb selbst auch auf dem Weg zurückgegangen.«

»So war das also«, meinte Høyer und sah ihn nachdenklich an. Er hatte auf alles eine passende Antwort, dieser junge Mann. Das war natürlich an sich noch kein Verbrechen, aber …

»Dann haben Sie ihn also gefunden und hierher nach Hause getragen, aber wäre es nicht vernünftiger gewesen, zur Küsterei zu laufen und von dort aus einen Krankenwagen zu rufen?«

»Es brannte kein Licht im Haus«, sagte Jes. »Und es steht oft leer, deshalb wollte ich dort keine Zeit verlieren. Außerdem war wohl mein einziger Gedanke, ihn nach Hause zu schaffen. Er lag dort und war so … nass.«

»Wie war Ihr Verhältnis zu Ihrem Onkel?«, fragte Høyer.

»Es war gut«, antwortete Jes ein wenig überrascht. »Sehr gut sogar. Ich habe früher fast immer meine Ferien hier verbracht, von klein auf, und seit ich hier in der Stadt wohne, bin ich mehrmals jede Woche hergekommen. Mein Onkel hätte wohl auch gerne gesehen, wenn ich hier eingezogen wäre, aber … na ja, ich glaube einfach nicht, dass ich es ertragen könnte, mit Tante Dagmar unter einem Dach zu wohnen.«

Høyer saß einen Moment lang grübelnd da, während er zerstreut das Durcheinander auf dem Schreibtisch betrachtete. Er würde aufpassen müssen, sich nicht zu sehr auf diesen jungen Mann zu fixieren, zumal er ihnen fast wie auf dem Silbertablett präsentiert worden war. Es konnte ja auch noch andere Möglichkeiten geben. Auch wenn es einem nicht leicht fiel, sich vorzustellen, wer auf die Idee kommen könnte, einen alten Pfarrer auf einem regennassen Friedhof zu ermorden.

»Wissen Sie, ob sich auf dem Friedhof öfter jemand herumtrieb?«, fragte er.

»Was meinen Sie mit ›herumtrieb‹?«, fragte Jes zurück.

»Jugendliche, Drogensüchtige oder Penner zum Beispiel.«

»Das kann ich mir nicht vorstellen«, sagte Jes. »Davon hat mein Onkel jedenfalls nie ein Wort gesagt und er hätte auf jeden Fall etwas davon gewusst, so oft, wie er dort war. Nein, da bin ich mir sicher, dass es so etwas dort nicht gab.«

»Hm«, sagte Høyer. »Ich bin wohl auch gezwungen, eine etwas … delikate Frage zu stellen, aber wir drehen nun einmal jeden einzelnen Stein um, verstehen Sie. Wissen Sie, ob Ihr Onkel homosexuell war?«

Jes starrte ihn fassungslos an. »Mein Onkel! Nein, das war er nicht. Was zum Teufel hat das hiermit zu tun?«

»Es könnte eine ganze Menge damit zu tun haben, aber Sie meinen also, dass wir diese Möglichkeit ausschließen können?«

»Ja, mit Sicherheit. Er war wirklich nicht schwul. Damit meine ich nicht, dass er etwas gegen Schwule gehabt hätte, er verurteilte sie nicht oder so. Er verurteilte überhaupt niemanden, glaube ich, aber er verstand sie einfach nicht. Und diese Sache mit den Homosexuellen, die sich haben trauen lassen, dafür hatte er kein Verständnis. Ich glaube fast, er fand es ein wenig gotteslästerlich. ›Wir sind alle Sünder vor dem Herrn‹, sagte er. ›Aber darum zu bitten, für seine Sünden von Gott gesegnet zu werden, das ist doch, verdammt noch mal, grotesk.‹ Ja, das heißt, er hat höchstwahrscheinlich nicht geflucht«, fügte Jes hinzu.

»Hm«, brummte Høyer, während er sich Gedanken darüber machte, ob das, was der Pastor gesagt hatte, etwas bewies.

Jes sah zu ihm hinüber. »Woran ist mein Onkel eigentlich letztlich gestorben?«, fragte er. »Das habe ich noch gar nicht erfahren. Er hatte ja eine Verletzung am Kopf, von der ich geglaubt habe, dass er sie sich zugezogen hatte, als er auf dem Stein aufschlug, aber er muss offensichtlich niedergeschlagen worden sein oder so etwas. Ich kann das einfach nicht verstehen, denn die Wunde sah völlig harmlos aus. War da … hat er sich den Schädel gebrochen oder so?«

Høyer schüttelte den Kopf. »Nein, die Wunde, von der Sie sprechen, hat er sich tatsächlich zugezogen, als er mit dem Kopf auf dem Stein aufschlug. Davon gehen wir zumindest aus. Jedenfalls ist er daran nicht gestorben. Ihr Onkel wurde durch einen Karateschlag auf den Hals getötet.«

Jes sah ihn verständnislos an. »Ja aber, das ist doch unmöglich«, platzte er heraus.

»Nein«, sagte Høyer. »Das ist es, was die Ärzte festgestellt haben.«

Jes stand auf und drehte eine rastlose Runde durch das Zimmer, bis er zur Tür gelangte, wo er stehen blieb und gedankenverloren die Hand über das Etui des Teleskops gleiten ließ, so als beruhige es ihn, das glatte Leder an seiner Handfläche zu spüren.

Eine Weile blieb es still im Zimmer.

Therkelsen räusperte sich und sah sich nach einer Stelle um, wo er seine Pfeife auskratzen konnte, fand keine und stopfte sie mit einem kleinen Seufzer in seine Tasche zurück. Jes drehte sich um, kam zurück und setzte sich wieder.

»Ich verstehe das nicht«, sagte er. »Gott im Himmel, ich verstehe das nicht.«

Plötzlich wurde an die Tür geklopft.

»Herein«, rief Høyer und erwartete, Tante Dagmar zu sehen, so dass er verblüfft aufschaute, als sich die Tür öffnete und eine junge Frau mit flammend roten Haaren und Augen, die von Tränen verschleiert waren, das Zimmer betrat und gleich zu Jes stürzte.

»Jes!«, rief sie. »Was sagt Tante Dagmar da? Unser Onkel ist tot? Ermordet! Das kann doch nicht wahr sein, oder Jes? Das kann doch nicht wahr sein, oder?«

Jes war aufgestanden und hielt sie in den Armen, während er ihr auf den Rücken klopfte. »Es *ist* wahr, Dorthe«, sagte er. »Es ist wahr. Er wurde … jemand hat ihn mit einem Karateschlag getötet. Gestern Abend. Oben auf dem Friedhof.«

»Auf dem Friedhof!«, rief sie, so als mache dies die Sache noch viel schlimmer. »Oh, Jes, wo ist er?«

»Im Krankenhaus«, sagte Jes. »Er ist nicht hier.«

»Ja aber, weshalb?«, fragte sie. »Wer könnte denn …?« Sie sah Høyer an. »War es ein Raubmord?«, fragte sie.

»Raubmord?« Høyer zog die Augenbrauen hoch.

»Nein, bislang gibt es nichts, was darauf hindeutet. Wie kommen Sie darauf?«

»Na weil, was sollte es denn sonst sein? Wer sollte sonst auf die Idee kommen, ihn zu erschlagen. Er war der süßeste, liebste, friedlichste Mensch der Welt. Er hätte keiner Fliege was zu Leide tun können«, sagte sie.

»Jetzt komm doch nicht mit diesen idiotischen Klischees«, sagte Jes eine Spur gereizt. »Wie du redest, hört es sich an, als wäre Uncas ein alter Schlappschwanz gewesen, und das war er ganz und gar nicht. Selbstverständlich konnte er einer Fliege was zu Leide tun, er liebte es, die Fliegenklatsche zu schwingen, und als ich sieben Jahre alt war, hat er mir die erste, größte und einzige Tracht Prügel meines Lebens verpasst.«

»Das hat Uncas getan?« Dorthe, die sich auf den Stuhl neben Jes gesetzt hatte, sah ihn verblüfft an. »Warum?«

»Ihm ist wohl der Kragen geplatzt. Ich bin vermutlich den ganzen Tag über frech und motzig gewesen und am Ende hat er mich in die hinterste Ecke des Gartens gezerrt und ordentlich versohlt«, sagte Jes und musste unwillkürlich grinsen.

»Das hast du mir nie erzählt«, sagte sie.

»Ich hatte wohl nicht das Gefühl, damit angeben zu können, und wusste außerdem genau, dass ich es verdient hatte. Jedenfalls machte er mir damals klar, dass es gewisse Grenzen gab, die ich nicht überschreiten durfte.«

Sie nickte. »Jetzt wird mir einiges klar. Zum Beispiel, dass du immer einigermaßen erträglich warst, so lange du hier wohntest, auch wenn du zu Hause ein mieser, verwöhnter Rotzlöffel warst.«

»Tja, kann schon sein. Ich hatte eben gelernt, dass Uncas keine miesen, verwöhnten Rotzlöffel leiden konnte, also musste ich die Rolle aufgeben, wenn ich hier war.« Jes sah zu Høyer hinüber. »Entschuldigen Sie«, sagte er. »Sie sollen natürlich nicht mit unserer ganzen Kindheit belästigt werden, aber Uncas war auf jeden Fall nicht das Lamm, zu dem Dorthe ihn gerne machen würde. Im Übrigen war er im Krieg im Widerstand.«

»Ach je«, wandte Dorthe ein wenig ärgerlich ein. »Das ist doch schon so lange her.«

»Das stimmt schon«, räumte Jes ein. »Aber es sagt trotzdem etwas über ihn aus.«

»Aber das war doch etwas ganz anderes«, meinte sie. »Normalerweise war er süß und lieb und friedlich. Das musst du doch zugeben.«

»Sicher war er so, aber er war auch noch viel mehr, nicht wahr. Und zwar nicht nur ein Haufen Klischees.«

Høyer fand, dass es an der Zeit war einzuschreiten.

»Ihr Onkel war im Widerstand?«, fragte er.

»Ja, das ist richtig, er gehörte zu einer Widerstandsgruppe, die alles Mögliche gemacht hat. Er hat ein paar Mal davon erzählt und es war nicht immer sonderlich friedlich.«

Høyer rieb sich das Ohrläppchen. Wie das Mädchen ganz richtig bemerkt hatte, war das mittlerweile lange her, sehr lange, aber konnte der Fall nicht trotzdem mit dieser Zeit zusammenhängen? Man sollte das jedenfalls näher untersuchen.

»War das hier in der Stadt?«, fragte er.

»Ja«, sagte Jes. »Ich glaube, sie waren zu acht oder zu zehnt, aber ob es immer die Gleichen waren, weiß ich nicht. Er war damals gerade hierher gekommen. Vorher war er irgendwo Hilfspfarrer gewesen und danach kam er hierher. Er ist mehr als ein Menschenalter hier gewesen.«

»Sie kennen nicht zufällig jemanden, der mit ihm zu dieser Gruppe gehörte?«, fragte Høyer.

»Doch, das tue ich«, antwortete Jes. »Ich glaube nicht, dass noch viele von ihnen leben, und einige waren vielleicht auch nicht von hier, aber zwei von ihnen wohnen noch in der Stadt. Sie sind etwas jünger als mein Onkel. Der eine ist Schulrektor. Frandsen heißt er. Der andere ist der Besitzer der hiesigen Fordniederlassung, Ry-Nielsen.«

»Hatte er noch Verbindung zu ihnen?«, fragte Høyer.

»Ja, sie sahen sich recht oft«, erwiderte Jes. »Soweit ich weiß, haben sie sich einmal im Monat getroffen, mindestens. Aber darüber weiß Tante Dagmar sicher besser Bescheid als ich.«

»Wer sind die nächsten Verwandten Ihres Onkels?«, fragte Høyer.

»Das müssten wohl seine Brüder sein«, meinte Jes. »Also mein Vater und Dorthes Vater und dann kommen wir beide. Andere Verwandte hatte er nicht. Wir sind eine sehr kleine Familie.«

»Und was das Erbe angeht, so werden Jes und ich erben«, sagte Dorthe. »Nicht dass mein Onkel besonders wohlhabend gewesen wäre, aber das Haus hier gehört ihm selbst. Er hat es der Pfarrgemeinde irgendwann vor vielen Jahren abgekauft und vermutlich auch etwas gespart. Jedenfalls hat er schon vor Jahren ein Testament zu unseren Gunsten gemacht.«

»Nicht nur zu unseren«, meinte Jes. »Tante Dagmar bekommt eine Leibrente oder etwas Ähnliches.«

»Na ja«, sagte Dorthe. »Das ist ja wohl auch angebracht, sie hat ihm immerhin zehn Jahre ihres Lebens geopfert.«

»Geopfert!«, rief Jes. »Du bist wirklich ein bisschen naiv, Dorthe. Rein gar nichts hat sie ihm geopfert, sie hat bei ihm schmarotzt, so ist das.«

»Nein, jetzt bist du aber wirklich ungerecht«, protestierte Dorthe. »Sie ist vielleicht nicht gerade das Gelbe vom Ei, aber sie ist trotz allem ein lieber Mensch. Sie kam von ganz allein, als Mutter starb, und bot sich an, Vater und mir den Haushalt zu führen.«

»Ja, von ganz allein. Und dann brachte es dein Vater nicht übers Herz, nein zu sagen. Du willst mir doch nicht erzählen, dass er sie von sich aus gefragt hätte. Und als er dann das Glück hatte, eine neue Frau zu finden, war er gezwungen, den schwarzen Peter an unseren Onkel weiterzugeben. Geopfert! Du hast sie doch nicht mehr alle, das war die Chance ihres Lebens.«

Høyer sah vom einen zum anderen. Cousin und Cousine schienen nicht allzu oft einer Meinung zu sein, dachte er. Aber er hatte noch nicht herausgefunden, ob sie einander verabscheuten oder ineinander verliebt waren oder eher ein Verhältnis wie Geschwister zueinander hatten.

»Sssch«, machte Dorthe. »Sie kann dich doch hören. Sie ist im Wohnzimmer.«

»Oh, sie kann nichts hören«, meinte Jes. »Die Tür ist praktisch schalldicht.« Dennoch senkte er die Stimme.

Høyer sah zu Therkelsen hinüber, der die Schultern hochzog. Eine Geste, die bedeutete, dass er der Meinung war, sie seien hier fertig.

»Ich würde gerne noch mit … ja, wie heißt sie eigentlich?«, fragte Høyer und nickte in Richtung Tür. Er konnte sie ja schlecht Tante Dagmar nennen.

»Sie heißt Dagmar Feodora Strand Nielsen«, sagte Jes mit einem ironischen Lächeln. »Sie heißt wirklich so. Feodora, meine ich, aber sie nennt sich bloß Dagmar Strand.«

»Würden Sie sie bitte rufen?«, bat Høyer.

Dorthe stand halb von ihrem Stuhl auf. »Dann sollten wir vielleicht …«, begann sie.

»Nein, nein, bleiben Sie nur«, Høyer winkte abwehrend mit den Händen. »Ich möchte Fräulein Strand nur kurz bitten, ein paar Dinge zu bestätigen, die Jes Villadsen uns erzählt hat. Uhrzeiten und solche Sachen.«

Jes öffnete die Tür, rief Tante Dagmar und setzte sich

auf den Diwan, so dass sie seinen Platz auf dem Gästestuhl einnehmen konnte.

»Fräulein Strand«, sagte Høyer. »Können Sie sich erinnern, wann Ihr … wann Jes Villadsen gestern Abend gekommen ist.«

»Ja, er ist kurz nach halb elf gekommen«, sagte sie, ohne zu zögern.

»Waren Sie überrascht, dass er so spät noch vorbeikam?«

»Nein, das würde ich nicht sagen«, sagte Tante Dagmar und deutete mit dem Tonfall ihrer Worte an, dass nichts, was Jes jemals tun würde, sie überraschen konnte. »Er kam wie gesagt gegen halb elf und fragte nach seinem Onkel. Er machte einen ausgesprochen erregten Eindruck, war außer Stande sich ruhig zu verhalten und fragte immer wieder, wo sein Onkel denn hin sei. Er sagte die törichtsten Sachen.« Sie warf ihm einen vorwurfsvollen Blick zu.

Mein Gott, dachte Jes. Sie hatte ihm anscheinend die Bemerkung, sein Onkel liege vielleicht sturzbetrunken hinter dem Altar, noch nicht verziehen. Aber wie konnte er auch ahnen … Er schüttelte den Kopf. Sie war und blieb empfindlich.

»Waren Sie sehr erregt, als Sie kamen?«, fragte Høyer ihn.

»Nein, eigentlich nicht«, antwortete Jes. »Ich hatte es nur eilig, mit meinem Onkel zu sprechen.«

»Gab es etwas Besonderes, über das Sie mit Ihrem Onkel sprechen wollten?«, fragte Høyer. »Weshalb Sie es so eilig hatten?«

Jes zuckte mit den Schultern. »Nein, ich denke nicht.«

»Na, das denke ich aber schon«, warf Tante Dagmar ein. »Oder willst du etwa behaupten, du wusstest nicht, dass du und dein Onkel diese Woche dreizehn Richtige im Toto hattet?«

5.

Es wurde vollkommen still im Raum. Alle hatten Tante Dagmar angesehen, nun drehten sich unwillkürlich die Köpfe zu Jes.

»Woher, zum Teufel, weißt du denn davon?«, rief Jes überrascht.

»Von deinem Onkel natürlich«, sagte Tante Dagmar.

»Oh, dieser alte Schafskopf!«, sagte Jes ein wenig ärgerlich. »Wir hatten doch ausgemacht, es nicht direkt auszuplaudern, falls ...«

»Ja aber, stimmt das denn, Jess?«, fragte Dorthe. »Hattet ihr wirklich dreizehn Richtige?«

»Ja, das stimmt schon«, antwortete Jes. »Du weißt doch, Uncas hat es geliebt, Tippsysteme zu entwickeln und jede Woche hat er behauptet, dass es diesmal hundertprozentig das Richtige sei, und schließlich ist es ihm tatsächlich gelungen.«

»Haben Sie und Ihr Onkel eine Tippgemeinschaft gebildet?«, fragte Høyer, der mit keiner Miene verriet, welche Gedanken ihm durch den Kopf gingen.

»Ja, das machen wir schon seit Jahren«, erklärte Jes. »Zehn Jahre, glaube ich. Anfangs nur, wenn ich in den Ferien war, aber als ich hier in die Stadt gezogen bin, haben wir angefangen, regelmäßig jede Woche zu tippen.«

»Übrigens hat dein Onkel überhaupt nichts ausgeplaudert«, wandte Tante Dagmar ein, tödlich beleidigt im Namen des Pastors. »*Ich* war es, die ihm erzählt hat, dass ihr dreizehn Richtige habt.«

»Was?« Jes sah sie ungläubig an. »Was soll das heißen?«

»Ja, nicht direkt natürlich«, sagte sie. »Ich habe das ja doch nicht so richtig verfolgt. Aber dein Onkel ging in sein Zimmer, als wir zu Abend gegessen hatten, und bat mich ihn zu rufen, sobald die Sportschau anfangen würde. Das habe ich auch getan, aber im gleichen Augenblick klingelte das Telefon und er rief mir zu, dass ich aufpassen solle, wenn die Glückszahlen genannt würden, denn wenn das siebte Spiel eine Eins sei, wäre er sich sicher, dass ihr dreizehn Richtige hättet.«

»Und es war eine Eins«, sagte Høyer.

»Ja«, sagte Tante Dagmar und Jes nickte.

»Was hat er dazu gesagt?«, fragte Høyer.

Tante Dagmar runzelte nachdenklich die Stirn. »Ja, das war im Grunde etwas merkwürdig, denn es schien, als würde es ihn nicht mehr interessieren, als er davon erfuhr. Er sprach lange am Telefon, und als er wieder ins Wohnzimmer kam, machte er einen sehr … abwesenden Eindruck, möchte ich sagen. Ich war natürlich etwas aufgeregt, als er hereinkam, und erzählte auch gleich, dass es wirklich eine Eins war, aber er schien mich gar nicht richtig zu verstehen. Er sagte nur: ›Ja, das ist toll, das ist toll.‹ Und als ich ihn fragte, ob er nicht kontrollieren wolle, ob er auch wirklich dreizehn Richtige habe, sagte er nur, dass Jes die Tippscheine habe. Er war noch nicht einmal daran interessiert zu erfahren, wie hoch ungefähr der Gewinn sein würde.«

»Und wie hoch war der Gewinn?«, fragte Høyer und sah Jes an.

»Nun ja, es gab auch einige mit zwölf und elf Richtigen«, sagte Jes. »Alles in allem waren es knapp 200 000 Kronen.«

»Für jeden?«, entfuhr es Dorthe. Sie war beeindruckt.

»Nein, ach wo«, sagte Jes. »Insgesamt. Es war diesmal nicht so viel zu gewinnen, aber es war ja auch so schon eine ganz schöne Summe.«

»Und es war Ihr Name, der auf den Tippscheinen stand?«, hakte Høyer nach.

»Ja«, sagte Jes. »Ich habe mich immer darum gekümmert, dass die Tippscheine eingereicht wurden. Mein Onkel war nun einmal ziemlich schlampig, er hätte das bestimmt jede zweite Woche vergessen, und so hat es sich einfach ergeben, dass ich meinen Namen draufschrieb. In gewisser Weise glaube ich, dass Uncas auch der Meinung war, er könne es sich nicht erlauben zu tippen. Aber er bezahlte jede Woche zuverlässig seinen Anteil, auch wenn ich im Grunde das Gefühl hatte, dass er letztlich nicht darauf aus war zu gewinnen. Zumindest nicht wegen des Geldes. Es war die Sache mit den Systemen, die er spannend fand.«

»Jetzt brauchst du jedenfalls mit niemandem mehr zu teilen«, bemerkte Tante Dagmar ruhig und Høyer warf ihr einen kurzen Blick zu.

»Sicher werde ich teilen«, sagte Jes. »Uncas hatte doch bezahlt und ...« Er verstummte abrupt und das Blut schoss ihm in die Wangen. »Sag mal, was zum Teufel willst du eigentlich damit sagen?«

»Ja aber, Jes, das ist doch kein Grund sich so aufzuregen«, sagte Tante Dagmar. »Ich meinte doch nur, dass der Gewinn jetzt dir allein gehört.«

»Nein«, sagte Jes. »Das tut er überhaupt nicht, denn Uncas hat immer gesagt, falls wir jemals – oder besser gesagt, er sagte *wenn* – wenn wir die dreizehn Richtigen hätten, solle Dorthe seine Hälfte des Gewinns bekommen.«

Dorthe starrte ihn verblüfft an. »Ja aber ...«, begann sie.

»Und ich habe nicht die Absicht, daran etwas zu ändern, basta!«, sagte Jes.

Høyer warf ihm einen forschenden Blick zu. Aha, er hatte nicht vor, das zu ändern. Ja, weiß der Himmel, was er hatte? Weiß der Himmel, was er vorgehabt hatte? Es wäre interessant, das zu erfahren.

Er sah Tante Dagmar an.

»Sie sagten, dass Pastor Villadsen einen abwesenden Eindruck machte, nachdem er telefoniert hatte, aber Sie wissen nicht, wer ihn angerufen hat?«

»Nein, keine Ahnung, das hat er nicht gesagt und ich habe ihn auch nicht gefragt.«

»Und als er kurz darauf ging, sagte er auch nichts darüber, warum?«

»Nein, er sagte nur, dass er in die Kirche gehe.«

»Er erwähnte nicht, dass er dort jemanden treffen wollte?«

»Nein, wie gesagt, er teilte mir nur mit, dass er hinübergehe. Das kam ja recht oft vor, deshalb habe ich mir weiter nichts dabei gedacht.«

»Wissen Sie, ob er Freitag- oder Samstagabend mit jemand verabredet war?«

»Ganz sicher nicht«, antwortete Tante Dagmar. »Er war an beiden Abenden zu Hause. Er schrieb an seiner Sonntagspredigt.«

»Er ging also gegen neun aus dem Haus, nachdem er Ihnen gesagt hatte, dass er in die Kirche gehe wolle. Und sonst hat er nichts gesagt?«

Tante Dagmar zögerte einen Moment. »Nein«, sagte sie dann.

Høyer sah sie an. Irgendetwas sagte ihm, dass sie nicht die Wahrheit gesagt hatte, aber worüber und aus welchem Grund konnte er sich nicht denken. Er schielte zu Therkelsen hinüber und sah, dass er es auch bemerkt hatte.

»Sie sind sich also ganz sicher, dass er nichts anderes gesagt hat?«, wiederholte Høyer.

»Ja«, sagte sie und diesmal kam die Antwort ohne Zögern. Egal, ob sie nun gelogen hatte oder nicht, er würde sie im Moment doch nicht dazu bringen können, ihre Aussage wieder zu ändern.

»Hm«, sagte Høyer. »Nun gut. Eine letzte Frage noch, Fräulein Strand. Wir haben erfahren, dass Pastor Villadsen im Widerstand war und immer noch in Verbindung zu einigen seiner alten Kameraden aus jener Zeit stand. Unter anderem zu Rektor Frandsen und Ry-Nielsen, dem Autohändler. Wissen Sie, ob es hier in der Stadt noch mehr Teilnehmer aus seiner Widerstandsgruppe gibt?«

»Nein, da gibt es niemanden mehr«, sagte sie. »Soweit ich weiß, lebt sonst niemand mehr von ihnen. Aber das fragen Sie am besten Frandsen. Warum fragen Sie danach? Sie meinen doch nicht, dass es jemand ... dass das etwas hiermit zu tun haben könnte?«

»Wir meinen gar nichts«, erwiderte Høyer. »Wir untersuchen nur alle Möglichkeiten.«

»Aber ich kann einfach nicht verstehen, welche Möglichkeiten es da geben könnte«, sagte sie. »Er war ein liebenswerter Mensch und ich kann mir nicht vorstellen, dass er auch nur einen einzigen Feind hatte.«

Høyer seufzte.

Es war möglich, dass sie Recht hatte. Aber nichtsdestoweniger war Pastor Villadsen ermordet worden.

»Hm«, brummte Høyer, als Therkelsen und er wieder auf dem Weg zurück zum Friedhof waren, um zu schauen, wie weit die Techniker gekommen waren. »Ich muss schon sagen, da kam ja so einiges zu Tage, als wir ein wenig herumgestochert haben.«

»Ja«, sagte Therkelsen. »Aber ich frage mich, ob der Mord wirklich etwas damit zu tun haben kann, dass er früher im Widerstand war. Ist das nicht ein wenig sehr weit hergeholt?«

»Das ist sehr, sehr weit hergeholt«, meinte Høyer. »Wenn er sich damals Feinde gemacht hätte, hätten die bestimmt nicht vierzig Jahre lang gewartet, um sich zu rächen. Aber ich möchte trotzdem mit seinen beiden

Freunden aus jener Zeit sprechen. Sie dürften ihn am besten kennen und ich denke auch nicht, dass wir von vornherein ausschließen sollten, dass Villadsen homosexuell war, selbst wenn sein Neffe das für undenkbar hält.«

»Stimmt, diese abendlichen Seancen oben in der Kirche haben mich auch ein wenig stutzig gemacht«, sagte Therkelsen. »Beichte! Das klingt auch weit hergeholt.«

Høyer nickte. »Auf der anderen Seite sollte man sich davor hüten, in jedem unverheirateten Mann gleich einen Schwulen zu sehen. Und selbst wenn er schwul war, braucht das noch lange nichts mit unserem Fall zu tun zu haben.«

»Da hast du Recht«, meinte Therkelsen. Er warf Høyer verstohlen einen Blick zu. »Und dann ist da auch noch Jes Villadsen.«

»Ja, dann ist da auch noch Jes Villadsen«, sagte Høyer. »Vermessungsingenieur und arbeitslos, zumindest im Moment, und ehemaliger Offizier.«

»Offizier?«, fragte Therkelsen. »Woher weißt du das denn?«

»Hast du nicht die Familienfotos an der Wand zwischen Fenster und Regal gesehen? Jes und Dorthe Villadsen in verschiedenen Versionen. Unter anderem als Abiturienten und ein hübsches Porträt eines jungen Offiziers, das mit Sicherheit den Neffen zeigt, auch wenn er damals noch keinen Schnäuzer trug.«

»Das ist ja ein Ding«, sagte Therkelsen. »Mit anderen Worten, er hat mit Sicherheit gelernt, wie man sich in einem Nahkampf verhält.«

»Da könnte was dran sein«, bemerkte Høyer trocken. »Und das war schon eine ganz schöne Bombe, die unsere nette alte Dame dann noch kurz vor Toresschluss abgeworfen hat. Dreizehn Richtige, was sagt man dazu?«

»Aber er hat blitzschnell reagiert«, erwiderte Therkelsen. »Dorthe soll natürlich die Hälfte des Gewinns abbekommen! Weiß der Himmel, ob Cousine Dorthe jemals etwas davon erfahren hätte, wenn Tante Dagmar nicht die Katze aus dem Sack gelassen hätte.«

»Das bezweifle ich«, sagte Høyer. »Aber das können wir natürlich nicht beweisen.«

»Er kann aber auch nicht das Gegenteil beweisen«, meinte Therkelsen. »Und ich finde schon, dass es da ein paar Dinge gab, die ein wenig auffällig waren. Erstens war er es, der uns auf die Uhrzeit auf dem Telefonblock aufmerksam gemacht und angedeutet hat, dass sein Onkel eventuell jemand in der Kirche treffen wollte, zweitens traf er ungefähr zu der Zeit im Haus seines Onkels ein, zu der der Pastor vermutlich ermordet worden ist, und drittens ist es schon ein wenig merkwürdig, dass er seinen Onkel den ganzen Weg nach Hause getragen und ihm sogar noch den Regenmantel ausgezogen hat, bevor er den Krankenwagen rief.«

»Stimmt genau«, sagte Høyer. »Stimmt genau. Und es ist durchaus möglich, dass er selbst die Person war, mit der sein Onkel telefoniert hatte, und *er* auch derjenige gewesen sein könnte, den der Pastor in der Kirche treffen wollte, und dann … Zu diesem Zeitpunkt wusste Jes Villadsen jedenfalls bereits, dass sie gemeinsam im Toto gewonnen hatten.«

»Ja, und damit nicht genug«, fuhr Therkelsen fort. »Die beiden jungen Leute sind offenbar die einzigen Erben.«

»Wenn er es war, dann haben wir es mit einem kaltblütigen jungen Herrn zu tun«, sagte Høyer. »Den bringt man nicht so leicht aus der Fassung.«

»Wir haben es aber auch noch nicht versucht«, meinte Therkelsen. »Der wird schon noch weich, wenn wir ihn erst einmal hart rannehmen.«

»Wir werden sehen«, sagte Høyer. »Wir werden sehen.«

Der Wagen der technischen Abteilung stand nicht mehr vor dem Tor. Er war auf den Friedhof gefahren worden und stand jetzt oben vor der Kirche.

»Aha, hier draußen sind sie anscheinend fertig«, stellte Høyer fest. »Dann nehmen sie sich jetzt bestimmt die Kirche vor.«

Im gleichen Augenblick tauchte Bøjsens korpulente Gestalt im Kircheneingang auf. Er war der einzige Mensch, den Høyer kannte, für den er den Ausdruck korpulent verwenden würde, denn es war einfach das Wort, das einem in den Sinn kam. Ein korpulenter Herr. Leiter der technischen Abteilung und Meisterfotograf. Auf Letzteres würde er einen schon selbst hinweisen, falls jemand Zweifel daran hegte. Übrigens hatte er wirklich bereits eine Reihe von Auszeichnungen in dänischen und internationalen Fotowettbewerben gewonnen, allerdings nicht mit den Bildern, die er im Dienst machte.

Sobald er Høyer und Therkelsen bemerkte, kam er zu ihnen. »Du wolltest doch wahrscheinlich, dass wir die Sakristei …«

»Jajaja«, unterbrach Høyer ihn beruhigend. »Ihr könnt ja nicht jeden einzelnen Fingerabdruck in der Kirche suchen, gestern war immerhin Messe, so dass mehr als hundert Menschen da gewesen sein können.«

»Glaubst du«, sagte Bøjsen.

»Nein, aber trotzdem«, meinte Høyer. »Nur die Sakristei und den Kirchturm.«

»Den Kirchturm?« Bøjsen schaute Høyer forschend an, um herauszufinden, ob das ein Scherz war.

»Ja, den Kirchturm. Es heißt, dass der Pastor oft hinaufstieg, um in die Sterne zu schauen oder was immer er dort machte. Vielleicht traf er sich da oben auch mit Leuten. Jedenfalls sähe ich es gerne, wenn ihr euch den Kirchturm einmal anschaut. Habt ihr sonst noch etwas Interessantes gefunden?«

»Ja, ich denke schon«, sagte Bøjsen. »Kommt mit!«

Er führte sie zu dem Grab, auf dem Pastor Villadsen gelegen hatte.

»Wie ihr seht, haben wir einigermaßen rekonstruieren können, wie er gelegen hat, als er gefunden wurde, und es herrscht, soweit ich sehen kann, kein Zweifel daran, dass er an dieser Stelle auch niedergeschlagen worden ist.« Während Bøjsen dies zeigte und erklärte, erreichten sie das Grab. »Aber das ist nicht das Interessanteste«, fuhr er eifrig fort. »Kommt hierher, dann werdet ihr sehen.«

Bøjsen betrat Konsul Mørchs pompöses Grabmal und winkte die anderen herbei. Høyer gesellte sich mit dem Gefühl zu ihm, dass der verschiedene Konsul ihr Benehmen sicher nicht gebilligt hätte. Es stand dort nicht nur ein Grabstein, sondern ein *Grabmal*, das dem Eingang zu einem griechischen Tempel glich. Zwei mannshohe Säulen erhoben sich vor ihnen, ein Giebel mit einem Basrelief, auf dem eine Frau in griechischen Gewändern neben einer Art Opferschale zu erkennen war, und in der tiefen Nische darunter war eine Marmorplatte befestigt, die verkündete, dass hier Konsul Mørch und seine Familie in schöner Eintracht ruhten.

Bøjsen hockte sich unmittelbar vor die Nische und zeigte hinein. »Hier könnt ihr's sehen«, sagte er. »Die vortrefflichsten Fußspuren. Der Betreffende ist zwar ein wenig in seinen eigenen Fußspuren rumgetrampelt, aber es sind dennoch ein paar makellose dabei. Von denen haben wir Abgüsse gemacht. Außerdem haben wir da oben drei Zigarettenkippen gefunden, mit Filter. Zwei waren bis zum Filter heruntergeraucht, die dritte nur zur Hälfte.«

»Und was sagt dir das?«, fragte Høyer. Bøjsen liebte es zu brillieren und Høyer gab ihm gerne die Chance, wann immer sich die Gelegenheit dazu bot.

»Meiner Meinung nach hat der Kerl hier in der Nische gestanden und gewartet. Zum einen war er hier nicht zu sehen, zum anderen war er vor dem Regen geschützt. Während er hier steht, raucht er zwei Zigaretten und steckt sich eine dritte an, die er wegschmeißt, als er ungefähr die halbe Zigarette geraucht hat, und warum macht er das wohl?« Bøjsen legte eine Kunstpause ein. »Weil er jemanden kommen hört. Weil der kam, auf den er gewartet hatte.«

Høyer nickte. »Schön, Bøjsen. Sehr schön! Wirst du sehr traurig, wenn ich dich darauf aufmerksam mache, dass es auch noch eine andere Erklärung geben könnte? Es könnte doch auch jemand gewesen sein, der gestern Nachmittag hier war, um das Grab in Ordnung zu bringen. Es beginnt zu regnen und der Betreffende sucht Schutz in der Nische, raucht ein paar Zigaretten, und als der Regen aufhört, schmeißt er die halbgerauchte Zigarette weg und beeilt sich, von hier wegzukommen.«

Bøjsen grinste. »Du bringst mich jedenfalls nicht dazu, in Tränen auszubrechen, Høyer. Um das Grab kümmert sich die Friedhofsverwaltung, die Familie ist seit langem ausgestorben und darüber hinaus gibt es niemanden, der auf die Idee kommt, Gräber zu pflegen, wenn es in Strömen regnet, und gestern hat es den ganzen Tag geregnet, Høyer.«

»Hm«, sagte Høyer.

»Ich hoffe nicht, dass *du* deswegen jetzt traurig bist«, meinte Bøjsen. »Du hattest vielleicht schon die eine oder andere hübsche kleine Theorie, die jetzt über den Haufen geworfen worden ist?«

»Das weiß ich noch nicht«, sagte Høyer. »Aber sie wurde zumindest nicht untermauert. Oder vielleicht doch?« Er stand einen Moment lang da und spitzte den Mund zu einem Flöten, aber es kam kein Ton. Dann schaute er wieder Bøjsen an.

»Hör zu, komm mal mit hier rüber«, sagte er. »Zur Friedhofsmauer. Es wäre immerhin möglich, dass ...«

Therkelsen und Bøjsen folgten ihm und alle drei blieben ein Stück weit von dem Pfad entfernt stehen, der entlang der Mauer verlief. Høyer sah sich um. Hier ungefähr musste es gewesen sein, wo Jes gestern Abend über die Mauer gesprungen war.

»Es dürfte das Beste sein, wenn wir nicht alle drei hier rumtrampeln«, sagte er. »Bøjsen, du hast den schärfsten Blick für solche Dinge. Sieh bitte nach, ob du nicht ein paar Fußspuren auf dem Pfad entdecken kannst. Wenn ja, müssten sie gleich unterhalb der Mauer sein. Von jemandem, der von der anderen Seite herübergesprungen ist.«

»Und in welche Richtung ist derjenige anschließend gegangen?«, fragte Bøjsen.

»In Richtung Kirche. Das behauptet er jedenfalls, und wenn es stimmt, müsste es dort ein paar Spuren geben. Das beweist zwar nicht, dass er die Wahrheit sagt, aber wenn sie nicht zu finden sind, beweist es, dass er gelogen hat.«

Bøjsen hing wie ein Spürhund mit der Nase fast auf der Erde. »Ja, hier«, rief er und winkte mit der Hand, ohne sich aufzurichten. »Hier fangen sie an. Sie sind deutlich zu erkennen. Und jetzt?«

»Könnten wir auch ein paar Bilder von diesen Spuren haben und eventuell auch ein paar Abgüsse?«

»Verdammt noch mal, Høyer!«, rief Bøjsen vorwurfsvoll. »Hätte dir das nicht ein bisschen früher einfallen können, als wir noch hier draußen waren?!«

»Da wusste ich noch nicht, dass es sie gibt«, antwortete Høyer entschuldigend.

»Das hättest du aber wissen sollen«, sagte Bøjsen.

»Ja, sicher«, räumte Høyer ein.

Bøjsen stand immer noch vorgebeugt da und studierte

die Spuren auf dem Pfad. »Sie sind deutlich und scharf«, sagte er, so als würde er sie bereits als Fotografien vor sich sehen. »Aber ich glaube nicht, dass es die gleichen sind wie die vom Grab.«

»Aber du kannst es auch nicht völlig ausschließen, oder?«, fragte Høyer hoffnungsvoll.

»Nein, natürlich nicht. Aber das werden wir schon sehen, wenn wir die Abgüsse gemacht haben.«

»Auf etwas anderes seid ihr hier draußen nicht gestoßen, oder?«, fragte Høyer.

»Nein«, antwortete Bøjsen. »Wenn es warm gewesen wäre, hätten wir bestimmt Bierdosen und gebrauchte Präservative aufgegabelt und was noch alles. Friedhöfe können gelegentlich sehr lebendig sein, aber es war einfach nicht das richtige Wetter für diese Art von Ausschweifungen, deshalb haben wir so gut wie nichts gefunden. Was im Grunde nur von Vorteil ist, denn so brauchen wir uns nicht mit einer Menge belanglosen Krams herumzuschlagen. Ist dir sonst noch etwas eingefallen, das wir uns ansehen sollen?«

Høyer schüttelte den Kopf. »Nein, noch nicht. Ich sag Bescheid, falls ich noch auf etwas komme.«

»Danke auch, am liebsten bevor wir den ganzen Mist zusammengepackt haben«, sagte Bøjsen säuerlich. »Ich geh rauf und hol meine Sachen. Besser, ihr bleibt so lange stehen und sorgt dafür, dass niemand kommt und auf dem Ganzen rumtrampelt.«

Während Bøjsen zur Kirche zurückging, stand Høyer da und überdachte die verschiedenen Möglichkeiten. Falls es zwei verschiedene Fußspuren waren, konnte das bedeuten, dass Jes Villadsen nicht in Frage kam, aber Bøjsen konnte sich auch irren. Oder aber der Kerl war gerissener als gedacht und hatte dafür gesorgt, dass … Nein, das klang ein wenig weit hergeholt. Høyer runzelte die Stirn. Die Zigarettenkippen sprachen auch nicht für

Jes. Jedenfalls hatte er an diesem Vormittag nicht geraucht, was aber natürlich noch nicht hieß, dass er überhaupt nicht rauchte. Und schließlich war noch gar nicht gesagt, dass die Spuren auf dem Grab des Konsuls überhaupt etwas mit dem Fall zu tun hatten.

Bøjsen tauchte wieder auf. »Jetzt bin ich so weit«, sagte er.

»Dann gehen wir«, sagte Høyer. »Übrigens, hast du nicht auch mit dem Totengräber gesprochen? Weißt du, wo wir ihn finden?«

»Am anderen Eingang«, sagte Bøjsen und fügte mit einem Grinsen hinzu: »Er hat sich übrigens eingegraben.«

Høyer war überzeugt, dass Bøjsen nur auf eine passende Gelegenheit gewartet hatte, diese Bemerkung loszuwerden.

»Ja, er ist anscheinend wirklich untergetaucht«, grinste Therkelsen, als sie eine Schirmmütze hinter einem vor kurzem aufgeworfenen Erdhügel erblickten. Erst als sie auf die andere Seite gelangten, konnten sie den dazugehörigen Mann sehen. Einen kleinen, alten Mann. Er sah aus, als wäre er weit über siebzig, aber das konnte doch wohl nicht stimmen, dachte Høyer, vermutlich gab es auch für Totengräber eine Altersgrenze.

»Sind Sie der Totengräber an dieser Kirche?«, fragte Høyer überflüssigerweise, nachdem sie sich vorgestellt hatten.

Der Alte klomm mit etwas Mühe aus der Grube. »Ja, das bin ich« gab er zu. »Glöckner und Totengräber.«

»Ist das nicht eine harte Arbeit?«, fragte Høyer.

»Doch, schon, aber ich bin ja daran gewöhnt«, meinte er. »Und wir haben in der Regel noch einen Mann hier, der mir beim Graben hilft, aber das Schlimmste ist das Läuten der Glocken. Wir machen das hier nämlich immer noch so, wie es sich gehört.«

»Was heißt das?«, fragte Høyer.

»Wir richten uns nach der Sonne. Sowohl morgens als auch abends. Heute gibt es viele Orte, an denen das automatisch erledigt wird oder die sich nach der Uhrzeit richten, aber hier läuten wir bei Sonnenauf- und Sonnenuntergang.«

»Was ist, wenn es regnet?«, fragte Høyer mit einem Lächeln.

»Jaa«, sagte der Alte und nahm eine Prise Schnupftabak. »Jaa, dann folgen wir natürlich dem Kalender, denn die Sonne ist ja trotzdem da, aber es ist nicht ganz das Gleiche, vor allem was die letzten Glockenschläge nach dem eigentlichen Läuten angeht. Ich habe es am liebsten, wenn die Sonne verschwindet, während gleichzeitig der letzte Glockenschlag ertönt, abends natürlich, aber dieses Jahr ist ja alles ganz verquer gewesen. Und mittlerweile ist es auch schon fast zu nass, um ordentlich graben zu können.«

»Ja, es muss ganz schön hart sein, sich damit herumschlagen zu müssen«, meinte Høyer.

»Ja, das ist es allerdings«, sagte der Totengräber und warf einen Blick auf das regenschwere Erdreich. »Und man wird wohl doch allmählich alt. Heute hat mich zu allem Überfluss auch noch dieser Bursche im Stich gelassen. Der unten in der Küsterei wohnt.«

»Ist er krank?«, fragte Høyer.

»Nein«, sagte der Alte. »Nicht dass ich wüsste. Jedenfalls hat keiner aufgemacht, als ich unten war und geklingelt habe. Nein, der ist bestimmt abgehauen, dieser Idiot, das tun sie alle früher oder später, deshalb habe ich mir gleich gedacht, dass er es leid war. Es ist eigentlich eine gute Stelle. Mein Vater hatte sie vor mir und sein Vater wiederum vor ihm. Sie waren alle Glöckner und Totengräber.«

»Dann haben Sie selbst also keine Söhne?«

»Doch, einen Sohn habe ich schon, aber für den war

das nichts, nein, nein. Das war vor allem Villadsens Schuld. Die Schuld des Pastors, meine ich.«

»Wieso das denn?«, fragte Høyer vorsichtig. Vielleicht waren sie endlich auf einer Spur. Deshalb musste er aufpassen, dass der Alte nicht plötzlich aufhörte zu reden.

»Ja, weil er doch so sehr in seinem Sternenhimmel aufging«, erklärte der Alte. »Und meinen Jungen mitgeschleppt hat zum Sternegucken. Oben, vom Kirchturm aus. Und das Ende vom Lied war dann, dass er auch davon angesteckt wurde. Vom Sternenhimmel.« Er zog das letzte Wort in die Länge und seufzte schwer. »Nein, er ist kein Totengräber geworden«, fuhr er fort. »Er hat, wenn man so will, die entgegengesetzte Laufbahn eingeschlagen.« Er zeigte zum Himmel hinauf. »Er ist heute Professor für Astronomie«, schloss er in einem resignierten Tonfall, warf aber gleichzeitig Høyer und Therkelsen verstohlene Blicke zu, in denen ein kaum verhohlener Stolz zu erkennen war.

»Das ist ja ein Ding«, sagte Høyer. »Und es war Villadsen, der ihm das in den Kopf gesetzt hat?«

»Ja, allerdings«, sagte der Alte. »Es fing damit an, dass er seine Brüder zu Besuch hatte, sie waren ja im gleichen Alter wie mein Junge. Viel jünger als Villadsen, denn sie stammten aus einer späteren Ehe. Aber sie kamen mehrmals im Jahr in den Ferien hierher, und er hat sich sehr nett um sie gekümmert, auch wenn er vielleicht fand, dass es ein wenig zu laut wurde mit solchen Rabauken im Haus. Und deshalb passte es ihm bestimmt ganz gut, dass sie so oft zu uns kamen. Aber er nahm sie immerhin abends mit hinauf, um in die Sterne zu schauen, alle drei, aber nur bei unserem Jungen wurde das Interesse wirklich geweckt. Er wusste schon bald mehr als der Pastor, das hat Villadsen jedenfalls selbst gesagt und dann wird es schon stimmen. Ja, der Junge wird traurig sein, wenn er hört, dass Villadsen gestorben ist. Und dann auch noch auf diese Weise. Das ist es doch, was man am wenigsten verstehen kann.«

»Tja«, sagte Høyer. »Stehen Ihr Sohn und Pastor Villadsen noch in Verbindung?«

»Ja, wie man das so macht. Sie schrieben sich zu Weihnachten und zum Geburtstag und so und der Junge hat immer bei ihm vorbeigeschaut, wenn er hier war. Dann stiegen sie zusammen auf den Kirchturm hinauf. Die Söhne meines Jungen gingen auch mit, zusammen mit Jes und noch ein paar anderen. Frandsens Sohn und Ry-Nielsens, aber von denen wird wohl keiner Professor, nein, nein. Jedenfalls nicht für den Sternenhimmel.«

»Vielleicht werden sie ja Totengräber«, meinte Høyer.

»Nein, beim besten Willen nicht. Nicht die Söhne meines Jungen jedenfalls, die studieren Mathematik. Jes blieb wenigstens auf dem Boden, er ist ja Vermessungsingenieur«, erläuterte er.

Høyer nickte.

»Sie haben den Schlüssel zur Kirche, nicht wahr?«

»Ja, das ist schon richtig. In früheren Zeiten habe ich abgeschlossen, sobald ich zum Sonnenuntergang geläutet hatte, aber heute ist sie immer abgeschlossen. Wir sollten sie aus versicherungstechnischen Gründen geschlossen halten oder das Silberzeug wegschließen und da haben wir uns also für das Erste entschieden, denn ich bin ja doch die meiste Zeit über hier, so können die Leute problemlos hinein, wann immer sie Lust haben dazu.«

»Villadsen hatte doch auch einen Schlüssel, oder nicht? Der Pastor, meine ich«, sagte Høyer.

»O ja, natürlich«, sagte der Alte und schnupfte erneut. »Aber es kam selten vor, dass er ihn benutzte. Ich habe meistens aufgeschlossen.«

»Abends aber nicht«, sagte Høyer.

»Nein, da hat er es selbst getan.« Er trat einen Schritt näher und flüsterte verschwörerisch: »Er versteckte ihn hinter einem Stein in der Mauer. Hinter dem Lorbeerbaum. Das kam noch aus der Kriegszeit.«

»Wieso das?«, fragte Høyer. »Hatte das etwas mit dem Krieg zu tun?«

»Nun ja, darüber weiß ich natürlich nichts«, sagte der Alte plötzlich etwas abwehrend, so als würde er bereuen, dass er so viel gesagt hatte. »Damals hat er eben damit angefangen.«

»Gibt es noch andere, die davon wissen?«, fragte Høyer.

»Ja, die Jungen natürlich, aber ansonsten gibt es niemanden, der davon weiß.«

»Was ist mit Ihren Handlangern?«

»Nein, die kommen und gehen, deshalb erfahren sie nichts davon. Das sind in der Regel Leute, die uns die Bewährungsbehörde schickt, und sie bleiben selten länger. Außerdem haben sie in der Kirche nichts zu suchen.«

»Läuten sie denn nicht die Glocken?«

»Nein, das tun sie ganz bestimmt nicht. Das ist nämlich gar nicht so einfach. Nein, das habe ich selbst täglich zweiundvierzig Jahre lang übernommen, ohne je einen Tag wegen Krankheit gefehlt zu haben. Wir läuten hier auch zur Messe, aber das kommt heute nicht mehr so oft vor. Früher haben wir manchmal auch zu Hochzeiten geläutet, das war dann außer der Reihe, aber darum bittet heute niemand mehr. Zum Glück. Es fiel einem leichter, als man noch jung war.«

»Glauben Sie, dass Villadsen Feinde hatte?«

Høyer hatte im Grunde erwartet, dass der Totengräber empört abwinken würde, aber er stand nur eine Weile da und dachte nach, ohne ein Wort zu sagen.

»Tja, was soll man da sagen«, meinte er schließlich. »Wir können uns wohl alle mal mit jemandem überwerfen und Villadsen konnte einem schon tüchtig die Meinung sagen, wenn er fand, dass etwas nicht war, wie es sein sollte. Aber Feinde in diesem Sinne, nein, ich glaube nicht, dass er welche hatte, das glaube ich nicht. Heute nicht mehr.«

»Was meinen Sie mit ›heute nicht mehr‹?«, fragte Høyer.

»Nun ja, er war doch während des Krieges in einiges verwickelt und da kann er sich schon den einen oder anderen Feind gemacht haben. Könnte ich mir denken. Aber die sind heute wohl fast alle tot.«

»Kamen viele in die Kirche?«

»O ja. Zu ihm jedenfalls. Wir haben ja jetzt auch noch einen jungen Pastor. Aber die Leute waren Villadsen gewohnt, das spielt auch eine Rolle.«

»Was hat es damit auf sich, dass er Leuten die Beichte abnahm?«

Der Alte wand sich ein wenig. »Na ja, Beichte und Beichte, es war ja nicht so wie in der katholischen Kirche mit Beichtstuhl und so. Aber wir haben sehr wohl eine Beichte in unserer Kirche, das haben wir, auch wenn die Leute im Allgemeinen nicht darüber nachdenken. Aber meistens waren es einfach Menschen, die ihn um Rat fragten. Das konnte ja im Grunde nicht schaden und kosten tat es auch nichts.«

»Er war nicht verheiratet.«

Der Totengräber lächelte. »Sie denken, ob er überhaupt ein wenig katholisch war? Nein, das war er nun wirklich nicht. Er gehörte nicht zu denen, die ständig einen runden Stehkragen trugen und so weiter. Nein, katholisch war er ansonsten nicht.«

»Hm«, sagte Høyer und überlegte, ob er im Moment noch weitere Fragen hatte. Er sah Therkelsen an, der mit den Schultern zuckte. »Ja, das wäre dann erst einmal alles«, sagte Høyer. »Sie müssen wohl auch weitermachen.«

»Ja, das muss ich wohl«, erwiderte der Totengräber. Er nahm die Schirmmütze ab und fuhr sich mit der Hand übers Haar, bevor er sie wieder aufsetzte. »Und jetzt sieht es wohl so aus, als müsste ich auch noch ein Grab für Villadsen ausheben. Das hätte ich nie für möglich gehalten. Er hätte doch noch viele Jahre leben können.«

Er schüttelte ein wenig den Kopf und verschwand anschließend wieder in seiner Grube.

»Also gut, dann auf Wiedersehen«, rief Høyer ihm nach. »Und frohes Schaffen.«

»Und was jetzt?«, fragte Therkelsen, als sie auf dem Weg zum Auto waren.

»Ich finde, wir sollten ins Präsidium fahren und zusehen, dass diese Berichte ins Reine geschrieben werden, und dann denke ich, dass es nicht schaden könnte, Bach zu konsultieren, falls er gerade da ist. Wenn irgendwelche Gerüchte über Villadsen kursieren, dann ist er der Mann, der sie für uns auskundschaften kann. Und heute Nachmittag sollten wir mit den beiden Burschen aus dem Widerstand reden, Frandsen und Ry-Nielsen. Sie haben ihn seit vierzig Jahren gekannt, da werden sie kaum noch Geheimnisse voreinander haben.«

»Und was machen wir in der Zwischenzeit?«, fragte Therkelsen.

»Die Zwischenzeit ist jetzt«, antwortete Høyer und schaute auf seine Uhr. »Und mein Magen sagt mir, dass es Zeit für ein kleines Frühstück ist.«

Er öffnete die Autotür.

»Da ist noch *eine* Sache, die ich wirklich gerne gewusst hätte«, sagte er, während er sich ans Steuer setzte.

»Und die wäre?«, fragte Therkelsen.

»Warum hat ›Tante Dagmar‹ einmal gelogen, als sie mit uns geredet hat?«

6.

Tante Dagmar sammelte die Tassen ein, stellte sie auf das Tablett und verließ den Raum.

»Was hat dein Vater gesagt, als du ihn angerufen hast?«, fragte Dorthe.

»Er war natürlich schockiert«, antwortete Jes. »Das waren sie alle beide, sowohl Mutter als auch Vater. Ich habe sie heute am frühen Morgen angerufen. Sie haben gefragt, ob sie kommen sollen, aber ich konnte keine Notwendigkeit dazu sehen. Es ist immerhin eine lange Reise und wir wissen ja noch gar nicht, wann … Ich meine, wir wissen nicht, wann wir ihn beerdigen lassen können.«

»Nein, aber …«

»Deinen Vater habe ich heute Morgen auch erreicht«, sagte Jes und sah sie an. »Tatsächlich warst du die Einzige, die ich nicht antreffen konnte. Warst du heute Nacht nicht zu Hause?«

Dorthe wurde rot. »Nein«, sagte sie.

»Wo warst du denn?«, fragte Jes. »Gestern Abend habe ich dich auch schon angerufen, kurz bevor er ins Krankenhaus gebracht wurde. Aber gut, das geht mich natürlich nichts an.«

»Allerdings«, sagte Dorthe.

Er stand auf, ging zum Fenster, blieb dort stehen und schaute hinaus in den regennassen Garten. Ihre Augen folgten ihm.

»Wenn wir heiraten würden, bräuchten wir das Haus nicht zu verkaufen«, sagte er. »Wir könnten hier wohnen bleiben.«

»Hör auf, den Idioten zu spielen«, erwiderte seine Cousine gereizt.

»Aber ich meine es ernst«, sagte er, ohne sich umzudrehen. »Ich glaube, wir könnten hier glücklich werden. Ohne Tante Dagmar natürlich. Ich liebe diesen alten Kasten, es ist der Ort, an dem ich mich immer am wohlsten gefühlt habe, und der Garten ist einfach ein Traum.«

»Ich habe keine Lust, über dieses Thema noch einmal mit dir zu diskutieren«, sagte Dorthe. »Vor allem nicht jetzt.«

»Dazu hast du nie Lust«, meinte Jes. »Nicht nur jetzt. Bist du in letzter Zeit wieder mit diesem Playboy aus gewesen?«

»Mit wem?«

»Kennst du mehrere von der Sorte? Das würde mich nicht wundern. Aber ich meinte Henrik. Henrik Ry-Nielsen, um genau zu sein.«

»Gott im Himmel, was geht dich das an? Und im Übrigen bin ich nur ein einziges Mal mit ihm ausgegangen. Er … er war nicht mein Typ.«

»Es freut mich, dass dir das klar geworden ist«, sagte Jes.

»Ja, aber nicht, weil … Was habt ihr eigentlich gegen ihn?«

»Ihr?«

»Ja, du und Uncas.«

»Uncas hatte ganz bestimmt nichts gegen ihn. Im Gegenteil. Er hat sich sehr um ihn gekümmert.«

»Er war jedenfalls nicht begeistert davon, dass ich mit ihm ausging. Er hat nichts gesagt, aber ich konnte es ihm deutlich anmerken.«

»Aber das ist doch klar. Uncas war solidarisch. Er war doch auch der Meinung, dass du lieber mich heiraten solltest.«

»Jetzt hör endlich auf mit dem Quatsch und sag mir lieber, was jetzt aus Tante Dagmar werden soll«, sagte Dorthe.

»Um die brauchst du dir keine Sorgen zu machen«,

meinte Jes. »Sie findet sicher ein paar andere wehrlose Menschen, für die sie sich aufopfern kann.«

»Jes, du bist wirklich ungerecht. Sie ist nicht halb so schlimm, wie du sie darstellst.«

»Nicht?«, entgegnete Jes. »Sie ist viel schlimmer. Sie ist ein Schmarotzer, ein Nassauer. Es will mir nicht in den Kopf, dass du auf ihre ›An-mich-denkt-ja-doch-nie-einer-Masche‹ hereinfällst. Die alte Schachtel hat eine Begabung, allen anderen ein dermaßen schlechtes Gewissen zu machen, dass am Ende alles genauso kommt, wie sie es haben will. Sieh dich doch an. Uncas ist tot, das ist schon schlimm genug und er ist zudem noch ermordet worden, was die Sache noch hundertmal schlimmer macht, aber worüber machst du dir Gedanken? Über Tante Dagmar.«

»Das ist doch klar, Jes. Wir erben das Haus und werden es aller Wahrscheinlichkeit nach verkaufen. Wo soll sie dann hin?«

»Erstens gibt es nichts, was mir weniger Kopfzerbrechen bereiten könnte, zweitens steht es überhaupt noch nicht fest, dass ich das Haus verkaufen will, und drittens ist Uncas tot.« Er drehte sich zu ihr um. »Hast du das überhaupt schon begriffen?«, rief er gereizt.

»Nein«, antwortete sie. »Nein, das habe ich im Grunde noch nicht.«

Jes seufzte. »Entschuldige, dass ich laut geworden bin. In Wirklichkeit habe ich es wohl selbst noch nicht verstanden.«

»Wie ist es passiert?«, fragte Dorthe. »Das habe ich noch gar nicht erfahren.«

Jes drehte sich wieder zum Fenster um. »Das weiß ja auch keiner. Nicht wirklich. Aber ich kann dir erzählen, wie ich es erlebt habe. Ich kam gestern gegen halb elf hierher. Ich hatte um zehn die Nachrichten gehört und war natürlich aufgeregt. Wer wäre das nicht, wenn man gerade gehört hat, dass man dreizehn Richtige im Toto hat. Also bin ich runtergelaufen, habe mein Fahrrad genommen und bin hierher gefahren, so schnell ich nur konnte. Und dann war Uncas gar nicht da. Ich muss gestehen, dass ich ein wenig enttäuscht war, auch wenn es dazu natürlich keine Veranlassung gab, aber er war sonntagabends eigentlich immer zu Hause, denn gerade sonntags kam ich doch oft vorbei.«

»Und deshalb fandest du, dass er hier jeden Sonntag schön sitzen und auf dich warten sollte«, warf Dorthe ein.

»Nein, aber ich war davon ausgegangen, dass er da war, und ließ meine Enttäuschung an Tante Dagmar aus, das gebe ich ohne weiteres zu. Sie ging mir noch mehr auf die Nerven als sonst. Vielleicht lag es daran, dass ich so eine enorme Lust hatte, es jemandem zu erzählen, und deshalb Angst hatte, mich ihr gegenüber zu verraten.«

»Was wäre denn daran so schlimm gewesen?«, fragte Dorthe.

»Kannst du das denn nicht verstehen?«, antwortete Jes. »Tante Dagmar ist nicht der Typ von Mensch, dem man so etwas erzählt und außerdem, also … es hätte dem Ganzen etwas von seinem Glanz genommen, noch ehe Onkel Gorm wieder zurück war, nicht wahr? Das Sahnehäubchen. Er sollte die Neuigkeit druckfrisch erfahren.«

»Aber er wusste es doch schon.«

»Das konnte ich doch nicht wissen und wir hätten uns auf jeden Fall gemeinsam darüber freuen können. Aber er war nun mal nicht da, so dass ich mich hinsetzte und auf ihn wartete, während ich irgendein schwachsinniges Fernsehprogramm glotzte und er immer noch nicht auftauchte. Als die Spätnachrichten zu Ende gingen, war ich schon ziemlich beunruhigt, beschloss ich, zur Kirche zu gehen, um nachzusehen, ob vielleicht etwas nicht in Ordnung war.«

»Warum hätte denn etwas nicht in Ordnung sein sollen?«, fragte Dorthe. »Ich meine, warum hast du dir deshalb eigentlich Sorgen gemacht? Er ging doch oft abends noch in die Kirche.« Sie betrachtete ihn forschend. »Und er blieb oft bis spätabends dort.«

»Aber doch nicht bei einem solchen Wetter wie gestern Abend«, erwiderte Jes. »Es goss in Strömen, da wäre er doch im Traum nicht auf die Idee gekommen, auf den Kirchturm hinaufzusteigen, und außerdem hing sein Teleskop noch an seinem Platz. Nein, ich ging davon aus, dass er drüben jemanden treffen wollte.«

»Wieso das denn?«

»Das machte er doch von Zeit zu Zeit und außerdem erzählte Tante Dagmar, er sei zwischen halb acht und acht angerufen worden. Er hat lange telefoniert und etwas später ging er dann in die Kirche.«

»Es kann doch eine Menge Gründe für das Telefonat gegeben haben«, wandte Dorthe ein. »Eine Beerdigung, eine Hochzeit oder eine Taufe, was weiß ich.«

»An einem Sonntagabend?«, sagte Jes. »Nein, so rücksichtslos sind die Leute nun auch wieder nicht und außerdem war auf seinem Telefonblock eine Uhrzeit notiert worden. 21.30 Uhr.«

»21.30 Uhr?«, sagte Dorthe fragend.

»Ja«, erwiderte Jes. »Deshalb kam ich auf den Gedanken, dass er sich vielleicht um 21.30 Uhr mit jemandem treffen wollte.«

»Das kann aber doch auch eine alte Notiz gewesen sein, nicht wahr? Von Freitag oder Samstag.«

»Das glaube ich nicht«, sagte Jes. »Denn er war Freitag und Samstag nicht außer Haus. Du hast ja selbst gehört, was Tante Dagmar gesagt hat.«

»Aber selbst wenn er jemanden treffen wollte, war das doch kein Grund, sich Sorgen zu machen«, meinte Dorthe.

»O doch. Ich konnte mir einfach nicht vorstellen, dass sie dort sitzen und zweieinhalb Stunden miteinander reden würden. Jedenfalls bekam ich Angst, dass ihm schlecht geworden oder er unterwegs vielleicht gefallen sein könnte, und bin zur Kirche gegangen und ... ja, dann habe ich ihn gefunden. Gleich neben Konsul Mørchs Grab.«

»Dem großen mit den Säulen?«

»Ja. Ich habe ihn nach Hause getragen, einen Krankenwagen gerufen und dann ... nun ja, er war schon tot, aber das wusste ich zu diesem Zeitpunkt ja noch nicht. Nicht nur tot, sondern erschlagen. Ermordet!«

»Glaubst du ... glaubst du, er hat ...?«, begann Dorthe.

»Du meinst, ob er dort gelegen hat und ... nein, er muss augenblicklich tot gewesen sein. Das ist aber auch der einzige Trost.«

Dorthe saß einen Moment lang schweigend da.

»Weißt du, woran mich das erinnert?«, fragte sie dann.

»Nein«, antwortete Jes und schüttelte den Kopf.

»Es erinnert mich an eine Geschichte, die *Die Affenhand* heißt. Ich glaube, ich habe sie einmal im Radio gehört. Sie handelt von einer Familie, die drei Wünsche frei hat. Und natürlich wünschen sie sich Geld, das machen ja alle. Und sie bekommen auch Geld, und zwar, weil ihr Sohn bei einem Arbeitsunfall ums Leben kommt und sie dann eine Versicherung ausbezahlt bekommen. An den Rest kann ich mich nicht mehr richtig erinnern, aber das hier erinnert mich an diese Geschichte. Wir bekommen eine Menge Geld, weil Uncas tot ist.«

»Was für ein blödsinniges Geschwätz!«, platzte Jes heraus. »Das ist doch hier etwas ganz anderes. Wir hätten doch im Toto gewonnen, ob er nun gestorben wäre oder nicht.«

»Trotzdem«, wandte Dorthe ein. »Da ist ja auch noch das Haus.«

»Unsinn«, beharrte Jes. »Erstens haben wir uns doch gar kein Geld gewünscht, oder? Und zweitens haben wir schon immer gewusst, dass wir erben würden. Ich denke jedenfalls ganz und gar nicht so darüber. In Wirklichkeit verbinde ich die beiden Dinge nicht miteinander. Wenn das jeder täte, dann gäbe es doch niemanden mehr, der noch Lust hat, etwas zu erben.«

»Nein, allerdings nicht«, sagte Dorthe und Jes sah sie ein wenig überrascht an.

Es verging eine Zeit, in der keiner von beiden etwas sagte.

»Warum hast du eigentlich so an ihm gehangen?«, fragte Dorthe dann.

»Das haben wir doch alle«, sagte Jes. »Nicht nur ich, sondern die ganze Familie. Dein Vater und mein Vater und du selbst und ... Er war doch irgendwie das Oberhaupt der Familie, weil er der Älteste war. Er war eine Art Ersatzgroßvater für uns.«

»Ich *habe* einen Großvater«, sagte Dorthe.

»Ja, so habe ich das doch nicht gemeint. Aber er war, wie soll ich mich ausdrücken? Er war der Patriarch oder so.«

»Ja, ich verstehe schon, was du meinst«, meinte Dorthe. »Aber du hast ganz besonders an ihm gehangen. Ich bin ja auch traurig, dass er gestorben ist, besonders auf diese Weise, entsetzlich traurig darüber, aber ich bin nicht so traurig, wie du es bist. Es ist keine so *tiefe* Trauer.«

»Jetzt hörst du dich an wie Tante Dagmar«, sagte Jes. »Und woher willst du das überhaupt wissen?«

»Oh, ich kenne dich.«

»Das glaube ich zwar eigentlich nicht, aber in diesem Fall hast du vielleicht Recht. Ich glaube, es hängt damit zusammen, dass ich oft hierher kam und in all meinen Ferien hier gewohnt habe, aber das Wichtigste war wohl, dass er mich ernst genommen hat. Er war wahrscheinlich der einzige Mensch, der mich jemals ernst genommen hat.«

»Du Ärmster, ist das wahr?«

»Er nahm mich so ernst, dass er mir eine Tracht Prügel versetzte, als ich eine brauchte, auch wenn ihm das weiß Gott keinen Spaß gemacht hat. So viel verstand ich schon damals.«

»Er hat sie dir versetzt, weil du das verwöhnteste und nervtötendste Kind warst, das es je gegeben hat«, sagte Dorthe.

»Genau. Du fandest auch, dass ich so war, aber wann bin ich eigentlich dir gegenüber jemals frech und gemein gewesen, wenn man einmal davon absieht, dass ich dir einmal ein paar Samenkörner ins Bett gelegt habe?«

»Eine Kröte. Es war eine dicke, fette Kröte.«

»O.k., kann sein. Aber ansonsten. Heute willst du mich nicht heiraten, weil du beschlossen hast, dass ich grässlich bin. Oder besser gesagt, das hat man dir immer gesagt.«

»Du spinnst doch!«, rief Dorthe. »Das hat damit überhaupt nichts zu tun. Wer sollte mir das im Übrigen gesagt haben?«

»Meine Mutter«, sagte Jes ruhig. »Das bekamen doch alle zu hören. Ich habe es gehört, seit ich alt genug war, es überhaupt zu verstehen. Schon immer, glaube ich, um ehrlich zu sein. ›Er ist ja so ein schwieriges Kind.‹ ›Jungen sind ja so anstrengend.‹ ›Man *kann* ihn einfach nicht allein lassen.‹ ›Bei dem Kind muss man ständig aufpassen, aber das sind wir wohl selbst schuld, weil wir ihn zu sehr verwöhnt haben.‹ ›Dieses Kind will *immer* seinen Willen durchsetzen.‹ O.k., ich könnte so noch stundenlang weitermachen, ohne mich zu wiederholen. Diese Platte lief immer weiter. Bei ihren Freundinnen, der Familie, meinen Lehrern, allen, die Lust hatten, es zu hören.

Und alle fanden, dass einem die arme Frau Villadsen Leid tun konnte, die solch einen Satansbraten zum Sohn hatte. Und dann wurde ich natürlich anstrengend. Das wurde doch geradezu von mir erwartet. Und wenn Vater heimkam, beschwerte sie sich bei ihm und er dachte, dass es, verdammt noch mal, zu weit ging, dass dieser Rotzlöffel dabei war, die ganze Familie gegeneinander aufzubringen. Ich war der Sündenbock der Familie. Ich war so schwierig, dass sie überhaupt keine Zeit für andere Probleme hatten. Wenn ich mich plötzlich nett und lieb benommen hätte, wäre ihre ganze Welt zusammengebrochen.«

Dorthe lächelte. »Ich glaube, du übertreibst ein wenig.«

»Nicht im Geringsten. Frag ... nun ja, ich war drauf und dran zu sagen, frag unseren Onkel, er durschschaute es nämlich. In gewisser Weise erinnerte sie mich an Tante Dagmar. Mutter *opferte* sich auch. Sie hatte ihre Arbeit aufgegeben, als ich zur Welt kam, aber ursprünglich war es so gedacht gewesen, dass sie wieder arbeiten gehen sollte, sobald ich in die Schule oder in den Kindergarten ging. Aber das ging dann nicht, weil ich nun mal so schwierig war. In Wahrheit war sie eine beschissene Lehrerin, die ihre Arbeit verabscheute und die der Gedanke, wieder arbeiten gehen zu müssen, in Panik versetzte. Aber das wollte sie weder vor sich selbst noch vor anderen zugeben. Sie konnte nicht einfach sagen, sie wolle lieber zu Hause bleiben, um ihr Leben wirklich zu *genießen*, also war sie gezwungen, sich eine wirklich gute Entschuldigung aufzuhalsen. Mich.«

»Das kannst du doch überhaupt nicht wissen«, meinte Dorthe.

»Und ob ich das kann. Es ist im Grunde ganz leicht zu durchschauen. Ich bin ja nicht ganz verblödet, Dorthe. All das habe ich schon vor langer Zeit durchschaut und letzten Endes bin ich ihr deshalb auch gar nicht mehr böse. Ich glaube, ich habe meinen ganzen Ärger auf Tante Dagmar übertragen.«

»Die ist jedenfalls vollkommen unschuldig.«

»Sie hätte sich fernhalten können. Hier hatte ich eine Freistatt und dann kommt, Gott stehe mir bei, diese Xanthippe, die mich an die schlimmsten Seiten meiner Mutter erinnert, und rückt hier ein, während die liebe Frau Frederiksen, die bei unserem Onkel geputzt hatte und mir immer Plätzchen gab und uns beide ansonsten in Ruhe ließ, in Gnaden und ohne Rente verabschiedet wurde.«

»Aber Uncas …«

»Ja, Uncas nahm mich ernst. Er machte sich die Mühe, selbst herauszufinden, wie ich wirklich war. Jes Villadsen hinter all den Mythen meiner Mutter zu finden. Und er war der Einzige, der dies tat. Nein, das stimmt nicht ganz, es waren zwei. Er und deine Mutter.«

»Meine Mutter? Du kannst dich doch überhaupt nicht mehr an sie erinnern.«

»Natürlich kann ich mich an deine Mutter erinnern. Ich war zwölf, als sie starb, und sie war wunderschön. Du siehst ihr ähnlich. Sehr ähnlich sogar. Aber deinem Charakter nach kommst du wohl eher auf Tante Dagmar. Du hast wahrscheinlich zu lange unter ihrem Einfluss gestanden.«

»Jetzt gehst du aber langsam zu weit!«

»Ha! Da sieht man's. Du findest also auch, dass sie grässlich ist.«

»Nein, ich … das habe ich überhaupt nicht gesagt«, erwiderte Dorthe ein wenig verwirrt. »Ich will nur nicht unbedingt mit ihr verglichen werden. Aber was war das mit meiner Mutter?«

»Sie mochte mich. Sie hatte nicht so viele Vorurteile im Kopf, wenn sie mich sah.«

»So weit ich mich erinnern kann, warst du aber auch immer sehr brav, wenn du bei uns zu Besuch warst.«

»Ja natürlich, denn das erwartete deine Mutter von mir. Als sie starb, habe ich zum ersten Mal in meinem Leben getrauert. Ich fand es so ungerecht. Wenn es doch wenigstens meine Mutter gewesen wäre, wenn es denn unbedingt sein musste.«

»Jes!«, rief Dorthe schockiert. »Das kannst du nicht ernst meinen!«

»O doch, zum Teufel, ja. Aber das wagte ich damals natürlich kaum zu denken. Das war doch ein typischer Jes-Gedanke. Man stelle sich vor, sich den Tod der eigenen Mutter zu wünschen! Pfui, pfui, das darf man nicht. Aber das war es nun einmal, was ich mir im Grunde meines Herzens wünschte. Es nützte nur nichts, es war *deine* Mutter, die starb, und ich musste mich mit der Alabasterfrau trösten.«

»Der Alabasterfrau?« Dorthe sah ihn fragend an.

»Der Frau auf Konsul Mørchs Grab. Die mit den Gewändern, an die kannst du dich doch bestimmt erinnern, oder etwa nicht? Ich fand, sie ähnelte deiner Mutter. Wenn ich in den Ferien bei Uncas war, dann war ich täglich oben, um nach ihr zu sehen. Sie war eine Art Schutzheilige.«

Dorthe lachte kurz auf. »Ach die, ja aber, Jes, sie ähnelt Mutter doch überhaupt nicht.«

»Das spielt doch überhaupt keine Rolle«, erwiderte Jes.

»In Wirklichkeit bist du in meine Mutter verliebt«, sagte Dorthe. »Nicht in mich.«

»Das spielt doch keine Rolle«, sagte Jes. »Hab ich dich übrigens schon gefragt, ob du mich heiraten willst?«

»Ja, ungefähr tausend Mal in den letzten vier Jahren«, antwortete Dorthe gereizt. »Gibst du denn nie auf?«

»Nein, das würde mir im Traum nicht einfallen. Du musst doch irgendwann heiraten.«

»Das kann man so nicht sagen«, meinte sie. »Jedenfalls habe ich bislang noch keinen getroffen, den ich gerne heiraten würde.«

»Nein, natürlich nicht. Du weißt eben nur zu gut, dass ich der Richtige für dich bin.«

»Hör jetzt auf damit, Jes, man könnte wahnsinnig werden.«

»Ja, das stimmt«, sagte Jes. »Das brauchst du mir nicht zu erzählen. Eines Tages laufe ich Amok und entführe dich. Wie King Kong. Glaubst du eigentlich, die würden überhaupt merken, dass du weg bist, in deiner bescheuerten WG?«

»Natürlich würden sie das«, antwortete Dorthe. »Wir wechseln uns mit dem Küchendienst ab. Warum ist es eigentlich eine bescheuerte WG?«

»Wenn du allein leben würdest, würdest du dich früher oder später einsam fühlen und Lust bekommen, eine Familie zu gründen und jemanden zu finden, mit dem du Freud und Leid teilen kannst. Und wenn du dann anfangen würdest, dich umzusehen, wer würde dir dann ins Auge fallen, egal, wohin dein Blick auch schweifen würde? Ich! Ich würde schon dafür sorgen, dass ich zur Stelle bin.«

»Das bezweifle ich nicht«, sagte Dorthe müde. »Ich habe den Eindruck, das bist du auch jetzt schon.«

»Findest du«, sagte er fröhlich. »Es fängt schon an zu wirken.«

Sie schüttelte den Kopf und seufzte schwer.

Jes drehte sich um und sah wieder aus dem Fenster.

»Wie das regnet«, sagte er. »Das passt wirklich gut zur Stimmung, nicht wahr? Möchtest du ihn sehen?«

»Uncas?«

»Ja.«

»Nein, ich glaube nicht«, sagte sie nachdenklich. »Nein, ich bin mir ganz sicher, dass ich das nicht will. Stell dir vor, es wäre dieser Anblick, an den man sich später erinnern würde.«

»Ich glaube, ich will auch nicht«, sagte Jes. »Aber es ist

merkwürdig, ich habe schon das Gefühl, vergessen zu haben, wie er gestern Abend aussah.«

»Hm«, Dorthe sah ihn an. »Sag mal, Jes, du bist dir doch im Klaren darüber, dass du ein wenig in der Klemme steckst?«

»Ich, nein, wieso das denn?« Jes sah sie aufrichtig überrascht an.

Sie warf ihm einen forschenden Blick zu. »Hast du wirklich selbst noch nicht daran gedacht?«

»Woran?«, fragte er verständnislos.

»Jes, du warst es, der ihn gefunden hat. Es könnte möglich sein, dass sie glauben, du warst es auch, der ...«

»Ich! Das ist doch ein absurder Gedanke. Außerdem war er doch schon lange tot, als ich ihn gefunden habe. Das behaupten sie zumindest.«

»Du hättest es tun können, bevor du herkamst.«

»Glaubst *du* das?«

»Hast du ihn etwa gestern Abend angerufen?«

»Angerufen? Wann?«

»... und dich mit ihm verabredet. Um 21.30 Uhr.«

»Nein! Sag mal, was zum Teufel ...?«

»Ich will doch nur sagen, dass die Leute von der Polizei das glauben werden. *Ich* glaube das nicht. Ich weiß, wie sehr du an ihm gehangen hast, aber ...«

»Ich wäre im Traum nicht darauf gekommen, ihm ein Leid zuzufügen«, sagte Jes. »Und nie im Leben wäre ich auf die Idee gekommen, ihn zu erschlagen. Und warum hätte ich das auch tun sollen? Ich müsste doch auch ein ausreichendes Motiv haben.«

»Das hast du doch auch«, sagte Dorthe.

»Das habe ich?« Jes sah sie verwirrt an.

»Der Gewinn«, sagte sie.

»Der Gewinn«, wiederholte Jes. »Das ist doch lächerlich. Du denkst doch nicht, dass jemand glauben könnte, er wäre als Motiv ausreichend, um ... das ist doch vollkommen lächerlich. Dann hättest du es doch auch getan haben können. Halt nein, aber ...« Er schüttelte den Kopf. »Mein Gott, das sind doch nicht einmal hunderttausend nach Abzug der Steuern und ich hätte doch selbst genauso viel bekommen. Ich bin doch kein Idiot.«

Sie seufzte. »Trotzdem glaube ich, dass du auf Unannehmlichkeiten gefasst sein solltest. Das meinte ich im Grunde, als ich die Geschichte mit der Affenhand erzählt habe.«

»Ich glaube, du fantasierst. Ich kann jedenfalls nicht sehen, dass sie mir irgendetwas nachweisen können.«

»Im Übrigen, Jes«, sagte sie. »Das Geld, das brauchst du mir nicht zu geben.«

»Das tue ich aber. Alles andere wäre reiner Diebstahl.«

»Und du lügst nicht und du stiehlst nicht.«

»Nein, und ich erschlage auch niemanden, da siehst du einmal, wen du andauernd verschmähst.«

»Aber du willst Tante Dagmar eiskalt vor die Tür setzen.«

»Ohne mit der Wimper zu zucken, ja.«

»In gewisser Weise erinnerst du mich ein wenig an unseren Onkel. Er konnte gelegentlich auch so störrisch sein.«

»Aber er hat sie nie vor die Tür gesetzt. Der alte Dummkopf.«

Jes' Stimme hatte bei seinen letzten Worten ein wenig gezittert.

Dorthe saß eine Weile stumm da.

»Weiß der Himmel, weshalb Tante Dagmar auf eine Frage nicht ehrlich geantwortet hat«, sagte sie dann.

»Na, wie läuft es im Fall Birthe?«, fragte Høyer, während er Kaffee eingoss. »Kommt ihr voran?«

Bach zuckte mit den Schultern. »Das lässt sich noch nicht sagen. Wir haben eine Menge Hinweise aus der

Bevölkerung bekommen, viel mehr als im vorigen Fall, aber sie haben uns noch nicht richtig weitergebracht. Jedenfalls bis jetzt noch nicht.«

Bach war der angereisten Sonderkommission zugeteilt worden, aber Høyer hatte ihn zu einer kleinen Pause verlockt, indem er ihm Kaffee und ein Stück Crèmekopenhagener versprochen hatte.

»Was ist denn mit der Kleinen mit dem Hund?«, fragte Therkelsen. »Gibt es nicht noch andere, die um die Zeit ein Auto in der Gegend gesehen haben?«

»Nein«, Bach reckte sich nach einem Stück Kuchen und kratzte sorgfältig den Zuckerguss ab, bevor er einen Bissen davon nahm. Er verabscheute Zuckerguss. »Es war aber auch ein verdammtes Sauwetter«, fuhr er fort. »Erstens bleiben die Leute bei so einem Wetter im Haus, zweitens *sieht* man auch nichts, wenn es so regnet, nicht wahr? Und dann ist die Gegend dort sowieso schon ziemlich dünn besiedelt. Geradezu menschenleer. Aber es wird sich schon noch was ergeben.«

»Ihr habt wahrscheinlich noch nichts von den verschiedenen Proben gehört?«, fragte Høyer.

Bach schüttelte den Kopf. »Nein, aber da müsste man auch ein Wunder erwarten, es ist immerhin erst Montag.« Er senkte die Stimme. »Aber ganz unter uns, wir haben unter der Hand erfahren, dass sie zur gleichen Hauptgruppe gehören, aber das ist natürlich noch kein Beweis. Trotzdem denke ich, dass alle das Gefühl haben, es *ist* der gleiche Mann.«

Høyer nickte und versank in Gedanken. Es wunderte ihn nach wie vor, dass der Mann seine Opfer offensichtlich immer an entlegenen Orten fand. Oder wenigstens fast immer. Es war doch purer Zufall, dass genau an diesem Abend ein Mädchen vorbeikam. Allein. Ja, sogar zwei. Wenn Birthe nicht ausgerechnet an diesem Abend auf einem Fest gewesen wäre, hätte sie sicher zu Hause bei ihren Eltern gesessen und ferngesehen. Fuhr der Kerl nur ziellos durch die Gegend und hoffte darauf, dass ein geeignetes Opfer auftauchte, oder suchte er sich erst die Stelle aus, an der das Verbrechen ausgeführt werden sollte, woraufhin er …?

Ein Bild tauchte in Høyers Bewusstsein auf, verschwand aber wieder, bevor er registrieren konnte, was es war. Aber da war irgendetwas.

»Du bist ja gar nicht richtig da«, sagte Therkelsen zu ihm. »Du hast noch nicht einmal deinen Kuchen probiert.«

Høyer nahm einen Bissen und kaute ein wenig. »Habt ihr jemals etwas von diesen verdeckten Mitteilungen gehört«, fragte er dann. »Das kann zum Beispiel eine Art von Reklame sein. Man sitzt da und sieht sich einen Film an und plötzlich wird man durstig, geht hinaus und holt sich ein Bier im Kühlschrank, weil das Unterbewusstsein davon beeinflusst worden ist, dass hier und da einzelne Bilder beispielsweise von einer Wüste oder einem schäumenden Glas Bier vom Fass oder etwas Ähnlichem eingefügt worden sind.«

Bach und Therkelsen sahen sich kurz an.

»Ja«, sagte Bach. »Ich glaube, wir verstehen, was du meinst. Die Bilder sind da, aber es geht so schnell, dass nur unser Unterbewusstsein sie wahrnimmt.«

»Und was ist damit?«, fragte Therkelsen.

»Nun, wisst ihr«, antwortete Høyer nachdenklich. »Ich saß gerade hier und ließ in meinem Kopf einen Film mit dem möglichen Tathergang im Fall Birthe ablaufen – und übrigens auch in den anderen Fällen – und ich hatte das Gefühl, als ob es da solch ein ›verdecktes‹ Bild gab, das auf die eine oder andere Weise mein Unterbewusstsein aufgerüttelt hat, aber …«

»Aber du bist dennoch nicht durstig geworden«, stellte Therkelsen trocken fest.

»Nein«, sagte Høyer. »Es ist ja auch gar nicht gesagt, dass es etwas zu bedeuten hat, und im Übrigen ist es auch nicht mehr unser Fall. Zum Glück.«

»Es ist immer noch meiner«, erinnerte ihn Bach.

»Du musst entschuldigen«, sagte Høyer. »Daran habe ich nicht gedacht. Aber ich meinte auch eher, dass wir nicht mehr die Verantwortung tragen. Wir haben schon genug anderes am Hals.«

»Ja, Villadsen«, meinte Bach. »Das ist weiß Gott eine merkwürdige Angelegenheit. Habt ihr schon eine Spur?«

»Nun ja«, erwiderte Høyer. »Wir haben das, was wir im Allgemeinen *mehrere viel versprechende Spuren* nennen.«

»Mit anderen Worten nichts Richtiges«, grinste Bach. »Nichts Konkretes.«

»Doch, konkret ist es schon«, sagte Høyer. »Aber es ist möglich, dass die Sachen, die wir gefunden haben, einander widersprechen, so dass wir vorläufig ein wenig im Dunkeln tappen. Ich würde eigentlich gerne ein wenig mehr über den Mann selbst erfahren.«

Bach pflegte eine Goldgrube von Informationen zu sein, und was er nicht augenblicklich sagen konnte, brachte er in der Regel sehr schnell in Erfahrung. Høyer hatte nie herausgefunden, wie er das eigentlich anstellte, und verspürte auch nicht die geringste Lust, die Sache näher zu untersuchen.

»Villadsen«, sagte Bach und Høyer konnte regelrecht sehen, wie der Name in Bachs eingebauten Minicomputer eingegeben wurde. »Ich kenne ihn natürlich vom Hörensagen und habe ihn auch ein paar Mal gesehen. Und gehört.«

Høyer nickte. Ja, natürlich kannte Bach ihn, alles andere hätte ihn auch gewundert. Nun galt es nur noch abzuwarten, dass die Informationen ausgespuckt wurden.

»Er war im Widerstand«, sagte Bach und dachte weiter nach. »Ich kann mich erinnern, dass ich ein paar Räuberpistolen darüber gehört habe, wie er damals Waffen in der Kirche versteckt hat. Also nicht im eigentlichen Kirchenraum, sondern über dem Kirchengewölbe. Soweit ich weiß, war er unter anderem damit betraut, Waffen in Empfang zu nehmen, aber ich meine auch, dass da etwas mit einer Eisenbahnsabotage war. Im Grunde von allem etwas. Er arbeitete zusammen mit Ry-Nielsen, dem Rennfahrer. Er war der Sohn des alten Fordhändlers, aber der ist natürlich schon lange tot. Und dann war da noch ein Schulrektor, na ja, Rektor wurde er natürlich erst viel später, Frandsen hieß er. Die ganze Gruppe war in den ersten Jahren nach dem Ende der Besatzungszeit ziemlich bekannt. Man erzählte sich damals von ihnen. Ich kann mich erinnern, dass wir in der Schule von ihnen hörten. Ja, sie waren natürlich nur auf der lokalen Ebene bekannt. Sie waren ja nicht die ›Bürgerlichen Partisanen‹, die damals die ganz großen Sabotageanschläge gemacht haben.«

Er nahm einen Schluck Kaffee. Høyer wagte nicht, etwas zu sagen, weil er Angst hatte, damit eine Störung im System auszulösen.

»Er war übrigens ein gut aussehender Mann«, fuhr Bach fort. »Ein ungewöhnlich hübscher, kleiner Mann. So ein richtiger alter Pastor mit kreideweißem Haar, aber einer recht dunklen Augenpartie. Sein Bruder sieht ihm ziemlich ähnlich. Ihm gehört Villadsens Buchhandlung, die kennt ihr doch bestimmt. Er ist nur viel größer. Soweit ich weiß, gibt es noch einen Bruder, aber der wohnt nicht hier. Ich glaube, er ist irgendwo im Süden Stadtdirektor. Ihr Vater war ein Landlehrer nördlich des Fjords.«

Høyer betrachtete Bach mit einem Gesichtsausdruck, der fast ehrfürchtig war.

»Er war unverheiratet«, sagte Therkelsen. »Pastor Villadsen, meine ich.«

»Ja, ich weiß«, sagte Bach.

»Homosexuell?«, fragte Høyer.

»Das glaube ich nicht«, sagte Bach. »Ich habe nie etwas in dieser Richtung gehört. Im Gegenteil.« Er bemerkte ihren Gesichtsausdruck und beeilte sich zu sagen: »Nein, versteht mich nicht falsch, ich habe nicht gehört, dass er eine Art Don Juan sei, aber die Frauen schwärmten für ihn, natürlich vor allem, als er noch jünger war, er sah wie gesagt sehr gut aus.«

»Keine Leichen im Keller?«

»Jedenfalls keine, die so stinken, dass man sie schon bemerkt hätte«, sagte Bach. »Aber ich kann gerne versuchen, noch etwas herauszufinden, wenn es euch interessiert.«

»Ja, das tut es allerdings«, meinte Høyer. »Ich weiß, dass du schon genug um die Ohren hast, aber wenn du dennoch die Zeit finden könntest, wäre ich dir dankbar.«

»Ach, das macht bestimmt nicht viel Arbeit«, sagte Bach. »Aber ich kann natürlich auch nicht versprechen, dass ich etwas herausfinde.« Er stand auf. »Ich sollte lieber wieder in die Gänge kommen. Ich sag euch Bescheid, wenn ich auf etwas stoße, o.k.?« Damit verließ er den Raum.

»Weiß der Himmel, ob er nicht in Wirklichkeit seine Frau dafür einspannt«, sagte Høyer zu Therkelsen. »Es ist unglaublich, was der Mann in null Komma nichts herausfinden kann. O.k., ich würde ein paar Bier darauf verwetten, dass er Villadsen gecheckt hat, bevor er zu uns kam, einfach nur um uns zu beeindrucken, aber trotzdem. Es ist unglaublich.«

»Ja«, grinste Therkelsen. »So lange wir ihn haben, brauchen wir keine Datenbanken. Ich wüsste zu gerne, was er eigentlich über uns so alles weiß, nicht wahr?«

»Allerdings«, sagte Høyer mit einem leichten Schaudern. »Ich glaube nicht, dass ich das überhaupt wissen will. Denn das eine oder andere wird er schon wissen, da kannst du Gift drauf nehmen.«

»Er kann dir bestimmt bis auf den letzten Krümel sagen, wie viele Stücke Crèmekopenhagener du dir im Verlauf deiner Karriere einverleibt hast«, sagte Therkelsen mit einem Blick auf das leere Papptablett.

»Zum Glück ist er ein diskreter Mann«, sagte Høyer. »Außerdem möchte ich dich darauf aufmerksam machen, dass diese Kuchenstücke die Gehirnaktivität stimulieren.«

»Ja, das sagst du immer«, meinte Therkelsen. »Und was hat sich dein stimuliertes Gehirn als Nächstes ausgedacht?«

Høyer grinste. »Dass du diese Berichte hier fertig schreibst. Anschließend oder auch zwischendurch kannst du Bøjsen ein wenig Feuer unterm Hintern machen, ich bin ziemlich gespannt darauf, was er bei diesen Fußspuren herausgefunden hat. Und dann kannst du los und mit Rektor Frandsen reden. Dem einen von Villadsens Busenfreunden.«

»Es wäre besser gewesen, deine Gehirnaktivitäten wären niemals stimuliert worden«, klagte Therkelsen. »Und was willst du in der Zwischenzeit anstellen? Dir freinehmen?«

»Tja«, sagte Høyer. »Es heißt doch immer, dass wir unsere Überstunden abfeiern sollen. Damit könnte ich ja jetzt anfangen.«

»Ich glaube, das mit dem Abfeiern hast du irgendwie falsch verstanden«, sagte Therkelsen. »In Wirklichkeit ist damit gemeint, dass die gleichen Menschen die gleiche Arbeit für weniger Geld machen sollen, nur ein wenig schneller als sonst.«

»Dein Gehirn wäre besser auch nicht stimuliert worden«, lachte Høyer. »Nein, eigentlich hatte ich vor, ins Krankenhaus zu fahren. Ich möchte Pastor Villadsen gerne *sehen*. Ich habe das Gefühl, ihn nicht in den Griff zu bekommen, wenn du verstehst, was ich meine. In dem einen Augenblick sehe ich ihn als einen alten Schlappschwanz vor mir, im nächsten als einen Troll mit unheimlich funkelnden Augen. So geht das nicht, ich muss ihn sehen.«

»Glaubst du wirklich, das hilft dir weiter?«, fragte Therkelsen. »Der Mann ist doch tot.«

»Ich möchte zumindest den Versuch machen«, sagte Høyer.

»Aber dafür wirst du doch wohl nicht den ganzen Tag brauchen?«

»Nein«, räumte Høyer ein. »Ich möchte auch noch ein paar Worte mit seinem Bruder wechseln und hatte vor, anschließend mit dem Rennfahrer zu sprechen, wie Bach ihn genannt hat. Mit anderen Worten mit dem Autohändler, aber ich finde, wir sollten versuchen, uns gegen fünf wieder hier zu treffen, was meinst du?«

»Ausgezeichnet«, sagte Therkelsen. »Dann können wir ja mit dem Abfeiern anfangen.«

»Du lernst dazu, mein Freund«, sagte Høyer. »Du lernst immer mehr dazu.«

Er stand auf und ging zur Garderobe, um sich den Regenmantel anzuziehen. »Wenn man doch wenigstens nicht immer dieses Waffenholster tragen müsste«, seufzte er, als er es vom Haken herunternahm.

Therkelsen kam nicht mehr dazu, darauf etwas zu erwidern, denn plötzlich klopfte es an der Tür und Bøjsen stürzte ins Zimmer.

»Ja aber, o Gott, Bøjsen!«, schrie Høyer kokett. »Wie stürzt du denn hier herein?! Ich ziehe mich gerade um!«

Aber Bøjsen war viel zu aufgeregt, um Høyers komödiantische Einlage überhaupt zu bemerken.

»Wir haben jetzt diesen verdammten Kirchturm untersucht«, sagte er. »Und was meint ihr, was wir dort gefunden haben? Diese ganze Scheißkirche war voller Haschisch!«

7.

Høyer und Therkelsen starrten Bøjsen an, stumm vor Verblüffung. Es war Høyer, der als Erster die Sprache wieder fand.

»Voller Haschisch«, rief er. »Meinst du, dass …?«

»Na ja, voll und voll, das ist natürlich ein bisschen übertrieben«, gab Bøjsen zu. »Aber *ich* habe jedenfalls noch nie so viel von dem Zeug auf einem Haufen gesehen.«

Høyer ging plötzlich ein Licht auf. »Aber es war nicht in der Kirche, oder? Es war über dem Kirchenraum, nicht wahr? Über dem Kirchengewölbe.«

»Genau«, sagte Bøjsen und sah ihn ein wenig erstaunt an. »Woher weißt du das? Da war eine kleine Tür, eher eine Luke im Kirchturm und es machte mich stutzig, dass sie aussah, als würde sie häufig benutzt. Deshalb haben wir sie uns etwas genauer angesehen, und als wir sie zum Speicher hin öffneten, ja, da rochen wir buchstäblich schon den Braten. Es *roch* wirklich nach Haschisch. Es lagerte dort säckeweise.«

»Das gibt's doch gar nicht!«, sagte Høyer. »Das gibt es doch einfach gar nicht! In der Kirche! Dort haben sie während des Kriegs ihre Waffen versteckt, der Pastor und seine Kameraden. Das muss ich jetzt erst mal verdauen. Was meinst du, Therkelsen?«

Therkelsen raufte sich die Haare. »Nichts«, sagte er. »Gar nichts. Denn man kann sich doch wohl kaum vorstellen, dass der gute Pastor verwickelt war in …«

»Nein, der Gedanke ist allerdings zu absurd, Therkelsen!«, rief Høyer aus. »Ich weigere mich das zu glauben. Aber wie passt das zu unseren übrigen Theorien? Könnte man sich eventuell vorstellen, dass Jes Villadsen …?«

»Es ist zwar sehr nett, euch dabei zuzuhören, wie ihr euch durch eure Resultate hangelt«, sagte Bøjsen mit einem Grinsen. »Aber darauf braucht ihr in diesem Fall nicht allzu viel Zeit zu verschwenden.« Er sah sie triumphierend an. »Ihr bekommt das Ganze auf einem Silbertablett serviert, liebe Freunde, denn wir wissen genau, wer die Täter waren. Sie haben sich dort offensichtlich recht sicher gefühlt, denn es wimmelt nur so von Fingerabdrücken und es sieht so aus, als stammten sie von ein paar alten Bekannten.«

»Darf ich raten?«, sagte Høyer. »Igor und das Gemüse.«

»Ja, natürlich«, sagte Therkelsen und Bøjsen nickte.

»Da wird Larsen aber ein Stein vom Herzen fallen«, sagte Høyer. »Denn er hat die beiden Burschen zwar geschnappt, aber trotzdem immer wieder behauptet, der Fall sei viel größer, als er aussehe. Und er hatte also Recht, wenn ich richtig verstehe. Aber wie zum Teufel sind sie auf die Idee gekommen, die Kirche als Versteck zu benutzen?«

Bøjsen zuckte mit den Schultern. »Das ist schwer zu sagen. Übrigens waren sie nicht die Einzigen, die dort waren. Wir haben auch noch die Fingerabdrücke vom Kleinen Johnny gefunden.«

»Vom Kleinen Johnny?«, sagte Høyer. »Na, dann war er auch in die Sache verwickelt. Das haben die beiden bislang nicht ausgeplaudert.«

»Er ist aber doch noch nie in so etwas verwickelt gewesen«, meinte Therkelsen.

»Nein, aber man wird doch wohl auch mal was Neues ausprobieren dürfen«, sagte Bøjsen. »Vielleicht hoffte er, dass er damit mehr Geld machen könnte.«

»Diebstahl und Raubüberfälle sind eigentlich mehr seine Spezialität«, sagte Therkelsen. »Beim letzten Mal ging er wegen bewaffneten Raubüberfalls in den Bau.«

»Ja, das zahlt sich einfach nicht aus«, meinte Høyer. »Wie lange ist er eigentlich schon wieder draußen?«

»Seit einem halben Jahr«, sagte Bøjsen. »Ich hab nachgesehen.«

Høyer kratzte sich am Ohrläppchen. »Aber warum zum Henker gerade in der Kirche?«, fragte er. »Man sollte meinen, dass es da irgendeine Verbindung gibt.« Er sah Therkelsen nachdenklich an. »Du, es kann doch nicht etwa der …?«

»Totengräber gewesen sein«, vollendete Therkelsen den Satz.

Bøjsen sah ihn verblüfft an. »Der alte Mann! Ihr seid wohl von allen guten Geistern verlassen.«

»Nein, doch nicht der Alte«, grinste Høyer. »Sein Handlanger. Der Totengräber hat erzählt, dass die immer über die Bewährungsbehörde vermittelt würden, und das könnte zeitlich auch ganz gut hinkommen. Er wohnte in der Küsterei, ist aber heute nicht zur Arbeit erschienen. Es sah so aus, als hätte er sich aus dem Staub gemacht. Aber das werden wir schnell haben. Wie heißt der Kleine Johnny noch mit Nachnamen, Olsen, nicht wahr? Johnny Olsen?«

Die anderen warteten schweigend, während Høyer ein paar Telefonate führte, sich dann wieder zu ihnen umdrehte und triumphierend lächelte.

»Keine Hexerei!«, sagte er. »Es war tatsächlich unser alter Freund Johnny.«

Er blieb einen Augenblick sitzen und trommelte nachdenklich auf dem Tisch herum.

»Sag mal«, sagte er dann. »Ihr habt nicht zufällig die Fingerabdrücke des Pastors auf der Luke oder der Tür zum Speicher gefunden?«

Bøjsen schüttelte den Kopf. »Aber es gab natürlich massenhaft verwischte Abdrücke, mit denen man unmöglich etwas anfangen konnte, ich kann also nicht garantieren, dass nicht doch irgendwann einmal welche da waren.«

»Hm, hm«, sagte Høyer. »Ja, das eröffnet wahrlich neue Perspektiven. Aber lasst uns erst mal Larsen Bescheid geben. Das Haschisch ist ja letzten Endes sein Fall und jetzt hat er endlich was in der Hand, womit er etwas anfangen kann. Soll er sich ruhig den Kleinen Johnny schnappen, wir brauchen uns da gar nicht einzumischen. Wir haben ja auch gar nichts gegen ihn in der Hand. Noch nicht.«

»Aber …«, setzte Therkelsen an.

»Ja«, sagte Høyer und drehte sich zu Bøjsen um. »Es tut mir Leid, Bøjsen, aber du musst noch einmal ran. Letztlich bist du selbst schuld. Wir müssen die Küsterei durchkämmen. Und in erster Linie bin ich daran interessiert, ob ihr dort …«

»Ob wir dort ein Paar Schuhe finden können, die zu den Spuren passen, die wir auf dem Friedhof gefunden haben. Ich hab's schon kapiert, Høyer.«

»Das würde uns in der Tat weiterbringen«, gab Høyer zu. »Aber ich wäre fast genauso zufrieden, wenn wir den Kleinen Johnny mit Sicherheit ausschließen könnten. Langsam aber sicher haben wir ein paar Eisen zu viel im Feuer, finde ich.«

Bøjsen stand auf und ging zur Tür. Er sah sehr zufrieden aus, trotz der neuen Aufgaben, die ihm übertragen worden waren.

»Übrigens, Bøjsen«, sagte Høyer. »Bevor du gehst …«

Bøjsen blieb mit der Hand auf der Türklinke stehen.

»Was ist?«

»Nun, ich finde, du bist wirklich großartig und fast so schön wie der Weihnachtsmann«, sagte Høyer und Bøjsen warf ihm einen misstrauischen Blick zu.

»Aber die Fußabdrücke, Bøjsen. Wie kommst du mit denen voran?«

Bøjsen schnitt eine Grimasse. »Ich bin *nicht* der Weihnachtsmann, du Sklaventreiber! Du wirst einem alten Mann schon noch etwas Zeit geben müssen. Ich kann beim besten Willen nicht an zwei Orten zur gleichen Zeit sein. Du bekommst sie heute Abend. Oder am späten Nachmittag. Ist das in Ordnung?«

»Ausgezeichnet«, sagte Høyer. »Ganz ausgezeichnet.«

»Was jetzt?«, fragte Therkelsen, als Bøjsen die Tür hinter sich geschlossen hatte. »Man kann sich schon vorstellen, dass Pastor Villadsen irgendwie herausgefunden haben könnte, was der Kleine Johnny so treibt, und dann ... auch wenn das eigentlich nicht sein Stil ist.«

»Wenn eine Ratte in die Ecke gedrängt wird, beißt sie«, meinte Høyer. »Aber im Moment finde ich, dass wir bis zum Hals in Hypothesen und losen Enden stecken, deshalb sollten wir um Gottes willen keine voreiligen Schlüsse ziehen.«

»Aber der Kleine Johnny hat sich offensichtlich aus dem Staub gemacht«, sagte Therkelsen.

Høyer grinste. »Das hättest du sicher auch getan, wenn du auf einem größeren Haschischlager sitzen würdest und plötzlich die Polizei mit einer ganzen Kompanie vor deinem Haus stünde. Das beweist noch lange nicht, dass er etwas mit dem Tod des Pastors zu tun hat. Aber ich muss zugeben, dass die Möglichkeit besteht.«

»Was denkst du, was sollen wir tun?«

»Ich schlage vor, dass wir unseren ursprünglichen Plänen folgen«, sagte Høyer. »Larsen übernimmt das Haschisch-Ende, das ist sein Fall, und wir machen weiter, als würde der Kleine Johnny gar nicht existieren.«

»Der Chef der Sonderkommission wird nicht begeistert sein, wenn wir ihm einen seiner Leute wegnehmen«, sagte Therkelsen.

»Bestimmt nicht«, erwiderte Høyer. »Aber das ist sein Problem.«

Høyer folgte Oberkrankenpfleger Rasmussen, auch ›Der Kapellmeister‹ genannt, den langen Gang mit Linoleumbelag hinab.

»Er liegt noch immer im Sechs-Stunden-Raum«, sagte Rasmussen. »Er soll ja nach Århus gebracht werden, sie können jeden Moment da sein, um ihn zu holen, also gab es keinen Grund, ihn runterzubringen.«

»Warum nennt ihr das den Sechs-Stunden-Raum?«, fragte Høyer neugierig.

»Weil sie tatsächlich sechs Stunden hier liegen«, sagte Rasmussen mit einem schwachen Lächeln. »Also nachdem man festgestellt hat, dass der Tod eingetreten ist. So sind die Bestimmungen. Wir bringen sie nicht direkt vom Sterbebett in die Kühlbox, sie kommen erst hierher. Es ist so eine Art Zwischenstation.«

»Letzte Chance zu beweisen, dass man doch noch am Leben ist«, sagte Høyer.

»Ja, stimmt, so könnte man es ausdrücken.«

»Ist es Ihnen schon einmal passiert, dass jemand aufgewacht ist, während er hier lag?«

»Nein, noch nie, aber so sind die Bestimmungen nun einmal. Und eines schönen Tages könnte es ja auch mal vorkommen. Man weiß nie. Hier ist es.«

Rasmussen blieb stehen und öffnete eine Tür.

Høyer betrat den Sechs-Stunden-Raum. Er sah aus wie ein ganz normales Krankenhauszimmer. Im Moment stand nur ein einziges Bett in dem Raum, aber es war Platz für mehrere, wie er sehen konnte. Pastor Villadsen lag mit einem Laken bedeckt da und sah aus, als würde er schlafen. Eine Klingelschnur führte von der Wand zum Bett herab und war mit einer Sicherheitsnadel oberhalb seines Kopfes festgemacht. Høyer stutzte unwillkürlich, als sein Blick auf sie fiel.

»Sie müssen doch klingeln können, falls sie aufwachen«, erklärte Rasmussen, der seinem Blick gefolgt war.

Er lächelte vorsichtig. »Aber ob das eine gute Idee ist, weiß ich nicht so recht«, fügte er hinzu. »Denn einmal, als ich hier war und etwas an dem Bett in Ordnung brachte, zog ich zufällig an der Schnur und im gleichen Augenblick hörte ich einen Schrei und ein Krachen im Flur. Es war eine Krankenschwester, die genau in dem Moment vorbeikam, und als sie sah, dass die Signallampe draußen anging, fiel sie auf der Stelle in Ohnmacht. Aber sie war auch erst Schwesternschülerin.«

Høyer trat etwas näher an das Bett heran und betrachtete den Toten. Auch wenn er still und friedlich dalag und aussah, als würde er nur ein Nickerchen machen, fand Høyer nicht, dass man Zweifel daran hegen konnte, dass er tot war. Dass es nur noch eine leere Hülle war, die hier lag. Er konnte sich nicht vorstellen, dass ein Mensch, wenn er erst einmal so weit gekommen war, jemals an dieser Schnur ziehen würde.

Høyer blieb neben dem Bett stehen und studierte Villadsens Gesicht. Er war ein gut aussehender Mann gewesen, hatte Bach gesagt, und jetzt war er eine schöne Leiche, dachte Høyer mit einem Grinsen. Das Gesicht war mager, die Nase etwas vorspringend, aber schmal und leicht gebogen, eine aristokratische Nase, der Mund war schön geschwungen, die Lippen verhältnismäßig schmal. Es schien, als habe Villadsen noch seine eigenen Zähne, stellte Høyer fest. Die sehr dunklen Augenbrauen und Wimpern bildeten einen scharfen Kontrast zu seinen schneeweißen Haaren. Ein eigenartiges Gesicht, ein Gesicht, das sowohl einem Asketen als auch einem Freibeuter gehört haben könnte.

Høyer hätte sich gewünscht, seine Augen sehen zu können, aber nicht wie sie jetzt waren. Wie sie waren, als dieser Mann noch lebte.

Gab es jemanden, der diesen alten Mann genug gehasst hatte, um ihn zu erschlagen? Oder gab es eher jemanden, der gierig oder ängstlich genug gewesen war, um das zu tun?

Høyer seufzte ein wenig. Nachdem er nun Villadsen gesehen hatte, kam es ihm plötzlich weniger wahrscheinlich vor, dass der Neffe der Täter war. Die hunderttausend Kronen wurden irgendwie zu einem allzu dünnen Motiv. War es in Wirklichkeit nicht eher der Kleine Johnny, der in Panik ... Høyer schüttelte den Kopf. Nun mal langsam, sagte er zu sich selbst. Nun mal ganz langsam.

Er beugte sich zu dem Toten hinab, um sich die Wunde direkt über der rechten Schläfe genauer anzusehen. Sie war winzig klein und wurde fast völlig vom Haar verdeckt.

»Man sieht sie fast gar nicht«, sagte Rasmussen. »Jetzt nicht mehr, weil das Haar getrocknet ist und dadurch irgendwie fülliger geworden ist. Er ist wirklich ein gut aussehender Mann.«

Høyer nickte. Ja, Villadsen war tatsächlich ein gut aussehender Mann.

Aber auch ein toter Mann.

»Tot! Gorm Villadsen?« Schulrektor Frandsen sah Therkelsen an, als rechne er fest damit, dass dieser augenblicklich zurücknehmen würde, was er gerade gesagt hatte. Er schüttelte den Kopf. »Ermordet?« Er fuhr fort, Therkelsen fragend anzusehen, der stumm nickte. »Ja, dann muss ich Ihnen wohl glauben«, sagte Frandsen. »Das muss ich wohl, aber es kommt mir unfassbar vor.«

Therkelsen saß da und beobachtete ihn. Frandsen hatte ihm selbst die Tür geöffnet und Therkelsens erste Reaktion war Enttäuschung gewesen. Erst jetzt, da er ihm gegenübersaß und den Mann studierte, wurde ihm klar, dass er erwartet hatte, einen ›Helden‹ zu sehen. Einen Menschen, der seinen jugendlichen Vorstellungen von einem Widerstandskämpfer entsprach, und nicht einen älteren Schulrektor in einer ungebügelten, etwas ausgebeulten Hose, dunkelgrauem Cardigan und Hausschuhen. Ein älterer, aufgedunsener Mann, der aussah, als hätte er in seinem Leben nie etwas Spannenderes getan, als seine Steuererklärung zu machen. Therkelsen schüttelte ein wenig den Kopf über sich selbst.

Rektor Frandsen hatte keinerlei Anzeichen von Beunruhigung gezeigt, als Therkelsen sich als Kriminalkommissar vorgestellt hatte. Wahrscheinlich glaubte er, dass es um einen seiner Schüler ging, der auf die schiefe Bahn geraten war, dachte Therkelsen, und Frandsens erste Worte hatten seine Vermutung bestätigt.

»Nun, worum geht es?« Frandsen hatte sich hinter seinen Schreibtisch gesetzt. »Ist einer unserer Schüler in irgendetwas verwickelt?«

Therkelsen hatte den Kopf geschüttelt und so schonend wie möglich erzählt, was dem alten Freund des Rektors zugestoßen war.

»Wann ist das passiert?«, fragte er jetzt.

»Gestern Abend«, sagte Therkelsen. »Am späten Abend.«

»Und Sie sind ganz sicher, dass er ermordet wurde?«, fragte der Schulrektor. »Ich meine, dass es ein geplanter Mord war. Könnte es nicht auch ein Unfall gewesen sein? Oder fahrlässige Tötung, nennt man das nicht so?«

»Ausgeschlossen.« Therkelsen schüttelte den Kopf. »Villadsen wurde mit einem so genannten Karateschlag an diese Stelle getötet.« Therkelsen demonstrierte den Hergang.

»Großer Gott!« Frandsen saß einen Moment lang da, um das Gehörte zu begreifen. Dann hob er den Kopf. »Sagen Sie mir, ist das nicht ziemlich ungewöhnlich?«

»Doch, das kann man schon sagen«, meinte Therkelsen. »Warum fragen Sie? Denken Sie an etwas Bestimmtes?«

Frandsen sah aus, als hätte er das Letzte nicht verstanden, aber dann schüttelte er den Kopf. »Ach nein, nein, ich finde es, wie gesagt, nur etwas ungewöhnlich. Und … und Sie haben den Täter wahrscheinlich noch nicht gefasst?«, vermutete er.

»Nein«, sagte Therkelsen.

»Das hätte ich mir auch denken können«, meinte Frandsen. »Denn sonst wären Sie sicher nicht hier. Aber ich verstehe nicht recht, wie ich Ihnen da weiterhelfen soll.«

»Sie waren ein enger Freund Villadsens«, sagte Therkelsen. »Wir haben erfahren, dass Sie im Krieg in der gleichen Widerstandsgruppe aktiv waren.«

Frandsen lächelte. »Ja, aber das ist doch eine uralte Geschichte«, meinte er. »Von wem Sie das auch immer gehört haben mögen.«

»War Villadsen der Anführer der Gruppe?«

»Nein, das war er nicht. Unser Anführer war … nun, das spielt keine Rolle, er ist schon lange tot. Wir waren fünf aus der ursprünglichen Gruppe, die es bis zur Befreiung schafften, unter anderem Villadsen, Ry-Nielsen und ich. Zum ersten Mal getroffen haben wir uns im Frühjahr 1944. Zu diesem Zeitpunkt hatte Villadsen im Grunde keine näheren Kontakte zum Widerstand. Er verfasste ein paar illegale Flugblätter, aber irgendwann in dieser Zeit stieß er zu unserer Gruppe. Anfangs waren wir eher skeptisch. Zum einen war er ja um einiges älter als wir anderen, zum anderen war er Priester, aber er war ein hervorragender Saboteur. Er war sowieso schon ein ausgezeichneter Schütze, aber vor allem hatte er Nerven wie Drahtseile. Und wenn es darauf ankam, konnte er blitzschnell handeln. Ich erinnere mich an einen Abend, an dem wir unterwegs waren, um etwas an der Eisenbahnlinie zu sabotieren. Zwei deutsche Soldaten gingen Wache an den Gleisen und natürlich hatten wir vorher ihre Wache ausgekundschaftet. Sie trafen sich an einem bestimmten Punkt und gingen dann ein paar hundert Meter jeder in seine Richtung, machten kehrt, trafen sich wieder und so weiter. Ob sie den Ablauf nur zufällig geändert oder etwas Verdächtiges gehört hatten, weiß ich nicht, jedenfalls machten sie die Intervalle plötzlich viel kürzer. Ry-Nielsen war noch nicht ganz fertig, als die beiden Soldaten vollkommen unerwartet aus beiden Richtungen genau auf die Stelle zukommen, wo wir waren. Villadsen lag da, um uns zu decken, und wartete genau bis zu dem Augenblick, als sich die beiden trafen, dann schmiss er eine Handgranate und puff!, weg waren sie. Aber dazu musste man weiß Gott gute Nerven haben.«

Therkelsen nickte. »Und Sie haben zusammengehalten. Auch nach dem Krieg?«

»Ja, das haben wir. Wie gesagt, wir waren fünf, aber nicht allen von uns gelang der Übergang ins Zivilleben gleich gut, wenn man das so sagen kann. Der Anführer unserer Gruppe bewarb sich beim Militär, aber das klappte auch nicht richtig und später beging er ein paar Dummheiten und landete im Gefängnis. Als er wieder herauskam, versuchten wir anderen, ihm wieder auf die Beine zu helfen, aber da war nicht mehr viel zu machen. Es endete damit, dass er Selbstmord beging. Er hat sich erschossen. Und einer von uns starb fünfundsechzig an einem Blutgerinnsel. Und etwas zu viel Alkohol vielleicht. Aber wir drei anderen hielten zusammen und trafen uns regelmäßig. Mindestens einmal im Monat, meistens öfter. Jedenfalls bis vor einem Jahr.«

»Hörten Ihre Treffen da auf?« Therkelsen sah ihn fragend an.

»Nein, nein, ganz und gar nicht. Aber Ry-Nielsen ließ uns ab und zu hängen. Ich glaube, er hatte einfach zu viel um die Ohren. Probleme. So dies und das. Die Firma vielleicht, die Ehe bestimmt auch, aber vor allem der Sohn. Er ist nicht gesund.«

»Aber er muss doch schon erwachsen sein?«

»Ja natürlich, aber Sie wissen doch, was man sagt, kleine Kinder, kleine Sorgen, große Kinder, große Sorgen.«

Therkelsen nickte. Ja, da konnte in der Tat was dran sein.

»Aber wir sahen uns immer noch oft zu dritt«, fuhr der Schulrektor fort.

»Und plauderten über die alten Zeiten?«

Frandsen lächelte. »Nein, eigentlich spielten wir Lomber. Wissen Sie, wir hatten vierzig Jahre lang Zeit uns auszusprechen und wir kannten doch alle Geschichten schon im Voraus. Da gab es nicht mehr allzu viel Gesprächsstoff.«

»Können Sie sich vorstellen, dass Villadsen aus dieser Zeit irgendwelche Feinde hatte?«

»Nein, das ist meiner Meinung nach ganz ausgeschlossen«, sagte Frandsen. »Das kann ich überhaupt nicht verstehen. Es fällt mir überhaupt schwer, mir vorzustellen, dass Villadsen Feinde hatte. Jedenfalls Feinde in dem Sinne des Wortes, von dem hier die Rede sein muss.«

»Pastor Villadsen war ja unverheiratet«, sagte Therkelsen nach einer Pause. »Können Sie sich vorstellen, dass er …?«

»Dass er homosexuell war«, unterbrach Frandsen ihn. »Das war es doch, wonach Sie fragen wollten, oder nicht?«

Therkelsen nickte. »Stimmt.«

Frandsen lachte. »Ja, Sie müssen entschuldigen, aber es ist fast ein wenig schade, dass er Ihnen nicht selbst antworten kann. Ich erinnere mich, dass er einmal gesagt hat: ›Unsere Zeit ist wirklich so sexbesessen, dass man sich nicht mehr vorstellen kann, dass ein Mensch unverheiratet lebt, wenn er nicht schwul ist oder im Verborgenen allen möglichen Formen sexueller Perversion huldigt.‹ Nein, ich denke, dass ich Ihnen mit hundertprozentiger Sicherheit sagen kann, dass er nicht homosexuell war.« Er sah Therkelsen neugierig an. »Wie sind Sie auf den Gedanken gekommen?«

»Es war nur eine Möglichkeit«, sagte Therkelsen. »Nicht mehr.«

»Meiner Meinung nach ist das eine Möglichkeit, die Sie guten Gewissens ausschließen können«, sagte Frandsen. »Meine eigenen Söhne sind oft bei Villadsen gewesen, übrigens zusammen mit seinem Neffen Jes und Ry-Nielsens Sohn und sie besuchen ihn auch heute noch gerne, wenn sie zu Hause sind, und deshalb ...«

»Hm«, sagte Therkelsen. Er stand auf. »Sie haben Pastor Villadsen nicht zufällig gestern Abend angerufen? Zwischen halb acht und acht?«

Frandsen schüttelte den Kopf. »Nein, ich habe ihn weder gesehen noch mit ihm gesprochen seit ... ich glaube, es war am Mittwoch. Ich bin kein Kirchgänger, sonst hätte ich ihn gestern gesehen.«

Er saß da und versank in Gedanken und Therkelsen machte sich zum Aufbruch bereit.

»Tatsächlich sprachen wir über eines meiner Sorgenkinder«, sagte Frandsen mit einem schwachen Lächeln. »Über einen meiner alten Schüler, der offensichtlich nicht auf dem Pfad der Tugend bleiben kann. Von der Sorte hatten wir einige. Ich bin Mitglied der Dänischen Resozialisierungsgesellschaft und Villadsen war so nett, mir zu helfen, sie wieder ins Leben zu schleusen.« Er seufzte. »In der Regel ohne größeren Erfolg. Sie werden immer wieder rückfällig. Aber der hier schien sich wirklich gut zu machen.«

»War das der Handlanger des Totengräbers?«, fragte Therkelsen.

»Ja, genau«, sagte Frandsen. »Johnny. Der Kleine Johnny. Im Grunde ein netter Junge, aber ein schwacher Charakter. Sehr schwach.«

Therkelsen sagte nichts. Aber er musste daran denken, wie es Frandsen zumute sein würde, falls sich herausstellen sollte, dass es der Kleine Johnny war, der seinen alten Freund getötet hatte.

Høyer schaltete den Motor ab, blieb im Auto sitzen und sah sich um. Sein vom Alter etwas gezeichneter Toyota passte nicht richtig zur Gesellschaft auf dem Parkplatz vor dem Bürogebäude der Fordniederlassung, aber irgendwo musste er nun mal parken.

Er stieg aus dem Auto, während gleichzeitig ein junger Mann in einem schicken Sportwagen vor dem Eingang vorfuhr und mit einem Ruck parkte. Er warf Høyer und seinem Toyota einen missbilligenden Blick zu, als er seinen Wagen verließ. Seine Miene sagte so deutlich wie Worte, dass Høyer es gleich vergessen konnte, diese erbärmliche alte Karre in einem Tauschhandel loszuwerden.

Høyer ging zu ihm. Der Mann schien hierher zu gehören, so dass er ihm bestimmt sagen konnte, wo er Ry-Nielsen finden konnte.

»Høyer, Kriminalpolizei«, sagte er, als er den jungen Mann erreicht hatte, der abwartend stehen geblieben war und ihm die Tür aufhielt. Der Gesichtsausdruck des jungen Mannes veränderte sich, er lächelte ein wenig unsicher.

»Können Sie mir sagen, wo ich Ry-Nielsen finden kann?«, fragte Høyer.

»Ja, das ...«, begann der junge Mann, räusperte sich dann und sprach mit tieferer Stimmlage weiter. »Das bin ich.«

Høyer sah ihn verblüfft an. Dann fing er an zu lachen. »Nein, das kann nicht sein«, lachte er. »Ich meinte den

Geschäftsführer, und soweit ich weiß, ist das ein älterer Herr.«

Der junge Mann lächelte zaghaft. »Das sollten Sie ihn besser nicht hören lassen, aber es stimmt schon. Er ist mein Vater. Er ist sicher da hinten.«

Er ging vor und klopfte an eine Tür ganz am Ende des Korridors.

»Na, da bist du ja«, sagte sein Vater. »Wir wollen auch gleich los.« Dann verstummte er, als er Høyer erblickte.

»Hier ist ein Herr von der Kriminalpolizei«, sagte der Sohn. »Er möchte dich sprechen.«

»Sicher«, sagte Ry-Nielsen und erhob sich, während sich der junge Mann zurückzog und die Tür hinter sich schloss.

»Bitte nehmen Sie doch Platz«, sagte Ry-Nielsen und machte eine Geste in Richtung eines Stuhls. »Eine Zigarette?«

»Nein danke«, antwortete Høyer.

Ry-Nielsen zündete sich selbst eine an und setzte sich wieder hinter den Schreibtisch. Er warf einen Blick auf seine Uhr.

»Ich hoffe, es dauert nicht allzu lange. Unser Flug geht in eineinhalb Stunden.«

»Ich werde versuchen, es kurz zu machen«, sagte Høyer. »Es geht um Pastor Villadsen. Man hat mir gesagt, dass Sie eng mit ihm befreundet waren.«

»Sie sagen ›waren‹?« Ry-Nielsen sah Høyer fragend an.

»Ja«, sagte Høyer. »Pastor Villadsen ist tot.«

Der andere Mann ergriff ein Papiermesser, das vor ihm lag, und packte es fest mit beiden Händen, als suche er daran Halt. »Tot?«, sagte er fragend, so als wäre er sich nicht sicher, richtig gehört zu haben.

Høyer nickte.

»Es tut mir Leid, das zu hören«, sagte der andere. »Villadsen war einer meiner besten Freunde. Vielleicht mein bester. Wir lernten uns im Krieg kennen, als ich kaum mehr als ein großer Junge war. Knapp achtzehn.«

Dann ist er jetzt also siebenundfünfzig, dachte Høyer. Das sah man ihm nicht an, man hätte ihn höchstens auf fünfzig geschätzt oder vielleicht sogar Ende vierzig. Ein groß gewachsener, schlanker, trainierter Mann mit einer Hautfarbe, die er entweder in südlicheren Gefilden oder durch regelmäßige Besuche in einem Solarium erworben hatte. Vielleicht durch beides.

Ry-Nielsen sah ihn an. »Aber ich verstehe nicht ganz, warum die Kriminalpolizei hierher kommt und mir das mitteilt«, sagte er dann. »Ist etwas ... ist an dem Todesfall etwas mysteriös?«

»Ja, ich muss Sie leider auf einen Schock vorbereiten«, sagte Høyer. »Pastor Villadsen ist ermordet worden.«

»Ermordet?«, rief Ry-Nielsen fast wütend aus. »Das ist doch unmöglich! Absurd! War es ein Raubmord?«

»Nein, allem Anschein nach nicht«, sagte Høyer.

»Wo ist das geschehen? Und wann?«

»Gestern Abend. Er wurde kurz vor Mitternacht von seinem Neffen auf dem Kirchhof gefunden, aber da war er schon längst tot.«

»Von Jes!«

Høyer warf ihm einen forschenden Blick zu. Ry-Nielsens Stimme hatte irgendwie eigenartig geklungen und Høyer hatte den Eindruck, als wäre er unter seiner Sonnenbräune ein wenig blass geworden.

»Ja«, nickte Høyer.

»Haben Sie bereits einen Verdacht, wer der ...?«

»Wir verfolgen gewisse Spuren«, sagte Høyer vage. »Aber wir glauben, dass es uns weiterhelfen könnte, etwas mehr über Villadsen zu erfahren. Über seine Herkunft, seinen Bekanntenkreis und so weiter. Sie sagten, dass Sie sich im Krieg kennen gelernt haben?«

»Ja, wir waren in der gleichen Widerstandsgruppe aktiv.« Er saß einen Augenblick lang schweigend da, so als versuche er, Ordnung in seine Gedanken zu bringen. »Die meisten von uns waren ja noch sehr jung, viel jünger als Villadsen. Er war zu jener Zeit bereits Pastor und stieß gerade deshalb zu uns. Er hatte seine Finger bei illegalen Flugblättern und Ähnlichem mit im Spiel gehabt, daher kannten wir ihn ein wenig. Und dann standen wir irgendwann vor dem Problem, dass uns ein Versteck fehlte, das wir als Waffendepot benutzen konnten. Wir wandten uns an ihn und er schlug vor, die Kirche zu benutzen. Wir organisierten ein System, damit wir jederzeit den Schlüssel finden konnten. Und da er nun einmal in der Nähe der Kirche wohnte, ergab es sich fast automatisch, dass wir sein Haus sozusagen als Basis benutzten, und auf diese Weise wurde er mehr und mehr in die Sache hineingezogen, bis er schließlich Flugblätter Flugblätter sein ließ und in unserer Gruppe aktiv wurde. Und es zeigte sich, dass er ein echter Gewinn für uns war, womit wir nicht unbedingt gerechnet hatten, denn wir hatten schon gewisse Vorurteile gegenüber einem Geistlichen. Aber er war kühn, schnell und tatkräftig und außerdem in glänzender körperlicher Verfassung. Er war ein Sportsmann. Aber was soll ich das jetzt alles erzählen, auch wenn es eine spannende Zeit war. Damals hätte ich mir bestimmt nicht träumen lassen, dass ich hier enden würde. Ich bin kein Geschäftsmann. Mein Vater dagegen war ein richtiger Krämer, er liebte das alles, aber in dieser Hinsicht kam ich nicht auf ihn. Doch da war nichts zu machen, ich sollte in die Firma eintreten, bekam aber immerhin die Erlaubnis, eine Ausbildung als Kfz-Mechaniker zu machen, und bis zum heutigen Tag habe ich tatsächlich kein einziges Auto selbst verkauft.« Er lachte herzlich, wurde dann aber gleich wieder ernst. »Entschuldigen Sie, Sie sind natürlich nicht gekommen, um das zu erfahren.«

»Sie standen auch nach dem Krieg weiterhin mit Villadsen in Kontakt?«

»Ja, das stimmt. Der Altersunterschied spielte keine so große Rolle mehr nach all dem, was wir gemeinsam durchgemacht hatten. Außerdem interessierte er sich wie gesagt für Sport. Er hat mich auch darauf gebracht, Wettkampfsport zu betreiben. Auf diese Weise brachte ich den Funken Spannung in mein Dasein, der mir im alltäglichen Leben fehlte.«

»Welche Sportarten betrieb Villadsen?«, fragte Høyer.

»Pistolenschießen, Laufen und Skilaufen, aber vor allem das Schießen. Er war ein guter Schütze, ich glaube, er hätte es weit bringen können, wenn er es wirklich darauf angelegt hätte. Bei Wettkämpfen, meine ich. Er hatte Nerven wie Drahtseile, oder besser gesagt er konnte seine Nerven im Zaume halten.«

»Haben Sie die gleichen Sportarten betrieben?«

»Ja, zu Anfang jedenfalls, aber dann fing ich an, Autorennen zu fahren. Das war ja recht nahe liegend. Später bin ich dann Rallyes gefahren. Aber das ist schon eine ganze Weile her. Heute begnüge ich mich damit, gelegentlich Golf zu spielen. Aber mein Handycap ist immer noch gut.« Er lächelte jungenhaft.

»Was ist mit Villadsen? Spielte er auch Golf?«

»Nein, ich konnte ihn nicht davon überzeugen, dass es nicht langweilig ist. Mit der Zeit hat er den Sport ganz an den Nagel gehängt, abgesehen von einer täglichen Joggingrunde. Er joggte schon, bevor der Begriff überhaupt erfunden worden war. Jeden Abend, eine Stunde vor dem Essen. Na ja, wenn ich Tante Dagmar im Hause gehabt hätte, wäre ich auch gelaufen – weit weg«, fügte er mit einem kurzen Lächeln hinzu. »Sie war ein Kreuz, aber er war natürlich ein zu gutmütiger Mensch, um sie hinauszuschmeißen. Und natürlich hielt sie ihm auch das Haus in Ordnung und kochte für ihn und so …«

»Er war wohl nicht homosexuell?«, fragte Høyer.

»Ich dachte mir schon, dass die Frage kommen würde«, sagte Ry-Nielsen. »Nein, das war er meiner festen Überzeugung nach nicht. Er behauptete, Paulus habe gesagt, es sei das Beste, unverheiratet zu leben, falls man dies könne, und er konnte es eben. Aber ich glaube nicht, dass es etwas mit Paulus oder Ähnlichem zu tun hatte, ich glaube, er machte aus der Not eine Tugend. Er hat schlicht und ergreifend nie jemanden gefunden, mit dem er es aushalten konnte zusammenzuleben. Er war ein Eigenbrötler. Tatsächlich weiß ich, dass er einmal verlobt war, als er studierte, aber sie wurde es leid, auf ihn zu warten oder was weiß ich, und fand einen anderen. Und dann … ja, dann verlor er das Interesse daran, glaube ich, auch wenn das verrückt klingt.«

»Kann Villadsen Feinde gehabt haben?«

»Feinde. Die können wir wohl alle haben, aber trotzdem … Nicht solche, das glaube ich nicht.«

»Ich habe mich gefragt, ob es jemand aus der Kriegszeit gewesen sein könnte«, sagte Høyer.

Ry-Nielsen spielte mit dem Papiermesser. »Das kann ich mir nicht vorstellen«, sagte er mit einem ausweichenden Tonfall. »Das ist doch schon so lange her.«

»Aber ausschließen wollen Sie es auch nicht.«

»Die meisten sind heute tot. Ich meine von jenen, mit denen wir zu tun hatten. Ich glaube nicht, dass es da etwas geben kann, aber andererseits … wir wussten ja nicht alles voneinander. Aber er hat jedenfalls nie über so etwas gesprochen. Oder jemanden.«

»Hm«, brummte Høyer, während er darüber nachdachte, was er gehört hatte. Ry-Nielsen warf einen diskreten Blick auf die Uhr.

»Ja, das war es dann wohl«, sagte Høyer. »Moment, Sie haben Villadsen nicht vielleicht zufällig gestern Abend angerufen und sich mit ihm verabredet?«

Ry-Nielsen sah ihn fragend an.

»Gestern Abend«, sagte er. »Nein, habe ich nicht.«

»Und Sie haben ihn auch nicht getroffen?«

»Nein.« Er runzelte nachdenklich die Stirn. »Oh, Sie fragen sich, warum er auf dem Friedhof war?«

»Ja, oder besser gesagt in der Kirche«, meinte Høyer. »Wir wissen, dass er in der Kirche war.«

»Da kann ich Ihnen leider auch nicht weiterhelfen.«

»Ich möchte Sie nicht länger aufhalten«, sagte Høyer. »Vielen Dank für Ihre Hilfe und gute Reise.«

»Danke«, sagte Ry-Nielsen. »Aber ich selbst werde gar nicht länger verreisen, sondern mein Sohn. Er fliegt in die Schweiz, deshalb ist es ziemlich wichtig für uns, rechtzeitig die Maschine zu erreichen.«

»Natürlich«, sagte Høyer. Er blieb im Türrahmen stehen. »Er müsste übrigens ungefähr im gleichen Alter sein wie Jes Villadsen. Kennen die beiden sich gut?«

»Nicht besonders, nicht mehr. Als sie noch jünger waren, sahen sie sich öfter, drüben bei Villadsen, aber … das hat sich verloren«, schloss er ein wenig abrupt und warf einen ungeduldigen Blick auf seine Uhr.

Høyer verstand den Wink und kurz darauf saß er wieder in seinem altgedienten Toyota, der zu seiner großen Erleichterung problemlos ansprang und schnurrend wie ein Rolls-Royce aus der Ausfahrt glitt.

»Das war alles«, beendete Therkelsen das Referat seines Besuchs bei Frandsen.

»So, so«, sagte Høyer. »Da sind wir ja nicht viel klüger geworden, wenn man einmal davon absieht, dass wir jetzt etwas mehr über Pastor Villadsen wissen. Aber ich glaube, wir können eventuelle Ideen über die Besatzungszeit und Rachemotive aus jener Zeit getrost vergessen.«

»Das heißt mit anderen Worten, wir sind wieder bei Jes Villadsen und dem Kleinen Johnny angelangt.«

»Ja«, meinte Høyer mit einem Seufzen. »Jes und der Kleine Johnny. Ob es nicht doch eher der Kleine Johnny gewesen ist?«

»Es kann doch wohl keine Verbindung zwischen den beiden gegeben haben?«

Høyer richtete sich auf. »Das ist ja mal eine ganz neue Theorie«, sagte er. »Ich habe nicht die Absicht, das ohne weiteres auszuschließen. Wenn doch Bøjsen endlich …«

Man hätte glauben können, dass Bøjsen hinter der Tür gestanden und nur auf sein Stichwort gewartet hatte, denn im gleichen Augenblick klopfte es an der Tür und Bøjsen steckte seinen Kopf herein.

»Störe ich?«

»Nein, im Gegenteil«, rief Høyer aus. »Nun komm schon rein, Bøjsen.«

»Du brauchst gar nicht so aufgekratzt dreinzuschauen, Høyer«, sagte er. »Es war nämlich eine Niete. Es waren sogar mehrere Nieten. Erstens waren die Spuren auf dem Pfad an der Friedhofsmauer nicht identisch mit den Spuren, die wir auf dem Grab gefunden haben. Die einen stammten von einem Paar Schuhen mit Gummisohle, die anderen von einem Paar Gummistiefeln der Marke Tretorn. Wir haben zwar ein Paar Gummistiefel in der Küsterei gefunden, aber die waren nicht von der gleichen Marke. Und darüber hinaus kann ich dir noch berichten, dass der Kleine Johnny überhaupt nicht in dem Haus gewohnt hat.«

»Nein, er hat sich natürlich aus dem Staub gemacht und all sein Hab und Gut mitgenommen.«

»Nein, er hat offensichtlich nie da gewohnt, sondern das Haus nur als Frühstücksraum benutzt. Da drinnen sieht es aus wie in einem Bauwagen. Wie an einem Ort, an dem man eine Tasse Kaffee trank, sich auch mal ein Bier gönnte und von Zeit zu Zeit Besuch von seinen Kollegen bekam. Was immer das heißen mag. Seine Arbeitskleider hingen dort und außer den Gummistiefeln gab es noch ein Paar Holzschuhe. Das war im Großen und Ganzen alles. Außerdem ist dort offensichtlich seit Monaten nicht mehr sauber gemacht worden. Alles total verdreckt. Ekelhaft. Also ehrlich!«

»Du bist ja heute Abend richtig aufmunternd«, sagte Høyer. »Und du bist ganz sicher, dass die Spuren nicht von der gleichen Person stammen?«

»Das habe ich nicht gesagt, Høyer«, protestierte Bøjsen. »Ich habe gesagt, dass sie nicht vom gleichen Schuhwerk stammen. Deshalb können sie ja immer noch von der gleichen Person stammen. Welche Schuhgröße habt ihr?«

»Vierundvierzig«, sagte Høyer.

»Dreiundvierzig«, sagte Therkelsen.

Beide schauten Bøjsen fragend an, der auf Therkelsen zeigte und sagte: »Dann denke ich, dass du Therkelsen verhaften solltest, Høyer. Denn meiner Meinung nach stammen die Spuren von einer Person, die Schuhgröße dreiundvierzig hat, so dass …«

»Ach, sei still!«, rief Høyer mit einem Grinsen, als er verstand, worauf Bøjsen hinauswollte. »Ich glaube, es wird Zeit, dass wir Feierabend machen. Heute kommen wir sowieso nicht mehr weiter.«

»Jedenfalls nicht weiter voran«, murmelte Therkelsen und schnitt eine Grimasse, die Høyer geflissentlich übersah.

8.

»Hat sich immer noch nichts getan?«, fragte Høyer seine Frau, sobald er die Küche betrat, nachdem er den Regenmantel an seinen Platz in der Einmachküche gehängt hatte.

Sie lächelte nachsichtig. »Nein, noch nicht. Sie rief an, als ich heute Abend gerade zur Tür hereingekommen war. Sie hatte das ganze Wochenende über Senkwehen, aber jetzt scheinen sie wieder aufgehört zu haben.«

»Bist du sicher, dass da auch alles in Ordnung ist?«, fragte Høyer beunruhigt. »Senkwehen? So was hattest du doch nicht, oder etwa doch?«

»Doch, die hatte ich. Kannst du dich nicht mehr erinnern? Die letzten vierzehn Tage habe ich auf Zeitungen und Wachstüchern geschlafen.«

»Das stimmt allerdings«, sagte Høyer und lachte. »Jetzt kann ich mich wieder daran erinnern. Es hat fürchterlich geknistert. Aber damals fand ich wahrscheinlich nicht, dass es besonders alarmierend war, oder?«

»Nein«, meinte seine Frau. »Aber damals warst du auch bloß ein werdender *Vater*, heute bist du ein werdender *Großvater* und das ist natürlich etwas ganz anderes.«

»Machst du dir denn gar keine Sorgen?« Er sah sie eindringlich an.

»Nein, sie sagt doch, dass es ihr ausgezeichnet geht, und das Kind bewegt sich völlig normal, folglich haben sie sich nur verrechnet.«

»Findest du mich hysterisch?«

»Aber nein, du bist doch die Ruhe selbst.«

»Mit anderen Worten, du findest mich hysterisch. Aber sie sind noch so jung und dieser Stümper ...«

»Sie sind älter, als wir damals waren«, unterbrach ihn seine Frau. »Und diesem Stümper, womit du vermutlich deinen Schwiegersohn meinst, wird auch noch ein Licht aufgehen. Das war bei dir auch so«, fügte sie trocken hinzu. »Auch wenn *mein* Vater weiß Gott kein größeres Vertrauen in *dich* setzte.«

»Sie hat doch versprochen anzurufen, falls ...?«

»Ja, ja, ja, natürlich«, unterbrach ihn seine Frau. »Setz dich jetzt einfach ins Wohnzimmer, ich bringe dir etwas zu essen.«

»Hast du schon gegessen?«

»Nein, ich wollte auf dich warten. Aber es gibt nur eine lauwarme Frikadelle mit Kartoffelsalat. Ich war heute spät dran, und als du angerufen hast und meintest, es könnte spät werden, fand ich, wir sollten etwas Leichtes essen. Es ging wahrscheinlich um Pastor Villadsen?«

»Ja«, sagte Høyer, während er sich ein Bier aus dem Kühlschrank holte. »Wir hatten wirklich Glück, dass die Sonderkommission angereist war, sonst wären wir ziemlich aufgeschmissen gewesen. Möchtest du auch ein Bier?«

»Ja bitte«, antwortete seine Frau. »Nimm es gleich mit, das Tablett ist voll.«

»Kanntest du Pastor Villadsen?«, fragte Høyer, als sie sich ins Wohnzimmer gesetzt hatten.

»Kennen und kennen«, meinte seine Frau. »Ich wusste, wer er war. Du darfst nicht vergessen, dass ich ein halberwachsenes Schulmädchen war, als er als junger Priester hierher kam, und er sah doch so unglaublich gut aus. Er war zwar nicht besonders groß, ich konnte ihm fast auf den Kopf spucken, aber trotzdem. Leider gehörte ich nicht zu seiner Gemeinde, deshalb wurde ich bei einem uralten Pastor konfirmiert. Vermutlich war er in unserem Alter.« Sie lachte. »Alle Mädchen waren ganz wild auf Villadsen. Er hatte rabenschwarzes Haar und eine Adlernase. Er sah aus wie ein Indianer. Oder ein Pirat.«

Høyer nickte. Freibeuter, hatte er selbst gedacht.

»Übrigens waren nicht nur wir Schulmädchen in ihn verliebt«, fuhr seine Frau fort. »Es gab massenhaft ältere Frauen, die sich plötzlich sehr für kirchliche Angelegenheiten interessierten, nachdem er gekommen war. Ich kann dir versprechen, dass seine Beerdigung eine richtige Zugnummer wird.«

»Ich könnte mir vorstellen, dass sie im engsten Familienkreis gehalten wird.«

»Das kann ich für die Angehörigen nur hoffen.«

»Er war unverheiratet«, sagte Høyer.

»Ja, das war es doch gerade, was ihn so spannend machte«, sagte seine Frau. »Und all die Frauenzimmer, die ihm von früh bis spät die Tür eingerannt haben, scheinen ihn auch eher abgeschreckt zu haben. Es half ein wenig, dass er, ich glaube, eine Schwester ins Haus nahm, aber das hat seiner Popularität kaum Abbruch getan. Habt ihr schon eine Idee, wer es getan haben könnte?«

Høyer schüttelte den Kopf. »Nein, nicht wirklich. Es gibt verschiedene Möglichkeiten, aber wie viel sie wert sind ist schwer zu sagen. Wir haben heute mit einigen seiner alten Freunde gesprochen. Unter anderem einem Schulrektor Frandsen.«

Er sah sie fragend an.

»Den kenne ich nicht. Mit wem noch?«

»Mit Ry-Nielsen. Dem Fordhändler.«

»Dem Rennfahrer?«, rief seine Frau verblüfft aus. »War er mit Villadsen befreundet? Aber er ist doch viel jünger und ich kann mir nicht vorstellen, dass er besonders religiös ist.«

Høyer grinste. »Das glaube ich auch nicht. Sie kannten einander aus der Besatzungszeit. Kennst du ihn?«

»Ja, und jetzt, wo du es sagst, kann ich mich auch erinnern, dass da so was war. Ich muss es bei irgendeiner Gelegenheit aufgeschnappt haben. Klar, alle kannten den Sohn von Ry-Nielsen. Damals war er ja der Sohn, verstehst du. Heute hätte man ihn wohl als eine Art Playboy bezeichnet. Schneidig, gut gekleidet und so weiter. Du weißt schon, das war damals die Zeit, als französische Seidentücher und blaue Blazer in Mode waren. Anfang der Fünfziger. Und seine Frau war genauso smart. Sie sah immer aus, als wäre sie geradewegs einer Modezeitschrift entstiegen. Der Jetset, nicht wahr? Das bekannte

Sportlerehepaar. Sie war eben sportverrückt wie er auch. Sie hätte fast an der Olympiade 1956 teilgenommen.«

»Weiß der Kuckuck, wie viele schon fast daran teilgenommen haben?«, meinte Høyer mit einem Grinsen. »Ganze Heerscharen?«

»Nein, bei ihr war es ernst. Sie war qualifiziert und alles. Im Kajak. Und ob du es glaubst oder nicht, sie wurde schwanger und verpasste so ihre Chance und es war wohl auch ihre letzte, denn sie war nicht mehr ganz jung. Sie galt tatsächlich als eine Medaillenhoffnung.«

»Vielleicht bekam sie ja stattdessen einen kleinen Sportstar.«

»Auf jeden Fall bekam sie einen Sohn, aber ob sie das getröstet hat, weiß ich nicht. Böse Zungen behaupteten übrigens, dass Ry es mit Absicht getan habe, weil er ihren Erfolg nicht ertragen könnte, aber die Leute wissen ja immer alles ganz genau.«

»Möchte wissen, ob das der gleiche Sohn war, den ich da draußen getroffen habe. Er war auf dem Weg in die Schweiz, aber besonders sportlich kam er mir nicht vor.«

»Ich glaube auch nicht, dass er das ist. Jette ist mit ihm auf dem Gymnasium gewesen, nicht in der gleichen Klasse, aber in der gleichen Stufe.«

»Sie hat aber nie von ihm gesprochen, oder?«

»Das weiß ich nicht so genau. Sie werfen doch ständig mit Vornamen um sich, daraus wird doch keiner mehr schlau, aber ich glaube es eigentlich nicht. Warum sollte sie auch? Die Klassen sind heutzutage doch so groß.«

»Ja, aber trotzdem. Die Eltern erregten doch offensichtlich Aufmerksamkeit.«

»Das braucht doch nicht erblich zu sein, oder? Es könnte ja auch sein, dass er eher ihrem Bruder ähnelt. Das war so ein stiller, in sich gekehrter Junge. Ich glaube, er war irgendwie kränklich veranlagt. Ständig lag er in irgendeinem Krankenhaus. Weiß der Himmel, ob es nicht sogar damit endete, dass er Selbstmord beging. Es muss aber auch schwer für einen Jungen gewesen sein, eine solche Schwester zu haben – erst recht in der damaligen Zeit.«

»Wer waren ihre Eltern?«

»Das weiß ich ehrlich gesagt nicht mehr. Ich glaube nicht, dass sie allgemein bekannt waren. Kann sein, dass ihr Vater Architekt war oder etwas Ähnliches. Ich kann mich nicht mehr erinnern. Ich habe schon seit Jahren nichts mehr von ihr gehört, sie müsste inzwischen auch schon ziemlich alt sein.«

Høyer lachte. »Die Leute sind alt, wenn sie zehn Jahre älter sind als man selbst, ob man nun zwanzig, dreißig oder vielleicht sogar siebzig ist.«

»Ja, da hast du sicher Recht. Wir hatten eine Lehrerin, als ich so vierzehn, fünfzehn Jahre alt war, die uns fürchterlich Leid tat, denn auch wenn sie sowohl süß als auch hübsch war, so war sie doch noch unverheiratet und wir waren der festen Überzeugung, dass es für sie keine Hoffnung auf eine Heirat mehr gab, weil sie ja schon so alt war. Sie war vierundzwanzig.«

»Ja, da kann man mal sehen«, meinte Høyer. »Hat sie übrigens noch geheiratet?«

»Nein.«

»Ihr hättet die Gesichter von Igor und dem Gemüse sehen sollen«, sagte Larsen und rieb sich die Hände. »Erst haben sie natürlich abgestritten, etwas über die Kirche, das Haschisch und den Kleinen Johnny zu wissen, aber schließlich waren sie dann doch gezwungen, mit der Sprache rauszurücken. Sie sahen aus, als hätte ich ihnen ihre Rente geklaut.«

»Das hast du streng genommen ja auch«, grinste Therkelsen. »Oder ihr Startkapital.«

»Was hatten sie über den Kleinen Johnny zu sagen?«, fragte Høyer.

Sie saßen zu dritt in Høyers Büro und fassten die Ereignisse vom Montag zusammen. Larsen glich einer Katze, die sich gerade einen Kanarienvogel einverleibt hat, oder vielmehr zwei.

»Ja, sie haben dann zugegeben, dass der Kleine Johnny bei dieser Haschischgeschichte von Anfang an mit von der Partie war und er es auch war, der auf die Idee gekommen ist, die Kirche als Versteck zu benutzen. Er hatte die Idee von seinem Schulrektor, der erzählt hatte, dass er im Krieg dabei gewesen war, als sie dort Waffen versteckt haben. Aber woher er den Schlüssel hatte, wussten sie nicht. Sie behaupten, dass außer ihnen dreien kein anderer mehr in die Sache verwickelt war, und das glaube ich ihnen auch. Nicht, weil sie für ihre Wahrheitsliebe bekannt wären, aber ich kenne sie inzwischen so gut, dass ich weiß, wann sie lügen und wann sie die Wahrheit sagen. Deshalb war ich mir auch vollkommen sicher, dass wir bei unserem ersten Schlag noch nicht alles gefunden hatten, auch wenn sie schworen, es wäre alles. Jetzt muss ich nur noch den Kleinen Johnny erwischen, dann kann ich sagen ›Arbeit erledigt‹. Verdammt, darauf freue ich mich.«

»Aber es ist nicht völlig unmöglich, dass wir hier mit einem Ausläufer deines Falls beschäftigt sind«, sagte Høyer.

»Glaubt ihr das immer noch?«, fragte Larsen. »Bøjsen hat mir doch erzählt, dass die Gummistiefel, die in der Küsterei standen, nicht die Spuren hinterlassen haben können, die auf dem Kirchhof gefunden wurden.«

»Nein, aber die Größe stimmte«, sagte Høyer. »Und selbst wenn Bøjsen sich ein wenig über mich lustig gemacht hat, weil es eine recht weit verbreitete Größe ist, bin ich schon noch der Meinung, dass dies ausreicht, damit wir uns weiterhin für den Kleinen Johnny interessieren. Die Stiefel, die in der Küsterei standen, waren seine Arbeitsstiefel, nicht wahr? Du hast selbst gesagt, dass sie voller Erde und Lehm waren. Aber ich glaube nicht, dass der Kleine Johnny in dreckverschmierten Stiefeln zur Arbeit und zurück ging, das ist nicht ganz sein Stil. Und deshalb könnte es doch sein, dass er auch noch ein Paar bei sich zu Hause stehen hat.«

Larsen hatte ihnen erzählt, dass der Kleine Johnny sich bei seiner Geliebten aufgehalten hatte, der Schönen Lily, seit er aus der Haft entlassen worden war. Das war also die Erklärung dafür, warum er nicht in der Küsterei gewohnt hatte.

»Warum sind die beiden eigentlich nicht in die Küsterei gezogen?«, fragte Høyer.

»Erstens war es wohl von Anfang so geplant, dass dieser Job als Totengräber nur vorübergehend sein sollte«, antwortete Larsen. »Zweitens glaube ich nicht, dass die Schöne Lily auch nur ein Fünkchen Lust verspürte, dorthin zu ziehen. Aber das wird sie euch ganz bestimmt alles selbst erzählen, falls ihr hinfahrt und mit ihr redet.«

»Was hat sie gestern denn sonst noch gesagt, als du bei ihr warst?«, fragte Therkelsen.

»Sie war vollkommen unschuldig«, grinste Larsen. »Hatte keine Ahnung, dass Johnny wieder in eine Sache verwickelt war. Und hatte nicht die geringste Ahnung, wo er sein könnte. Beides ist vermutlich gelogen, aber die lässt sich nicht so leicht aus dem Konzept bringen. Übrigens solltet ihr lieber gemeinsam zu ihr fahren. Das ist keine Frau, mit der man allein sein sollte. Sie kann auf die Idee kommen, ihr Kleid in Stücke zu reißen und ›Vergewaltigung!‹ zu schreien, wenn sie damit einen Bullen reinlegen kann.«

Høyer schmunzelte. »Danke, ich kenne die Dame schon, aber wir sind schon etwas zu alt, um uns von ihr Angst einjagen zu lassen. Hast du eine Ahnung, wo Johnny sein könnte?«

Larsen schüttelte den Kopf. »Nein, ich glaube nicht, dass er in der Stadt ist, das hätte sich rumgesprochen. Möglich, dass er nach Kopenhagen abgehauen ist. Wir fahnden jedenfalls nach ihm, aber nur in Verbindung mit dem Haschisch.«

»Das dürfte bis auf weiteres wohl auch das Beste sein«, meinte Høyer. Er stand auf. »Na, Therkelsen, sollen wir der Dame einen Besuch abstatten, sie müsste inzwischen aufgestanden sein.«

»Da wäre ich mir nicht so sicher«, sagte Larsen warnend.

Die Schöne Lily hatte ihrem Namen früher tatsächlich Ehre gemacht, aber das lag jetzt schon ein paar Jahre zurück und heutzutage machte sie sich besser in gedämpfter abendlicher Beleuchtung als im Morgenlicht.

Sie öffnete die Tür einen Spalt breit und sah Høyer und Therkelsen feindselig an, die viele Male geklingelt hatten, ehe sie endlich auf das Klingeln reagiert hatte.

»Was gibt's?«, fragte sie.

»Guten Morgen, Lily«, sagte Høyer leutselig. »Wir würden uns gerne mit dir unterhalten. Dürfen wir hereinkommen? Du möchtest uns doch nicht etwa hier vor der Tür stehen lassen wie ein paar Bibelverkäufer?«

»So seht ihr jedenfalls aus«, sagte sie mürrisch, während sie die Tür öffnete.

Høyer und Therkelsen betraten die Wohnung.

»Du wohnst wirklich schön hier«, sagte Høyer und sah sich um. Es *war* eine schöne und bürgerliche kleine Wohnung mit IKEA-Möbeln, Teppichboden und Plakaten an den Wänden. Über dem Sofa hing ein Farbfoto von einem Landhaus. Eine Luftaufnahme.

»Das gehört Johnny«, sagte die Schöne Lily. »Es ist eigentlich nicht mein Geschmack, aber er möchte, dass es hier hängt. Er ist da aufgewachsen. Er träumt davon, das

Haus eines Tages zu kaufen, er will dann auf dem Land leben und Hühner halten und so. Er hat nicht alle Tassen im Schrank. Aber solange es nur an der Wand hängt, stört es ja keinen. Es ist sozusagen seine Familie.«

»Hm, hm«, sagte Høyer. »Sieh an, Johnny will zurück zur Scholle. Dahin war er ja in gewisser Weise auch schon gekommen.«

»Meinen Sie den Friedhof?«, fragte sie. »Herr im Himmel! Das sind echt Superjobs, die die Bewährungsbehörde den Leuten besorgt, was? Totengräber! Nicht zu fassen. Ich hab gesagt, dass er das wenigstens nicht jedem erzählen soll. Ich wollte mich doch nicht total blamieren. Ich hab mich auch geweigert, in die Bruchbude zu ziehen, die zu dem Job gehörte. ›Und wenn du dich auf den Kopf stellst!‹, habe ich ihm gesagt. Gleich neben dem Friedhof, scheiße, nein, das war nichts für mich. Ich hab ihm gesagt, dass er seine Arbeitsklamotten und den Dreck schön da lassen soll, ich will das nicht in der Wohnung haben. Ich kann nicht begreifen, dass die Leute nicht verbrannt werden, alles andere ist doch wirklich eine eklige Schweinerei. Er fing an, davon zu erzählen, dass sie eine lange Eisenstange in die Gräber trieben, um beim Graben nicht auf eine Leiche zu stoßen. ›Mann, bist du ekelhaft‹, hab ich zu ihm gesagt. ›Und dann auch noch beim Essen. Dieses ganze Totengräbergelabere kannst du dir in den Arsch stopfen. Ich kann so was nicht ab.‹«

»Und wo ist dein Johnny heute?«

»Mein Johnny ist nirgendwo«, sagte sie. »Und das wisst ihr auch. Ich habe ihn seit Samstag nicht mehr gesehen. Ich war reichlich sauer, als er gestern nicht nach Hause kam, aber jetzt weiß ich ja, dass er eine gute Entschuldigung hatte.«

»Du hast ihn also seit Samstag nicht mehr gesehen?«, fragte Høyer. »Das kann doch nicht stimmen. War er am Sonntag denn nicht hier?«

»Keine Ahnung, da war ich nicht zu Hause. Ich bin Samstagabend so einem Typen begegnet, einem aus Fünen, der wollte die Stadt auf den Kopf stellen und dabei hab ich ihm dann geholfen. Ich bin erst Sonntagabend wiedergekommen und da war Johnny jedenfalls nicht hier.«

»Und Johnny wird nicht sauer, wenn du so …«

»Das ist doch mein Job, Mann! Da mischt er sich echt nicht ein. Wenn wir von seinem Totengräbergehalt leben wollten, würden wir doch verhungern.«

»Nun gut, aber wenn Johnny schon nicht da ist, kannst du uns vielleicht sagen, ob er hier ein Paar Gummistiefel stehen hat.«

»Gummistiefel?!« Sie starrte ihn ungläubig an. »Johnny trägt doch keine Gummistiefel, er ist doch kein Fischer. Das macht doch kein Mensch, mit Gummistiefeln rumlaufen.«

»Er hatte jedenfalls ein Paar für die Arbeit.«

»Das ist doch auch etwas anderes, oder? Aber hier in der Stadt … was zum Teufel soll man hier mit Gummistiefeln? Johnny ging nirgendwohin, wenn es regnete. Höchstens bis zur Kneipe auf der Ecke. Gummistiefel! Nein, er kommt zwar vom Land, aber im Allgemeinen läuft er deshalb noch lange nicht auf dem Acker rum.«

»Was meinst du denn, was er letzten Sonntag an den Füßen trug oder wann immer er nun zuletzt hier war?«

»Schuhe. Was zum Teufel sollte er denn sonst anhaben?«

»Hm.« Høyer kratzte sich am Ohr. »Keine besonderen Schuhe?«

»Keine Ahnung. Ein Paar ordentliche Schuhe jedenfalls. Johnny trägt keinen billigen Schund. So einer ist er nicht.«

»Nein, da hast du sicher Recht«, sagte Høyer. »Na gut, vielen Dank jedenfalls.«

»War das alles?«, fragte sie. »Das habt ihr ja schnell hinter euch gebracht. Wenn ich Johnny sehe, werde ich ihn von euch grüßen.«

»Danke, aber daran solltest du erst gar keinen Gedanken verschwenden«, sagte Høyer freundlich. »Wir rechnen nämlich damit, dass wir ihn eher sehen als du.«

»Hat sie jetzt gelogen?«, fragte Therkelsen. »Oder hat der Mann wirklich keine Gummistiefel?«

Høyer lachte leise. »Sie klang jedenfalls aufrichtig beleidigt darüber, dass wir ihrem Johnny zutrauen, in Gummistiefeln rumzulaufen. Aber das schließt natürlich nicht aus, dass er doch noch ein Paar hat.«

»Nein, und ich glaube auch nicht, dass wir uns allzu sehr darauf verlassen sollten, dass er seit Sonntag nicht mehr zu Hause war«, meinte Therkelsen. »Ich frage mich, ob sie ihre Aussage ändern würde, wenn wir ihn wegen Mordes suchen würden?«

Høyer schüttelte den Kopf. »Das wird sie nicht tun, da kannst du sicher sein. Sie wird bis zuletzt hinter Johnny stehen, das hat sie immer getan.« Er grinste. »Irgendwie ist sie ganz lustig.«

»Sie ist nicht mein Typ«, sagte Therkelsen. »Aber du verguckst dich ja immer in die merkwürdigsten Gestalten.«

Høyer lachte. »Ich werde Rigmor erzählen, was du gerade gesagt hast.«

»Sie ist die Ausnahme, die die Regel bestätigt«, meinte Therkelsen. »Was denkst du, woher hatte der Kleine Johnny den Schlüssel zur Kirche?«

»Ich vermute mal, unser guter Schulrektor hat ihm erzählt, dass sie ihn seinerzeit hinter dem Stein versteckten, und dann hat Johnny – vielleicht sogar mehr zum Spaß – einmal nachgeschaut, ob er da immer noch liegt. Aber er kann sich auch den Schlüssel des Totengräbers ›geliehen‹

haben, um ein Duplikat davon anfertigen zu lassen. Hauptsache, wir wissen, dass er hineinkommen konnte.«

»Was ist deiner Meinung nach passiert?«

»Du meinst am Sonntagabend? Ich könnte mir vorstellen, dass der Kleine Johnny oben war, um sich ein wenig Stoff aus dem Lager zu holen, und dabei rein zufällig dem Pastor in die Arme gelaufen ist. Oder besser gesagt der Pastor ist ihm in die Arme gelaufen, was schließlich dazu führte, dass Johnny ihn mehr oder weniger in Panik erschlagen hat«, sagte Høyer und runzelte nachdenklich die Stirn.

Es gab da ein paar Dinge, die nicht richtig ins Bild passten. Warum war der Pastor dann nicht oben an der Kirche oder vielleicht sogar in der Kirche erschlagen worden, wenn der Kleine Johnny wirklich der Täter war. Hätte er wirklich an Konsul Mørchs Grab gewartet? Høyer zuckte mit den Schultern. Dafür konnte es natürlich eine Menge Erklärungen geben, solange man den genauen Ablauf nicht kannte. Letzten Endes war es vielleicht nicht das, was ihn am meisten störte, sondern vielmehr der psychologische Aspekt. Es war nicht die Art des Kleinen Johnny, wirklich Gewalt anzuwenden. Diebstähle und Raubüberfälle und Ähnliches waren schon eher Johnnys Stil. Zwar war es beim letzten Mal um einen bewaffneten Raubüberfall gegangen, aber erstens hätte er mit dem Schießeisen, das er dabeihatte, nicht viel Schaden anrichten können und zweitens hatte er erst gar nicht den Versuch gemacht, die Waffe zu benutzen. Es sah Johnny nicht ähnlich, kaltblütig einen alten Mann zu erschlagen. Auf der anderen Seite konnte Panik die Menschen dazu bringen, die seltsamsten Dinge zu tun.

»Aber wir dürfen auch Jes Villadsen nicht aus den Augen verlieren«, beendete er seinen Gedankengang laut.

»Nein«, sagte Therkelsen. »Und da gibt es ein paar Punkte, über die ich mir Gedanken gemacht habe. Erstens kann man sich möglicherweise vorstellen, dass er Gummistiefel anhatte, als er zum ersten Mal auf dem Friedhof war. Er steht dort und wartet auf seinen Onkel, schlägt ihn nieder und sieht zu, dass er sein Schuhwerk wechselt, und als er zum zweiten Mal auf den Friedhof kommt, nimmt er ganz bewusst einen anderen Weg, so dass er sicher sein kann, einige ganz andere Fußspuren zu hinterlassen. Was hältst du davon?«

Høyer nickte langsam.

»Das klingt gar nicht dumm. Ich denke, wir sollten Tante Dagmar fragen, ob Jes Villadsen *nasse* Schuhe trug, als er kam.«

»War das nicht eine ziemlich seltsame Frage?«, fragte Tante Dagmar und sah Dorthe auffordernd an. »Ob Jes nasse Schuhe anhatte?«

»Sie werden schon einen Grund dafür gehabt haben«, meinte Dorthe ausweichend. »Was hast du ihnen gesagt?«

»Ich habe wahrheitsgemäß gesagt, dass sie triefend nass waren. Es hat doch geschüttet und er war doch mit dem Rad gefahren, als es gerade besonders schlimm goss. Er hat große, nasse Pfützen im ganzen Flur hinterlassen. Er dachte natürlich gar nicht daran, die Schuhe auszuziehen, aber wenigstens waren sie nicht schmutzig.«

»Wo *ist* Jes überhaupt?«, fragte Dorthe. »Ich habe ihn angerufen, aber es ging niemand ran.«

»Nein, er ist seit gestern hier gewesen. Jetzt ist er beim Leichenbestatter, aber es ist schwierig, etwas zu organisieren. Wir wissen ja nicht … wann. Aber vielleicht hat Jes das inzwischen herausgefunden. Er wollte nicht, dass wir eine Todesanzeige veröffentlichen, bevor die Beerdigung überstanden ist. In aller Stille. Ich finde es schrecklich, dass sich Gorm geradezu … *davonstehlen* soll, fast wie ein Verbrecher, nur weil …« Ihre Stimme überschlug sich und sie schluchzte tränenerstickt. »Es hätte sonst solch eine schöne Beerdigung werden können, jetzt wird sie stattdessen wie die allermeisten. Das kommt mir so erbärmlich vor.«

»Ich glaube, dass Onkel Gorm es in jedem Fall besser so gefunden hätte«, meinte Dorthe.

»Meinst du?«, sagte Tante Dagmar skeptisch. »Ja, ab und zu hatte er schon seltsame Ideen, aber ich bin mir sicher, dass er gern von seiner Gemeinde Abschied genommen hätte.«

Dorthe verkniff sich ein Lächeln. »Er ist doch selbst nicht mehr dabei, Tante Dagmar«, sagte sie.

»Nein, das ist richtig, meine Liebe, das ist er natürlich nicht. Das vergisst man zwischendurch fast, nicht wahr? Stell dir vor, es wird das erste Mal sein, dass ich in die Kirche komme, ohne dass Gorm da ist.« Sie schluchzte wieder.

»Wie ist denn Jes so gewesen?«, fragte Dorthe nicht ohne böse Vorahnungen.

»Er ist mir eine große Stütze gewesen, das muss ich schon sagen. Wirklich eine große Stütze«, sagte Tante Dagmar. »Er kümmert sich um alles und ist längst nicht mehr so … so kurz angebunden, wie er das sonst immer ist. Das ist wirklich eine freudige Überraschung, denn er ist ja immer so ein schwieriger Junge gewesen, das sagt sogar seine Mutter.«

»Er ist aber doch kein Kind mehr«, sagte Dorthe ein wenig ungeduldig. »Er ist immerhin siebenundzwanzig Jahre alt und außerdem hat seine Mutter möglicherweise ein wenig übertrieben.«

»Du hörst dich an wie dein Onkel, der hat das auch immer gesagt, aber er konnte auch besonders gut mit ihm umgehen. Jedenfalls ist er in dieser schweren Stunde großartig gewesen.«

In dieser schweren Stunde! Dorthe zog eine Grimasse. Manchmal konnte sie wirklich gut verstehen, dass Tante Dagmar Jes auf die Nerven ging. Sie war immer so pathetisch. Es muss ihn wirklich all seine Selbstbeherrschung kosten, ihr nicht über den Mund zu fahren, dachte Dorthe. Aber er war offensichtlich dabei, es zu lernen. Dorthe sah Tante Dagmar an. Es gab etwas, was Dorthe sie gerne gefragt hätte. Für einen Moment lag es ihr auf der Zunge, aber jetzt war es weg. Na ja, dann war es sicher auch nicht so wichtig.

»Ich bin mehr und mehr davon überzeugt, dass es Jes Villadsen war, mit dem der Pastor am Sonntagabend telefoniert hat«, sagte Høyer. »Wir haben inzwischen mit allen Freunden und Bekannten gesprochen und offensichtlich hat keiner von ihnen angerufen. Und die Brüder auch nicht.«

Therkelsen und er saßen unten in der Kantine und aßen eine Kleinigkeit, nachdem sie den größten Teil des Vormittags verschiedene Adressen abgeklappert hatten.

»Aber es hätte doch auch jemand sein können, der einen Hochzeitstermin festmachen oder eine Beerdigung besprechen wollte«, wandte Therkelsen ein.

»Nein«, widersprach Høyer. »Das glaube ich nicht. Ich kann mir zwar durchaus vorstellen, dass die Leute an einem Sonntagabend anrufen, aber dann hätte mehr auf dem Telefonblock stehen müssen. Und das war nicht der Fall. Da stand nur eine Uhrzeit und sonst gar nichts.«

»Er selbst hat unsere Aufmerksamkeit darauf gelenkt«, meinte Therkelsen grübelnd. »Das hätte er doch auch lassen können.«

»Er wusste, dass wir von dem Anruf erfahren würden, weshalb er ebenso gut versuchen konnte, das zu seinem eigenen Vorteil zu nutzen«, sagte Høyer.

»Aber das ist nach wie vor nur eine Hypothese«, stellte

Therkelsen fest. »Ich denke ehrlich gesagt mehr an den Kleinen Johnny. Alle, mit denen wir gesprochen haben, haben das gute Verhältnis zwischen Jes und seinem Onkel betont.«

»Aber er gilt auch als ein schwieriger und verwöhnter Junge. Ry-Nielsen hat es nicht direkt gesagt, aber es lag in der Luft, dass sein Sohn ihn nicht mag. Er könnte sich mit seinem Onkel überworfen haben und der Gewinn war dann der Auslöser.«

»Hast du wirklich ein gutes Gefühl bei dieser Theorie?«, fragte Therkelsen.

»Eigentlich nicht«, gab Høyer zu. »Aber ich habe genauso viel übrig für diese wie für die Johnny-Theorie. Ich finde, dass sie beide ein zu schwaches Motiv haben. Besonders nachdem ich Pastor Villadsen getroffen habe, wenn ich so sagen darf, fällt es mir schwer, mir vorzustellen, dass einer der beiden es getan haben könnte. Für Jes war Geld zu holen, aber der Alte hätte es ihm bestimmt auch so gegeben, wenn er in der Klemme gesteckt hätte, und für Johnny ging es darum, nicht entlarvt zu werden. Aber warum zum Teufel hat er dann den Stoff nicht weggeschafft. Das ist doch idiotisch. Unlogisch.«

»Die Menschen sind Gott sei Dank oft unlogisch«, sagte Therkelsen. «Sonst wären wir ziemlich aufgeschmissen.«

»Tja, aber ich hätte zu gerne ein handfestes Motiv. Das ist mir alles irgendwie zu fad.« Er blickte mit Ekel auf sein belegtes Brötchen. »Und das ist diese Salami hier auch«, sagte er. »Ich frage mich, was das für giftiges Zeug ist, das sie uns hier vorsetzen.«

Bøjsen betrat die Kantine. Er blieb einen Augenblick an der Tür stehen und ließ den Blick durch den Raum schweifen, ehe er Høyer und Therkelsen entdeckte. Dann winkte er und kam zu ihrem Tisch.

»Seid ihr fertig mit essen?«, fragte er.

Høyer nickte.

»Dann kommt doch mal mit zu mir», sagte er voller Eifer. Seine immer schon prall aufgeblasene Gestalt schien vor Spannung fast zu platzen. »Ich habe da etwas, das ich euch zeigen möchte.«

Høyer und Therkelsen standen auf, verließen mit Bøjsen die Kantine und gingen den Korridor hinab zu seinem Reich.

»Drei Augen sehen mehr als eines«, sagte er.

Høyer grinste. »Ja, ganz zu schweigen davon, was drei Paar Augen alles sehen können.«

»Oder übersehen«, meinte Therkelsen.

Aber Bøjsen überhörte ihre Sticheleien vollkommen.

»Ich hatte da plötzlich eine Idee, als ich an den Abgüssen vom Friedhof arbeitete«, sagte er. »Der Gedanke war natürlich völlig verrückt, aber ich konnte es einfach nicht bleiben lassen ...« Er trat an seinen Arbeitstisch. »Schaut euch doch einmal diese beiden Abgüsse hier an.«

Høyer und Therkelsen beugten sich neugierig über den Tisch und studierten die Abgüsse. Sie zeigten den Abdruck eines rechten Fußes. Ein Gummistiefel, Größe 43. Mitten in der gerillten Sohle befand sich ein Feld, in dem man deutlich die Buchstaben NROTERT erkennen konnte.

Høyer runzelte die Stirn. Er konnte nichts Sensationelles an den Spuren wahrnehmen, aber Bøjsens Verhalten nach zu urteilen musste es etwas geben, was er eigentlich sehen müsste. Aber offensichtlich war er nicht clever genug, um es zu bemerken.

Schließlich richtete er sich wieder auf. Er schielte zu Therkelsen hinüber, der leicht den Kopf schüttelte. Er hatte also auch nichts Besonderes an den Abgüssen erkennen können.

Fragend sahen sie Bøjsen an, der vor ihnen stand und sie gespannt anschaute.

»Wir geben auf, Bøjsen«, sagte Høyer. »Ich bin vielleicht ein wenig schwer von Begriff, aber ich kann ehrlich gesagt nichts Besonderes an diesen beiden Abgüssen erkennen. Das Einzige, was mich wundert, ist die Tatsache, dass du zwei Abgüsse des gleichen Fußabdrucks gemacht hast.«

Bøjsen nickte.

»Du bist gar nicht so schwer von Begriff, wie du meinst«, sagte er. »Denn genau das war es, was dich wundern sollte, Høyer.« Er zeigte auf den einen der beiden Abgüsse. »Der da stammt nicht von der gleichen Stelle. Das ist der Abdruck, den wir am Sonntag auf dem Feldweg gefunden haben. Gleich vor dem Waldstück, in dem Birthe ermordet worden ist.«

9.

»Das ist doch gelogen!«, platzte Therkelsen spontan heraus.

Bøjsen warf ihm einen beleidigten Blick zu. »Glaubst du wirklich, ich stelle mich hierhin und lüge euch an?«

»Nein, aber …« Therkelsen breitete hilflos die Arme aus.

Høyer rieb sich das Ohrläppchen. »Ich muss zugeben, dass ich geneigt bin, mich den Worten meines Vorredners anzuschließen, Bøjsen. Das klingt wirklich unglaublich. Ich meine nicht, dass du lügst, aber … äh, könntet ihr da nicht zufällig etwas vertau…«

Bøjsen unterbrach ihn. »Høyer, du kennst unsere Arbeitsweise und solltest es wirklich besser wissen. Nein, es kann uns nicht zufällig passiert sein, dass wir etwas vertauscht haben. Diese beiden Abgüsse sind nicht einmal in die Nähe voneinander gekommen. Aber als ich hier mit dem Abguss vom Friedhof stand, fiel mir plötzlich auf, dass mir etwas an ihm bekannt vorkam und dann … Aber ich habe ehrlich gesagt auch gedacht, dass es bei mir piept, als mir der Gedanke kam. Trotzdem habe ich den anderen Abguss hinzugeholt – und VOILÀ!«

»Und du bist dir absolut sicher, dass sie von demselben gleichen Stiefel stammen?«

»Høyer, zum Teufel, du hast sie dir doch selbst gerade angesehen! Aber bitte, schau ruhig noch einmal genau hin.«

Er reichte Høyer eine Lupe.

Høyer setzte die Lupe ans Auge, studierte den Abguss Zentimeter für Zentimeter und wiederholte die Prozedur mit dem anderen Abguss. Jedes kleinste Detail passte zusammen. Das Profil, das Markenzeichen unter der Ferse und in der Sohle und die Größe. In einer der Rillen im Profil hatte offensichtlich ein Stein oder irgendein anderer kleiner, harter Gegenstand gesessen und in der Ferse war eine kreisrunde Druckstelle, so als hätte sich dort einmal eine Heftzwecke hineingebohrt. Es gab keinen Zweifel, es musste sich um denselben Stiefel handeln.

Høyer reichte Therkelsen die Lupe und beobachtete ihn schweigend, während er die gleiche minutiöse Überprüfung vornahm.

»Tja«, sagte Høyer, als Therkelsen Bøjsen die Lupe mit einem Kopfnicken zurückgegeben hatte. Er zog die beiden Abgüsse zu sich heran. »Der Friedhof und der Feldweg. Ein und derselbe Mann.«

Er seufzte und rieb wieder sein Ohrläppchen. Dann sah er die beiden anderen an. »Und damit hat der Fall eine ganz neue Wendung bekommen!«, sagte er tonlos. Er betrachtete die beiden Abgüsse und seufzte erneut. »Aber welche?«, fragte er. »Im Moment habe ich nicht das Gefühl, in diesem Fall noch den Überblick zu haben. Als der Kleine Johnny und sein verdammtes Haschisch auf der Bildfläche auftauchten, hatte ich den Eindruck, dass ein paar Eisen zu viel im Feuer waren, aber das war noch gar nichts, verglichen hiermit. Ich glaube, ich höre auf, an den Weihnachtsmann zu glauben, Bøjsen. Was, zum Teufel, sagt uns das jetzt?«

»Nun ja, ich muss ja glücklicherweise nicht denken«, meinte Bøjsen. »Das ist nicht mein Job. Ich soll bloß Bilder schießen und Abgüsse machen und so weiter, aber selbst ohne großes Nachdenken ziehe ich den Schluss, dass die Person, die Villadsen ermordet hat, mit dem Mann identisch ist, der Birthe ermordet hat.«

»*Und* die anderen Mädchen«, ergänzte Therkelsen.

»Danach sieht es zweifellos aus«, räumte Høyer ein. »Zweifellos. Und dann stehen wir wieder mit haargenau den gleichen Möglichkeiten da wie zuvor. Der Kleine Johnny, Jes Villadsen oder aber ein dritter Mann. Der unbekannte Herr X.«

»Die Antwort ergibt sich doch fast von selbst«, sagte Therkelsen. »Der Täter muss der unbekannte Herr X sein.«

»Muss er das?«, fragte Høyer. »Muss er das wirklich? Lass uns die Sache einmal in aller Ruhe angehen.« Er reckte sich nach einer Thermoskanne, die auf dem Tisch stand, und goss einen Pappbecher voll. Dann nahm er einen Schluck und schnaubte. »Bah, verdammter Mist, das ist ja Tee!«, rief er aus und schob den Becher von sich. »Na ja, aber wie gesagt, lasst uns die Sache in aller Ruhe angehen. Fangen wir mit dem Kleinen Johnny an. Unsere ursprüngliche Theorie war, dass er Villadsen ermordet hat, weil dieser entdeckt hatte, dass die Kirche als Versteck für eine größere Menge Haschisch diente. Ich muss zugeben, dass mich diese Theorie im Laufe der Zeit immer weniger überzeugt hat. Aber lasst uns einmal annehmen, dass dieses Haschisch – wir wollen mal sagen – eine Nebensächlichkeit war und dass Johnny in Wahrheit ein ganz anderes Motiv hatte. Dass die Liste seiner Sünden viel länger ist, als wir je gedacht hätten, und dass der Pastor dies herausgefunden hatte. Als Pastor Villadsen dann von dem letzten Mord hört, verabredet er ein Treffen mit Johnny, um darüber zu reden, vielleicht um ihn zu überreden, sich selbst zu stellen, und dann ermordet der Kleine Johnny ihn.«

Er saß einen Moment lang schweigend da.

»Wie klingt das?«, fragte er.

»Verteufelt schlecht!«, antwortete Therkelsen, ohne zu zögern. »Woher sollte Villadsen denn wissen, dass Johnny etwas mit den Morden zu tun hatte? Unwahrscheinlich. Und wenn er wirklich einen Verdacht gehabt hätte, hätte er ihn vermutlich einfach der Polizei ausgeliefert. Oder uns einen Wink gegeben. Auf jeden Fall wäre er nicht so schwachsinnig gewesen, sich spätabends mit einem notorischen Mörder auf einem einsamen Friedhof zu treffen. Nein, da kannst du lange reden, das glaube ich einfach nicht, Høyer.«

»Ich bin ganz deiner Meinung«, sagte Høyer. »Es ist eine schlechte Theorie und außerdem dürfte der Kleine Johnny im Knast gesessen haben, als der vorige Mord begangen wurde. Der im mittleren Jütland.«

»Aber er kann Hafturlaub gehabt haben«, meinte Bøjsen. »Den bekommen sie doch heute ohne weiteres.«

»Das müssen wir natürlich untersuchen«, sagte Høyer. »Aber wie gesagt, ich glaube selbst nicht an diese Theorie.« Er fingerte nachdenklich an den beiden Abgüssen herum. »Dann haben wir noch Jes Villadsen. Unsere erste Hypothese war, dass er seinen Onkel ermordete, um den Totogewinn allein einzustreichen, und natürlich, um an sein Erbe zu kommen. Die Theorie stand auf ziemlich tönernen Füßen. Zum einen war Jes nicht in akuter Geldnot, aber Menschen haben auch schon früher für Geld gemordet, auch wenn ihnen nicht buchstäblich das täglich Brot fehlte. Ein wichtigerer Einwand war dagegen, dass alle Befragten übereinstimmend meinten, Jes und sein Onkel hätten sich sehr nahe gestanden. Deshalb mussten wir davon ausgehen, dass sie aus irgendeinem Grund Streit hatten, ja tatsächlich zu Todfeinden geworden waren, ohne dass dies überhaupt jemand bemerkt hätte. Das war natürlich eine äußerst wackelige Theorie. Aber wenn wir nun annehmen, dass Jes der Täter bei den Mädchenmorden war. Sein Onkel, der ihn vielleicht von allen am besten kennt, verdächtigt ihn, wer weiß, schon in einem ziemlich frühen Stadium. Oder Jes vertraut sich ihm an. Geistliche unterstehen der Schweigepflicht, selbst wenn es um Verbrechen geht, solange sie von ihnen im Rahmen einer Beichte erfahren haben. Aber letzten Sonntag ist es wieder so weit gewesen und Jes befürchtet, dass sein Onkel ihn trotzdem irgendwie verraten wird. Deshalb ruft er ihn Sonntagabend an, lockt ihn unter dem Vorwand in die Kirche, mit ihm reden zu wollen, und als sich der Geistliche wieder auf den Heimweg macht, wartet Jes auf ihn in der Nische. Anschließend fährt er nach Hause und wechselt die Schuhe, daraufhin begibt er sich zum Haus des Pastors. Hier gibt er vor, beunruhigt darüber zu sein, dass sein Onkel nicht auftaucht, und geht schließlich zurück zum Friedhof, sieht zu, dass er ein paar deutliche Fußspuren hinterlässt , ›findet‹ seinen Onkel und trägt ihn nach Hause. Er fährt selbst mit ins Krankenhaus, wo er andeutet, sein Onkel sei an einem Herzschlag gestorben, und vielleicht hofft er sogar, dass irgendein übermüdeter Arzt darauf eingeht. Aber so übermüdet sind sie dort nun auch wieder nicht. Damit setzt sich die ganze Maschinerie in Bewegung und VOILÀ!, wie Bøjsen sagt.«

Er schwieg und griff automatisch nach dem Pappbecher, hielt aber noch rechtzeitig inne.

»Hm, hm«, nickte Bøjsen.

»Ja, das gefällt mir eindeutig besser«, meinte Therkelsen. »Bedeutend besser. Denn es ist eine Sache, dass Villadsen sich meiner Meinung nach davor hüten würde, eine ihm fast gänzlich unbekannte Person zu treffen, von der er sogar wusste, dass sie ein Mörder war, etwas anderes ist es aber, seinen Neffen zu treffen, den er fast als seinen eigenen Sohn ansah. Ich denke nicht, dass er auf die Idee gekommen wäre, die Sache könnte gefährlich für ihn werden.«

»Aber wir dürfen trotzdem nicht den unbekannten Herrn X vergessen«, sagte Høyer. »Villadsen hat irgendwie, wie wissen wir nicht, aber vielleicht bei seinen berühmten Beichten, herausgefunden, wer der Mädchenmörder ist. Dann kommt es zu einem neuerlichen Mord und dann folgt die Sache dem gleichen Muster wie zuvor.«

»Ich ziehe entschieden Theorie Nummer zwei vor«, sagte Therkelsen. »Also Jes Villadsen. Ich habe die gleichen Einwände gegen den unbekannten Herrn X, wie ich sie auch gegen den Kleinen Johnny hatte. Dass er sich nämlich nicht auf einem verlassenen Friedhof mit einem Mörder treffen würde. Ich weigere mich zu glauben, dass jemand so leichtsinnig wäre. Nicht einmal ein Pastor. Wir dürfen auch nicht vergessen, dass Jes beim Militär gewesen ist und gelernt hat, wie man einen Menschen mit einem Handkantenschlag tötet. Außerdem stammt er aus dem mittleren Jütland, wo einer der Morde begangen wurde. Und es würde mich wirklich nicht wundern, noch mehr zu finden, wenn wir der Sache erst einmal nachgehen.«

»Ich bin geneigt, dir Recht zu geben«, sagte Høyer. »Was meinst du, Bøjsen?«

»Ich stimme euch zu. Der Neffe scheint mir die erste Wahl zu sein«, sagte Bøjsen. »Was wollt ihr jetzt tun? Die Sonderkommission über den Stand der Ermittlungen informieren?«

Høyer und Therkelsen sahen sich an.

Das hatten sie in diesem Augenblick tatsächlich vollkommen vergessen, aber Bøjsen hatte natürlich Recht. Die Morde an den Mädchen waren schlicht und ergreifend nicht ihr Fall. Es war der Fall der Sonderkommission. Sie musste über die neue Entwicklung informiert werden.

»Ja, was zum Teufel machen wir jetzt eigentlich?«, fragte Høyer.

Er saß eine Weile da und dachte nach. Dann warf er einen verstohlenen Blick auf Bøjsen.

»Natürlich müssen sie von diesen Abgüssen erfahren«, sagte er. »Aber du könntest es ja vielleicht noch ein wenig hinauszögern. Außer uns weiß doch keiner davon und hier könnten wir uns wirklich eine Feder an den Hut stecken, wenn wir den Fall allein erledigen. Wir holen uns den Burschen hierher und schauen, was wir aus ihm herausholen können, wenn wir ihn ein wenig unter Druck setzen, und in der Zwischenzeit fährst du zu seiner Wohnung und durchsuchst sie gründlich. In erster Linie suchst du nach ...«

»Einem Paar Gummistiefeln, Größe dreiundvierzig der Marke Tretorn, zu Befehl, Herr Sergeant. Und wenn jemand fragt, ist es also nach wie vor der Fall Villadsen, in dem wir ermitteln.«

»Ja, natürlich. Ich besorge einen Durchsuchungsbefehl, aber fang du ruhig schon einmal an.«

»Und wann kann ich ...?« Bøjsen zeigte auf die Abgüsse.

»Sobald du wieder zurück bist. Du sollst natürlich auch deine Lorbeeren ernten, nicht wahr?«

Auf der Treppe stießen Høyer und Therkelsen auf Bach, der auf dem Weg nach unten war. Therkelsen schielte zu Høyer hinüber, der warnend die Augen zu einem Spalt zusammenkniff. Im Moment gehörte Bach zur Sonderkommission.

»Na, wie läuft's?«, fragte Høyer.

»Ganz gut«, sagte Bach. »Das glauben wir zumindest. Wir haben noch eine Zeugin gefunden, die einen roten Mazda gesehen hat. Die Köchin. Sie hat den Hof gegen elf verlassen, nachdem sie gespült und das Nachtessen fertig gemacht hatte, und sie hat einen roten Wagen überholt, von dem sie glaubt, dass es ein Mazda war, auch wenn sie das nicht beschwören möchte.«

»Wo genau war das?«, fragte Therkelsen.

»Ein paar Kilometer vom Tatort entfernt«, sagte Bach. »In westlicher Richtung.«

»Und der Fahrer des roten Mazdas hat sich nach wie vor nicht gemeldet«, stellte Høyer fest.

»Nein, und seit Sonntagabend haben wir nach ihm gesucht, was darauf hindeuten könnte, dass er kein besonderes Interesse daran hat, sich zu melden. Aber wir gehen jetzt ganz systematisch vor, denn nun haben wir das Feld ein wenig eingegrenzt. Sie, ich meine die Köchin, war sich nämlich ganz sicher, dass zu dem Autokennzeichen die Buchstaben E.T. gehörten – oder ›I-Ti‹, wie sie es ausgesprochen hat. Wegen des Films sind sie ihr aufgefallen.«

»Und das ist alles?«, fragte Therkelsen.

»Ja, das bedeutet natürlich eine Menge Arbeit, aber es wird sich bestimmt zeigen, dass am Ende etwas dabei herauskommt.«

»Na dann, viel Spaß bei der Arbeit«, sagte Høyer mit einem kurzen Grinsen.

Jes Villadsen machte einen etwas verwirrten Eindruck, war aber offenkundig nicht nervös, als man ihn in Høyers Büro geleitete.

»Bitte schön«, sagte Høyer und schob ihm einen Stuhl zu, er selbst setzte sich hinter den Schreibtisch. Therkelsen hielt sich mit seinem Notizblock diskret im Hintergrund. Høyer war der festen Überzeugung, dass die Menschen freier sprachen, wenn sie nicht daran erinnert wurden, dass alles, was sie sagten, festgehalten wurde.

Høyer begann vorsichtig.

»Es gibt da ein paar Dinge, die wir von Ihnen noch einmal bestätigt haben wollen. Wir sind sie zwar schon einmal durchgegangen, aber um sicherzugehen, möchten wir sie lieber noch einmal wiederholen.«

Jes nickte und sah Høyer abwartend an.

»Sie sagten, dass Sie Ihren Onkel gegen halb zwölf fanden, nicht wahr?«

Jes nickte wieder. »Ja, so ungefähr.«

»Aber Sie kamen bereits gegen halb elf zum Pfarrhaus, nicht wahr?«

»Ja.«

»Ihre Tante, Entschuldigung, Fräulein Strand, erzählte, dass Sie beunruhigt waren, weil Ihr Onkel so lange wegblieb. Wie kam es dann, dass Sie eine Stunde lang warteten, ehe Sie losgingen, um nach ihm zu sehen?«

»Anfangs habe ich mir noch keine Sorgen gemacht. Ich fand nur, dass es ein wenig seltsam war. Ich glaube, erst als es Viertel nach elf war und er immer noch nicht wieder aufgetaucht war, begann ich mir Sorgen zu machen. Tante Dagmar fand nicht, dass es einen Grund zur Beunruhigung gäbe, deswegen habe ich noch etwas gewartet, ehe ich losging, und natürlich habe ich mich inzwischen gefragt, ob ich etwas hätte verhindern können, wenn ich früher gegangen wäre, aber wenn ich alles richtig verstanden habe, war das wohl nicht der Fall.«

»Wo waren Sie, bevor Sie zu Ihrem Onkel fuhren?«

»Zu Hause. Ich kam direkt von zu Hause.«

»Wie lange braucht man für die Strecke?«

»Ungefähr eine Viertelstunde.«

»Das heißt mit anderen Worten, dass Sie von zu Hause weggefahren sind, als es ungefähr 22.15 Uhr war.«

»Ja, das dürfte hinkommen. Das klingt gut.«

»Und bis dahin waren Sie in Ihrer Wohnung?«

»Ja.«

»Gibt es jemanden, der das eventuell bestätigen kann?«, fragte Høyer.

»Nein, ich war doch allein.« Jes sah ihn ein wenig erstaunt an.

»Und Sie haben auch keinen Bekannten getroffen, als Sie unterwegs waren?«

»Nein, es ...« Jes sprach nicht weiter und sah Høyer fragend an. »Sagen Sie mal, worum geht es hier eigentlich? Irgendwie gefallen mir diese Fragen nicht. Und deshalb will ich zumindest wissen, ob ... ob ich wegen irgendetwas unter Verdacht stehe. Ist das der Fall?«

Høyer schüttelte den Kopf. »Nein, aber es wäre natürlich von Vorteil, wenn es jemanden gäbe, der Ihre Aussage bestätigen kann.«

»Es gibt aber nun einmal niemanden, der das kann«, sagte Jes barsch. Er schwieg einen Augenblick. »Moment, das heißt, ich habe meine Cousine angerufen, kurz bevor ich fuhr; sie war zwar nicht zu Hause, aber ich habe mit jemandem gesprochen, der in ihrer WG wohnt.«

»Also ungefähr Viertel nach?«

»Ja, das war gleich, nachdem ich die Nachrichten gehört hatte. Es dürfte eher zehn Minuten nach zehn gewesen sein.«

»Gab es etwas Besonderes, worüber Sie mit Ihrer Cousine sprechen wollten?«

»Ja, ich wollte ihr sagen, dass ich eine Überraschung für sie habe. Aber sie war wie gesagt nicht zu Hause.«

»Haben Sie gesagt, wer Sie sind?«

»Ja, natürlich. Die junge Frau hat auch ihren Namen genannt, aber ich kann mich nicht mehr erinnern. Es war jedenfalls eine Frau.«

Therkelsen schrieb wie ein Verrückter.

Høyer wechselte das Thema.

»Haben Sie ein Paar Gummistiefel?«

»Gummistiefel?« Jes sah Høyer an, als fragte er sich, ob Høyer den Verstand verloren hätte. »Ja, natürlich habe ich ein Paar Gummistiefel! Ich bin Vermessungsingenieur.«

»Was für welche?«

»Einfach ein Paar grüne Gummistiefel. Ganz normale.«

»Sie wissen nicht, von welcher Marke sie sind?«

»Um ehrlich zu sein, nein«, sagte Jes. »Aber wenn das so wichtig ist, kann ich natürlich nachsehen«, fügte er sarkastisch hinzu.

»Wo waren Sie Samstagabend?«

»Samstagabend? Sagen Sie mal, geht das jetzt nicht langsam ein bisschen zu weit? Was geht Sie das eigentlich an, wo ich Samstagabend war.«

»Sie sind selbstverständlich nicht verpflichtet, die Frage zu beantworten«, antwortete Høyer sanft. »Wir möchten es nur gerne wissen.«

Jes biss sich unsicher auf die Lippe, so als würde er überlegen, ob er die Aussage verweigern oder die Frage beantworten sollte, aber dann zuckte er mit den Schultern.

»O.k., es ist ja im Grunde kein Geheimnis. Ich treffe mich mit ein paar Jungs immer samstagnachmittags, spätnachmittags. Dann kochen wir zusammen, trinken eine Flasche Wein oder zwei und hinterher gehen wir aus und halten Ausschau nach Frauen. Das haben wir auch letzten Samstag gemacht.«

Høyer sah ihn nachdenklich an.

»Waren Sie den ganzen Abend zusammen?«

»Nein, natürlich nicht«, erwiderte Jes. »So ist es doch nicht gedacht, nicht wahr?«

»Und *wie* ist es dann gedacht?«

»Nun ja, es ist wohl so gedacht, dass man eine hübsche Frau aufreißt. Und falls einem das nicht im ersten Lokal gelingt, versucht man es in einem anderen, bis es einem gelingt oder bis man zu voll ist. Lokale gibt es ja mehr als genug.«

»Und wie lange waren Sie am Samstag zusammen?«

»Bis gegen elf, glaube ich, vielleicht auch nur bis halb elf.«

»Dann haben Sie sich getrennt?«

»Ja, die anderen hatten alle eine Frau gefunden, aber ich fand in dem Lokal, wo wir waren, keine, die mich anmachte. Deshalb ging ich woanders hin.«

»Haben Sie dann eine Frau gefunden?«

»Nein, ehrlich gesagt, nicht. Ich trank ein paar Bier und ging dann heim.«

»Haben Sie in dem anderen Lokal jemanden getroffen, den Sie kennen?«

»Nein, soweit ich mich erinnere, nicht.«

»Hm«, sagte Høyer und blieb eine Weile stumm, während er nachdenklich den Mund spitzte. In Wirklichkeit gab er Therkelsen nur die Chance, alles zu notieren.

Therkelsen klopfte seine Pfeife aus, stopfte sie neu, zündete sie an und klemmte sie mit seinem Pfeifenzahn fest. Er nickte Høyer zu.

»Sie haben kein Auto?«, fragte Høyer.

»Nein, ich habe ja noch keine Arbeit gefunden, so dass …«

»Aber Sie haben einen Führerschein?«

»Ja, natürlich.«

»Kommt es vor, dass Sie sich ein Auto leihen?«

»Ja, das kommt schon mal vor, aber nicht besonders oft. Abgesehen vom Auto meines Vaters. Wenn ich zu Hause bin.«

»Was für ein Auto ist das?«

»Ein Kadett.«

»Wann sind Sie zuletzt gefahren?«

»Das war wohl vor einem Monat. Ich habe mir das

Auto meines Onkels geliehen. Es ist ein Ford Capri, den Ry-Nielsen ihm vor ein paar Jahren angedreht hat.«

»Haben Sie sich nie andere Autos geliehen?«

»Nein, ich konnte mir ja immer den Wagen meines Onkels leihen. Das heißt, einmal habe ich mir auch den Wagen meiner Cousine geliehen. Aber das ist bestimmt schon ein Jahr her. Und es ist auch kein richtiges Auto, es ist ein Citroën.«

»Ein Citroën?«

»Ja, eine Ente. Ich kam mir darin so lächerlich vor, dass ich ihn mir nur ein einziges Mal ausgeliehen habe.«

Høyer seufzte schwer. Er hatte gesagt, dass sie Jes Villadsen unter Druck setzen wollten, aber er hatte das Gefühl, als würde man in einen Brei greifen. Alles glitt einem durch die Finger.

Es klopfte an die Tür. Bøjsen steckte den Kopf zur Tür herein und gab Høyer ein Zeichen, der aufstand und mit ihm auf den Flur hinaustrat.

»Es gab ein Paar grüne Gummistiefel bei ihm zu Hause«, sagte Bøjsen. »Ganz saubere, so als hätte jemand sie sehr gründlich geschrubbt, aber das ist natürlich auch nicht verboten. Tretorn. Ich bin mir nicht sicher, ob sie es sind, sie sehen abgelaufener aus, aber ich versuche gleich, dem auf den Grund zu gehen. Sie könnten ja auch manipuliert worden sein.«

»Stimmt die Größe?«

»Ja, die passt. Weißt du was, ich schaue sie mir an und rufe dich dann an und gebe dir Bescheid.« Er zögerte ein wenig. »Und dann werde ich wohl oder übel gezwungen sein, der Sonderkommission Bescheid zu sagen, nicht wahr?«

»Ja, das ist schon in Ordnung, aber sag ihnen nicht, dass wir es schon gewusst haben.«

»Natürlich nicht, glaubst du, ich will mir den Mund verbrennen? Habt ihr ihn jetzt da? Den Neffen, meine ich.«

»Ja.«

»Was sagt er?«

»Er antwortet nett und höflich auf alles, wonach wir fragen. Anscheinend ohne nervös zu werden.«

»Was nun?«

»Wir machen noch etwas weiter. Damit du Zeit hast, dir die verdammten Stiefel anzuschauen. Wenn es ein Volltreffer ist, nehmen wir ihn fest, aber ansonsten müssen wir ihn wohl oder übel wieder laufen lassen – fürs Erste zumindest.«

»Ich werde mich beeilen«, versprach Bøjsen.

»Nett von dir. Ich gehe rein und versuche, ihn noch mehr unter Druck zu setzen. Irgendwann muss er doch weich werden.«

Høyer zögerte einen Moment mit der Hand auf der Türklinke. Es gab da etwas, das sie vergessen hatten. Er blieb einen Augenblick stehen und dachte nach, öffnete dann die Tür und winkte Therkelsen zu sich heraus.

»Ich will versuchen ihn noch eine halbe Stunde zu beschäftigen«, sagte Høyer. »Ich bin mir fast sicher, dass er es war. Bøjsen hat ein Paar Stiefel in seiner Wohnung gefunden und die Marke stimmt schon einmal. Er untersucht sie jetzt näher. Außerdem ist der Kerl Vermessungsingenieur, er ist ein geübter Kartenleser. Er kann sich einfach mit einer Karte hinsetzen und erkennen, wo eine Kiesgrube ist, ein Waldstück oder eine verlassene Wegstrecke. Und ich glaube allmählich, dass unsere Ophelia uns den endgültigen Beweis liefern kann.«

»Meinst du Tante Dagmar?«, fragte Therkelsen. »Sie heißt nicht Ophelia, sie heißt Feodora. Was ist mit ihr?«

»Sie hat gelogen, als sie sagte, der Pastor habe ihr nichts gesagt, bevor er ging. Ich bin sicher, dass er etwas gesagt hat. Und ich bin beinahe felsenfest davon überzeugt, dass er sagte, er wolle sich mit Jes treffen. Fahr rüber zu ihr und sieh zu, dass sie mit der Sprache rausrückt.«

»Hätte sie uns das nicht erzählt?«, meinte Therkelsen. »Sie schienen doch nicht gerade die besten Freunde zu sein.«

»Deshalb konnte sie doch trotzdem auf die Idee kommen, ihn zu decken«, wandte Høyer ein. »Und im Übrigen ist es gar nicht gesagt, dass sie verstanden hat, wie wichtig das war. Aber es ist möglich, dass es ihr allmählich dämmert. Sonst musst du dafür sorgen, dass es ihr klar wird.«

Tante Dagmar selbst öffnete Therkelsen die Tür. Sie sah hilflos und bekümmert aus, als sie ihn erblickte.

Aber Therkelsen redete nicht lange um den heißen Brei herum.

»Fräulein Strand«, sagte er, sobald er in den Flur getreten war. Er hatte beschlossen, dass ein Überraschungsangriff am effektivsten sein würde. »Gestern sagten Sie, Pastor Villadsen habe Ihnen nicht gesagt, mit wem er sich in der Kirche treffen wollte. Wir glauben, dass Ihre Erinnerung Sie da trügt.«

Tante Dagmar schüttelte den Kopf. »Nein«, sagte sie. »Nein, beim besten Willen nicht.«

»Sind Sie sich da ganz sicher?«, fragte Therkelsen und sah sie eindringlich an. »Sind Sie ganz sicher, dass er Ihnen nicht gesagt hat, dass er sich da oben mit Jes treffen wollte?«

Sie sah ihn einen langen Augenblick schweigend an. Dann füllten sich ihre Augen mit Tränen. »Wie konnten Sie das wissen?«, fragte sie. »Wie konnten Sie wissen, dass ich gelogen habe? Nein, er sagte nicht, dass er sich mit Jes treffen würde. Im Gegenteil. Er sagte zu mir: ›Falls Jes kommt, sag ihm bitte, er soll hier auf mich warten.‹ Aber das habe ich ihm ja nie gesagt«, schloss sie und brach in Tränen aus, während Therkelsen sie nur noch sprachlos anstarrte.

»Mist!«, rief Høyer aus vollem Herzen.

»Sie war in Tränen aufgelöst und zerknirscht und bat tausendmal um Entschuldigung«, sagte Therkelsen. »Sie hätte es natürlich gestern sagen müssen, aber weil sie es Jes nun einmal nicht gesagt hatte, fand sie, sie könne nicht damit rausrücken.«

»Und du bist ganz sicher, dass es nichts war, was ihr nur auf die Schnelle eingefallen ist?«

»Ja, davon bin ich überzeugt«, sagte Therkelsen. »Denn sonst ist Dänemark die größte Schauspielerin des Jahrhunderts durch die Lappen gegangen und das glaube ich nicht.«

»Aber warum zum Teufel hat sie ihm nicht erzählt, was sein Onkel zu ihr gesagt hatte?«, rief Høyer aus. »Das ist doch nun wirklich eigenartig.«

»Ja, danach habe ich natürlich auch gefragt«, meinte Therkelsen. »Und mit vielen Umschweifen und unter fleißigem Gebrauch von Taschentüchern kam dann heraus, dass sie es nicht getan hat, weil sie sich zurückgesetzt fühlte.«

»Bitte?«

»Ja, weil er *ihr* nicht erzählt hat, dass sie dreizehn Richtige hatten. Ich meine Jes. Er kam nur angerauscht und fragte nach seinem Onkel, und als er hörte, dass er nicht zu Hause war, sah er tief enttäuscht aus und hielt ansonsten den Mund. Und sie *wusste* ja, dass er etwas zu erzählen hatte. Etwas, dass er ihrer Meinung nach ebenso gut ihr hätte erzählen können.«

»Herrgott im Himmel, was können die Leute einander das Leben doch schwer machen!«, rief Høyer. »Und uns auch. Wo stehen wir jetzt, verdammt noch mal?«

»Nun ja, das dürfte wohl bedeuten, dass Jes Villadsen nicht mehr so richtig in Frage kommt«, meinte Therkelsen.

»Da bin ich mir nicht so sicher«, meinte Høyer. »Man könnte sich beispielsweise vorstellen, dass Jes abends zunächst angerufen hat und sein Onkel ihm bei der Gelegenheit erzählt hat, dass er noch in die Kirche wolle. Aus irgendeinem Grund. Ich finde nach wie vor, dass wir auf seine Karte setzen sollten, aber das hängt natürlich auch ein wenig davon ab, was Bøjsen bei den Stiefeln herausfindet, auch wenn ich nicht der Meinung bin, dass dies von entscheidender Bedeutung ist.« Er sah auf die Uhr. »Er müsste auch langsam mal fertig sein mit diesen beschissenen Stiefeln! Ich glaube, ich rufe ihn mal an.«

Aber als Høyers Hand sich gerade in Richtung Telefon bewegte, klingelte es. Es war Bøjsen. Diesmal verspürte er offenbar keine größere Lust, seine Neuigkeiten persönlich zu überbringen.

»Das war eine Niete, Høyer«, sagte er. »Die Abdrücke stammen nicht von diesen Stiefeln. Das ist ganz ausgeschlossen. Aber wenn ansonsten genug gegen ihn vorliegt, dann … Er kann ja noch ein Paar gehabt haben.«

»Ja, das wäre natürlich möglich«, sagte Høyer, ohne dabei besonders optimistisch zu klingen. »Aber es sieht längst nicht mehr so viel versprechend aus wie bisher.«

»Ich habe dem Leiter der Sonderkommission Bescheid gesagt«, fuhr Bøjsen fort. »Mit anderen Worten er weiß jetzt, dass sich eure Fälle überschneiden. Ich habe ihm die Abgüsse hochgeschickt, also wird er jeden Moment bei dir auftauchen.«

Høyer lachte ein wenig. »Ja, oder ich bei ihm. Du hast ihm nicht erzählt, dass wir schon von den Abgüssen gehört haben, oder?«

»Nein, das hätte er bestimmt nicht gerne gehört. Aber ich habe angedeutet, dass ihr einen Verdächtigen im Fall Villadsen habt.«

»Den hatten wir auch, Bøjsen. Den hatten wir. Und es ist immer noch möglich, dass wir genug zusammenbekommen, um ihn festzunehmen.«

Høyer legte den Hörer auf und sah Therkelsen an.

»Es waren nicht die richtigen Stiefel«, konstatierte Therkelsen.

Høyer schüttelte den Kopf. »Njet. Das schließt ihn zwar nicht völlig aus, aber soweit ich sehen kann, haben wir nichts in der Hand, um ihn im Moment hier zu behalten. Wir sind wohl oder übel gezwungen, uns mit der Sonderkommission zusammenzutun. Es ist nicht undenkbar, dass sich der rote Mazda auf irgendeine Weise mit Jes Villadsen in Verbindung bringen lässt. Ansonsten sind wir wieder einmal bei unserem unbekannten Herrn X angelangt und in diesem Falle war Pastor Villadsen entweder ein äußerst unvorsichtiger oder ein äußerst mutiger Mann.«

»Vielleicht beides«, schlug Therkelsen vor. »Ein äußerst waghalsiger Mann.«

In dem Büro, in dem die Sonderkommission ihr provisorisches Hauptquartier aufgeschlagen hatte, war die Luft schneidend, denn es war kaum genug Platz für die sechs Männer, die in ihm standen oder saßen.

Møller zeigte mit einem dicken, nikotingelben Finger auf die beiden Abgüsse, die auf dem Schreibtisch lagen. »Seht euch das an«, sagte er aufgekratzt. »Bøjsen hat eine Entdeckung gemacht, die alles auf den Kopf stellt.«

Høyer und Therkelsen vermieden es sorgfältig, sich gegenseitig oder Bøjsen anzusehen, als sie pflichtschuldigst die beiden Abgüsse studierten.

Dann richtete Høyer sich auf und sah Møller mit gut gespieltem Erstaunen an. »Sind das nicht unsere Fußabdrücke?«, fragte er. »Ich meine, Fußabdrücke, die von der Person stammen, die auf dem Friedhof in der Nische stand und wartete und die – jedenfalls mit einer gewissen Wahrscheinlichkeit – der Täter war?«

Møller grinste triumphierend.

»Sowohl als auch«, sagte er. »Sowohl als auch. Verstehst du, der hier ist vom Friedhof.« Er zeigte auf den einen Abguss. »Aber der da, Høyer, ist ein Abguss der Spur, die auf dem Feldweg im Fall Birthe gefunden wurde.«

Therkelsen lugte zu Høyer hinüber und hoffte, dass es ihm selbst auch gelang, so überrascht auszusehen.

»Ja aber, das sind doch die gleichen …« sagte Høyer verständnislos und sah Møller an, der ihn einfach nur abwartend anschaute. Høyer studierte nochmals die Abgüsse, rieb sein Ohrläppchen und sagte: »Soll das etwa heißen, dass …?«

»Ja, ganz genau«, antwortete Møller. »Das soll heißen, es ist überaus wahrscheinlich, dass es sich um ein- und denselben Mann handelt, der Birthe ermordet hat – und die anderen Mädchen – und der euren Pastor Villadsen erschlagen hat.«

»Ja aber, weshalb?«, wagte Therkelsen nach einem Moment der Überraschung zu fragen.

»Vermutlich weil Villadsen wusste, was er getan hat.«

»Aber es ist nicht die gleiche Vorgehensweise«, wandte Høyer ein.

»Es sind auch zwei verschiedene Arten von Mord«, sagte Hans Christian. »Im Falle des Pastors wollte er ihm einfach nur das Maul stopfen. Schnell und effektiv. Was die Mädchen angeht, kann man mit Sicherheit davon ausgehen, dass das Strangulieren ein Teil des … Spiels war.«

»Bøjsen hat angedeutet, dass ihr einen Mann zum Verhör bestellt hattet«, sagte Møller. »Wie weit seid ihr mit ihm gekommen?«

»Wir mussten ihn laufen lassen«, sagte Høyer. »Ein junger Bursche. Siebenundzwanzig. Er stammt übrigens aus dem mittleren Jütland. Ist beim Militär gewesen, unter anderem in Oksbøl. Er ist Vermessungsingenieur.«

»Aha!«, sagte Møller. »Das klingt aber gar nicht uninteressant.« Er drückte seine Zigarettenkippe in einem

Aschenbecher aus, der bereits von Kippen überquoll, war und steckte sich eine neue Zigarette an. »Nein, das klingt gar nicht uninteressant. Wisst ihr, welche Automarke er fährt?«

»Er fährt Rad«, sagte Høyer. »Er hat gar kein Auto.«

»Aber er hat doch wohl einen Führerschein?«, fragte Møller. »Er kann sich eins geliehen haben. Oder geklaut.«

Høyer nickte.

»Wie steht es mit seinem Alibi für den Samstagabend?«

»Schlecht. Er könnte es ohne weiteres getan haben«, meinte Therkelsen.

»Es ist doch recht nahe liegend anzunehmen, dass gerade sein Onkel die Möglichkeit hatte herauszufinden, dass es sein Neffe war, der das Mädchen ermordet hat. Er hat ihn vielleicht schon länger im Verdacht gehabt.«

»Aber wir wissen noch nicht, ob er Birthe ermordet hat«, meinte Høyer. »Das würde zumindest voraussetzen, dass er sich irgendwie ein Auto besorgt hat. Wie kommt ihr denn bei dem Mazda voran?«

»Die Fahndung läuft. Landesweit«, sagte Hans Christian. »Aber die Sache ist natürlich enorm zeitaufwändig und personalintensiv. Aber wir werden ihn schon noch finden.«

Genau diesen Moment hatte sich Bach ausgesucht, um das Büro mit einem Brief zu betreten, von dem er fand, dass der Leiter der Sonderkommission ihn sich genauer ansehen sollte.

»Das ist gerade hereingekommen«, sagte er. »Ist natürlich möglich, dass es ein Blindgänger ist, aber ich finde trotzdem, dass man es ernst nehmen sollte. Zunächst einmal jedenfalls.«

Der Brief war handgeschrieben. Mit Druckbuchstaben.

Møller warf einen kurzen Blick darauf, reichte ihn dann an Høyer und Therkelsen weiter.

EIN ROTER MAZDA STEHT HINTER DER AUTOWERKSTATT BEI FORD

Mehr stand nicht darin.

Høyer und Therkelsen sahen sich an.

Bei Ford.

Bei Villadsens engem Freund. An einem Ort, an dem Jes wahrscheinlich unzählige Male gewesen war.

Hier hatten sie vielleicht den endgültigen Beweis.

10.

»Du hattest doch tatsächlich Recht, Dorthe«, sagte Jes. »Diese beiden hirnverbrannten Stümper haben mich tatsächlich verdächtigt, Uncas erschlagen zu haben. Die sollten mal einen Kurs in Psychologie belegen, wenn sie ernsthaft glauben, dass man wegen läppischer 80.000 Kronen einfach so einen Menschen erschlägt. Vielleicht haben sie aber auch irgendwo gelesen, dass man immer den verdächtigen soll, der das Opfer findet.«

Dorthe und er saßen mit Tante Dagmar zusammen und tranken eine Tasse Kaffee, die Jes eigenhändig gekocht hatte, womit er bei Tante Dagmar weiteren Boden gutgemacht hatte.

»Und das war allein meine Schuld, Jes. Wirst du mir jemals verzeihen können?«, fragte sie mit einer Stimme, die den Tränen nahe war. »Wenn ich doch gleich …«

»Um Himmels willen, Tante Dagmar!«, rief Jes und warf ihr einen halb ärgerlichen, halb nachsichtigen Blick zu. »Lass uns nicht wieder davon anfangen. Ich *habe* dir verziehen und ich werde dir noch hundert und noch tausend Mal verzeihen, also lass uns das jetzt bitte vergessen, in Ordnung? Es ist doch nichts passiert und ich glaube auch gar nicht, dass es überhaupt etwas damit zu tun hatte. Sie hätten mich doch auf jeden Fall aufgegabelt. Außerdem hast du ihnen ja erzählt, was Uncas gesagt hat, als sie dich direkt danach gefragt haben.«

»Warst du denn gar nicht nervös, als sie anfingen, dich auszufragen?«

»Nein.« Jes schüttelte den Kopf. »Eigentlich nicht. Anfangs war ich ein wenig irritiert, als mir dann klar wurde, worauf sie hinauswollten, wurde ich eher sauer. Schließlich musste ich zugeben, dass es ihr Job ist, aber verwirrt war ich am Ende doch.«

»Bei Jes ist das anscheinend wie bei eurem Onkel«, warf Tante Dagmar ein. »Er wurde auch nie nervös. Er hatte Nerven wie Drahtseile.«

»Oh, das stimmt aber nicht ganz«, sagte Dorthe. »Er konnte durchaus nervös werden, zum Beispiel, wenn Jes zu spät nach Hause kam, als wir noch Kinder waren und er in den Ferien hier war. Daran kann ich mich noch ganz genau erinnern.«

»Ja, das stimmt schon«, meinte Tante Dagmar. »Er konnte sich um andere Sorgen machen, aber er hat sich nie vorstellen können, dass ihm selbst etwas zustoßen könnte.«

»Und genau das ist passiert«, sagte Dorthe traurig.

»Ich finde es immer noch unfassbar«, sagte Jes. »Ich kann weder verstehen, warum, noch wer. Es muss doch jemand gewesen sein, den er kannte. Ich bin überzeugt, dass es der Gleiche war, der ihn auch angerufen hat. Jemand, der seine Gewohnheiten kannte. Jemand, der wusste, dass man ihn in die Kirche locken konnte. Aber wer? Und warum? Ich habe versucht, der Gestalt, die ich in der Dunkelheit und im Regen vor mir gesehen habe, ein Gesicht zu geben. Ich bin Uncas' gesamten Bekanntenkreis durchgegangen, jedenfalls alle, die ich kenne, und kein einziges dieser Gesichter passt ins Bild. Kein einziges.«

»Nein«, Dorthe schüttelte den Kopf. »Aber wir kannten auch nicht seine ganze Pfarrgemeinde.« Sie sah Jes fragend an. »Du hast gesagt, dass du am Ende verwirrt warst. Warum?«

»Das wärst du auch gewesen, das kann ich dir guten Gewissens versprechen. Die machten immer weiter. ›Wo waren Sie gestern Abend?‹ ›Wo waren Sie Sonntagabend?‹ ›Wo waren Sie Samstagabend?‹ ›Besitzen Sie ein Paar Gummistiefel?‹ ›Gibt es jemanden, der dies bestätigen kann?‹ ›Welche Automarke fahren Sie?‹ Und so weiter und so weiter. Einfach *alles*.«

»Haben sie dich wirklich gefragt, wo du Samstagabend warst?« Dorthe runzelte die Stirn.

»Ja, das haben sie tatsächlich getan!«, sagte Jes.

»Und was für ein Auto du fährst? Ja aber, das ist doch vollkommen idiotisch. Das kann doch mit der Sache gar nichts zu tun haben.«

»Siehst du!«, rief Jes. »Jetzt bist du auch verwirrt. Genauso verwirrt war ich auch, bis ich herausfand, was das Ganze sollte.«

»Und was sollte es?«, fragte Dorthe.

Jes grinste. »Sie wollten mich natürlich durcheinander bringen. Mich massenhaft belanglose Dinge fragen, damit ich vielleicht weniger auf der Hut sein würde, wenn eine der wirklich wichtigen Fragen gestellt wurde. Sie wollten mich dazu bringen, mich in Widersprüche zu verstricken, mich dann bei der einen oder anderen dämlichen Lüge ertappen, um einen Ansatzpunkt zu haben. Darauf lauern sie die ganze Zeit. Und als ich das erst einmal durchschaut hatte, nahm ich die Sache recht gelassen und hab mein ganzes Privatleben vor ihnen ausgebreitet.«

»Das hast du wirklich getan?«, fragte Dorthe.

»Keine Sorge. Ich habe ihnen nicht erzählt, dass wir heiraten wollen, aber ansonsten …«

»Ihr wollt heiraten?« Tante Dagmar schaute verblüfft vom einen zum anderen.

»Ja, ja«, sagte Jes.

»Natürlich nicht«, sagte Dorthe scharf. »Hör einfach nicht auf ihn. Das ist nur dummes Zeug.«

»Nein, ich meine es ernst«, sagte Jes.

»Na ja«, meinte Tante Dagmar. »Das wäre doch eigentlich gar keine schlechte Idee.«

Dorthe starrte sie sprachlos an.

»Sag mal, was in aller Welt hast du mit ihr gemacht?«, fragte sie, als Tante Dagmar für einen Moment nicht im Zimmer war.

»Sie ist endlich empfänglich für meinen Charme geworden«, sagte Jes. »Oder sie hat mir gegenüber ein schlechtes Gewissen, aber das würde sie wohl eher dazu bringen, mich zu verabscheuen, deshalb glaube ich ehrlich gesagt, sie hofft darauf, dass ich sie als Haushälterin einstelle, falls ich mich hier im Haus niederlasse.«

»Hast du wirklich vor, das zu tun?«

»Tante Dagmar anzustellen? Nein, Gott bewahre!«

»Idiot! Hier einzuziehen?«

»Ja, das habe ich. Dann wohne ich schon in dem Haus, wenn wir heiraten.«

»Jes! Das ist wirklich nicht mehr lustig.«

»O.k., ich hör ja schon auf. Aber das Angebot steht noch.«

»Was würdest du eigentlich tun, wenn ich eines schönen Tages wirklich ja sagen würde?« Dorthe sah ihn neugierig an.

Er schenkte ihr ein kurzes Lächeln. »Ich würde wahrscheinlich auf der Stelle tot umfallen, während ich ein letztes Mal deinen Namen hauchen würde.« Er sah sie nachdenklich an. »Oder aber ich würde herausfinden, ob ich es wirklich ernst gemeint habe.«

Sie lachte. »Ja, genau das dachte ich mir.«

»Habe ich dir eigentlich erzählt, dass die Alabasterfrau mich im Stich gelassen hat? Die ich immer als meine

Schutzheilige gesehen habe. Als unser aller Schutzheilige. Wenn ich es richtig verstanden habe, stand Uncas' Mörder im Schutze ihrer Fittiche auf der Lauer. Wenn das keine Ironie des Schicksals ist, dann …?« Er saß einen Moment lang vollkommen still da und stierte vor sich hin. »Jedenfalls werde ich mich in Zukunft an die Lebenden halten«, sagte er abschließend.

»Warum wohnst du im Moment eigentlich hier?«, fragte Dorthe. »Bei Tante Dagmar.«

»Wenn du es wirklich wissen willst, weil ich es nicht ertragen kann, allein zu sein. Noch nicht. Dann gerate ich nur ins Grübeln und das halte ich nicht aus. Tante Dagmar hält mich auf Trab.«

Sie kam im gleichen Augenblick ins Wohnzimmer zurück und setzte sich hin.

»Die Beerdigung ist Freitagnachmittag, Kleines. Hat Jes dir das schon erzählt? Um eins. Deine Eltern wissen Bescheid und Jes natürlich auch. Frandsen rief heute Vormittag an, um zu kondolieren, sie kommen beide und es kann sein, dass auch seine Söhne versuchen werden, sich freizumachen. Und dann kommt noch der Sohn von Totengräber Holm. Das finde ich wirklich rührend.«

»Der Sternendeuter?«, fragte Jes.

Tante Dagmar nickte. »Ja, er hat doch immer gesagt, dass Gorm schuld daran sei, dass er Professor geworden ist. Jedenfalls kommt er. Aber ich habe mich gefragt, ob das genug Sargträger sind?«

»Das sind doch mehr als genug«, meinte Jes.

»Ja, wenn Frandsens Söhne kommen, aber das war noch nicht ganz sicher«, sagte Tante Dagmar.

»Aber trotzdem«, meinte Dorthe. »Ry-Nielsen kommt doch wohl auch.«

»Ja«, erwiderte Tante Dagmar. »Er hat allerdings nicht angerufen. Bis jetzt jedenfalls nicht. Und ich weiß nicht recht, wie man sich verhält, wenn die Beisetzung in aller

Stille stattfinden soll. Lädt man die, die dabei sein sollen, dennoch ein?«

»Frandsen hat bestimmt mit ihm gesprochen«, sagte Dorthe. »Aber ich denke trotzdem, dass du ihn anrufen solltest. Er war immerhin Uncas' bester Freund.«

»Das wären dann drei mehr«, sagte Tante Dagmar. »Denn er bringt bestimmt seine Frau und seinen Sohn mit.«

»Seinen Sohn nicht«, meinte Dorthe. »Henrik ist in der Schweiz.«

»Das soll mir nur recht sein«, sagte Jes. »Woher weißt du übrigens, dass er in der Schweiz ist?«

»Er hat es mir erzählt.«

»Hattest du nicht gesagt, du wärst nur einmal mit ihm ausgegangen?«

»Das stimmt auch. Aber er rief mich Montagvormittag an, um mir zu sagen, dass er am Nachmittag abreisen würde. Das war, bevor wir die Sache mit Onkel Gorm erfuhren. Jedenfalls bevor ich es erfahren hatte. Er rief im Grunde nur an, um sich zu verabschieden. Es schien ihm nicht besonders gut zu gehen.«

»Das war doch schon immer so«, sagte Jes. »Er ist immer schon ein Weichei gewesen. Schon als Kind. Das Einzige, was ihm fehlt, ist, dass er zu verwöhnt ist. Ein richtiger Playboy.«

»Das ist er ganz und gar nicht«, widersprach Dorthe. »Ein Playboy lebt in Saus und Braus mit teuren Frauen und das passt nicht zu Henrik. Im Gegenteil. Im Grunde tut er mir Leid.«

»Dann sagen wir eben, dass er kein Playboy ist«, lenkte Jes ein. »Aber er ist auf jeden Fall ein richtiges Papasöhnchen. Er hat früher bestimmt geglaubt, dass sein Vater die Sonne auf- und untergehen lässt. Er hängt sehr an ihm.«

»Auch nicht mehr als du an Uncas«, sagte Dorthe. »Und mit seiner Mutter hat er sich ja auch nie gut verstanden. Ich habe den Eindruck, dass sie ziemlich unnachgiebig war.«

»Das war *meine* Mutter auch«, sagte Jes.

»Dann solltest gerade du Verständnis für ihn aufbringen können«, meinte Dorthe.

»Das kann ich auch«, erwiderte Jes. »Ich kann ihn verstehen und er kann mir Leid tun, aber ich mag ihn trotzdem nicht. Er ist langweilig und geht mir auf die Nerven. Und am meisten geht mir auf die Nerven, dass er hinter dir her ist.«

»Henrik ist wirklich ein süßer Junge«, sagte Tante Dagmar. »Er kann doch nichts dafür, dass er ein wenig schwächlich ist. Das hat er sicher geerbt. Sein Onkel hatte doch auch ein wenig – schwache Nerven.«

Jes grinste. »Wie vornehm du das ausdrückst, Tante Dagmar! Schwache Nerven! Er war total verrückt und hat sich am Ende erschossen. Und meiner Meinung nach ist Rys Frau genauso verrückt, nur auf eine andere Art. Es wundert einen wirklich nicht, dass Henrik ein wenig eigen ist.«

»Jedenfalls kommt er nicht«, sagte Dorthe.

»Nein, aber ich denke trotzdem, dass ungefähr zwanzig Personen da sein werden«, meinte Tante Dagmar, die mitgezählt hatte. »Das freut mich, dann ist Gorm doch nicht ganz so allein.«

Jes starrte sie an. Doch, das hatte sie ernst gemeint.

Manchmal war sie fast rührend. Ab und zu konnte sie wirklich göttlichen Schwachsinn von sich geben. Wenn das Himmelreich wirklich den Einfältigen gehörte, musste Tante Dagmar von vornherein ein ganzer Gutshof zustehen da oben.

Es klingelte an der Tür.

»Ich geh schon«, sagte Dorthe. Sie stand auf und ging in den Flur hinaus, wo man sie die Tür öffnen hören konnte.

Sie war ziemlich blass, als sie wieder ins Wohnzimmer zurückkam.

»Jes, da draußen sind zwei Polizisten. Sie sagen … sie sagen, dass sie mit dir sprechen wollen.«

Jes verzog das Gesicht zu einer Grimasse und zuckte mit den Schultern. Dann stand er auf und ging in den Flur hinaus.

Er stutzte einen Moment, als er die Männer sah. Er hatte sie noch nie zuvor gesehen.

»Jes Villadsen?«, fragte der eine. Ein kleiner, dicker Knubbel, der aussah, als kaufe er seine Kleider beim Lumpensammler.

Jes nickte. »Ja, das bin ich.«

Der kleine Dicke legte eine Hand mit nikotingelben Fingern auf seinen Arm.

»Jes Villadsen, Sie sind verhaftet. Sie stehen unter dem dringenden Verdacht, Pastor Gorm Villadsen ermordet zu haben.«

Høyer sah auf die Uhr. »Zehn Minuten vor fünf«, sagte er. »Mit etwas Glück ist noch jemand da.«

Sie hatten beschlossen, dass Møller und Hans Christian die Vernehmung von Jes Villadsen übernehmen sollten, während Høyer und Therkelsen als Ortskundige versuchen wollten herauszufinden, ob an der lakonischen Mitteilung des anonymen Briefschreibers etwas dran war.

Høyer legte den Leerlauf ein, rollte am Bürogebäude und der Autowerkstatt vorbei und bog auf den dahinter liegenden Platz.

»Igittigitt, Allmächtiger!«, rief Therkelsen. »Hier sieht es ja aus wie auf einem Autofriedhof.«

»Hier hätte ich gestern besser parken sollen«, meinte Høyer. »Das ist eine passendere Gesellschaft. Apropos, wann bekommst du deine Rostlaube wieder?«

»Freitag«, antwortete Therkelsen. »Und nimm das Wort Rost nicht in den Mund. Der wird wie neu. Hoffe ich jedenfalls, denn ich habe fast 20.000 Kronen reingesteckt. Wahnsinn!«

»Dann pass auf, dass deine Kinder den Lack nicht zerkratzen, wenn ...« Høyer verstummte abrupt. »Ha!«, platzte er dann heraus.

Therkelsen warf ihm einen überraschten Blick zu. »Warum sagst du ›ha!‹«

»Kannst du dich erinnern, dass ich sagte, in meinem Unterbewusstsein gebe es irgendein verborgenes Bild! Jetzt weiß ich, was es war. Eure Einfahrt.«

»Unsere Einfahrt?«, wiederholte Therkelsen verständnislos. »Was zum Teufel hat meine Einfahrt mit etwas anderem zu tun.«

»Du weißt doch genau, wie sie in der Regel aussieht, nicht wahr?«

»Ja, leider Gottes«, seufzte Therkelsen.

»Mit all den Fahrrädern und Mopeds und so weiter. Was denkt man, wenn man das sieht?«

»Das möchte ich ehrlich gesagt lieber gar nicht wissen«, meinte Therkelsen.

»Nein, jetzt mal im Ernst«, sagte Høyer. »Soll ich es dir sagen? Man denkt, dass da bestimmt eine Menge junger Leute zu Besuch sind und dass von denen sicher jemand irgendwann nach Hause muss. Vielleicht allein. Ich mache jede Wette, dass die Einfahrt zu dem Hof, auf dem Birthe zum Fest war, genauso ausgesehen hat. Wenn einem ein solcher Ort auffällt, braucht man bloß in der Nähe zu bleiben, denn früher oder später taucht dort ein Mädchen auf. Vielleicht sogar eines, das ohne Begleitung ist. Ich habe mich gefragt, was ihn eigentlich dazu gebracht hat, gerade in dieser Gegend herumzukurven. Die Köchin hat ihn schon gegen elf gesehen und das Mädchen mit dem Hund ist dem Auto ein paar Stunden später begegnet. Und ich glaube, dass deine Einfahrt uns die Antwort auf diese Frage gibt.«

»Das klingt plausibel«, sagte Therkelsen. »Aber eine praktische Bedeutung hat es im Grunde nicht, oder?«

»Nein, nur für meinen Seelenfrieden«, gab Høyer zu, während er den Zündschlüssel abzog. »Das hat mich schon die ganze Zeit irritiert.« Er sah sich um. »So weit ich sehen kann, gibt es hier keinen roten Mazda, aber wir sollten uns lieber einmal genauer umschauen.«

Sie stiegen aus dem Auto und ließen suchende Blicke über die vielen gebrauchten Autos schweifen, die hier standen.

»Hier ist er jedenfalls nicht«, sagte Therkelsen. »Wir haben anscheinend wieder eine Niete gezogen.«

»Jemand kann ihn natürlich auch in die Werkstatt gesetzt haben«, meinte Høyer. »Wir sollten lieber reingehen und fragen, ob sie hier etwas über einen roten Mazda wissen.«

Es waren nur drei Männer in der Werkstatt. Zwei junge Männer, die gerade mit einem Auge auf der Uhr dabei waren, zu fegen und aufzuräumen, und ein älterer Mann, der an einem Motor arbeitete. Er sah kurz auf, als Høyer und Therkelsen das große Rolltor zur Seite zogen und die Werkstatt betraten, dann verschwand sein Kopf wieder unter der geöffneten Motorhaube.

»Wir würden gerne mit dem Meister sprechen«, sagte Høyer und stoppte einen der jungen Burschen, die dort fegten.

»Das ist der da«, sagte er und zeigte auf den Rücken eines Mannes, dessen Oberkörper unter hinter einer Motorhaube versteckt war.

Høyer und Therkelsen gingen zu ihm.

»Guten Tag«, sagte Høyer ziemlich laut. »Wir sind von der Kriminalpolizei.«

Der Mann trat einen Schritt zurück und richtete sich auf.

Er griff nach etwas Putzwolle und begann, sich die Hände abzuwischen, während er Høyer ein unsicheres, gleichsam entwaffnendes Lächeln zuwarf. So als hätte man ihn mit der Hand in einer Keksdose erwischt, dachte Høyer. Ein Jetzt-ist-es-passiert-Lächeln. Er hatte erst vor kurzem die gleiche Art von Lächeln gesehen, ohne dass er sich im Moment erinnern konnte, wo, aber bei der Gelegenheit hatte er gewusst, was das Grinsen verdeckte. Da war er sich ganz sicher.

Er betrachtete den Werkmeister einen Augenblick.

»Sie haben uns einen Brief geschickt«, sagte er dann und Therkelsen sah fast ebenso verblüfft aus wie der andere Mann.

»Ich … äh, einen Brief? Nein.«

Die beiden jungen Männer gingen zur Schiebetür. »Wir sind dann weg!«, rief der eine. »Tschüss!«

Der Werkmeister hob den Arm zu einem angedeuteten Winken.

»Lassen Sie das«, sagte Høyer. »Natürlich waren Sie es, der uns den Brief geschickt hat, nicht wahr?«

Der Mann wischte sich immer noch die Hände mit der Putzwolle ab. Er wischte sie sehr gründlich ab und studierte sie zwischendurch sorgfältig.

Høyer wartete geduldig.

Endlich blickte der Mann auf. »Sagen wir mal: Das stimmt«, meinte er.

»Das habe ich mir gedacht«, sagte Høyer.

»Ich will da in nichts reingezogen werden«, sagte der Werkmeister.

»Aber Sie haben trotzdem einen Brief geschrieben«, erwiderte Høyer.

»Ja, denn … das kann doch nicht so weitergehen.«

»Was meinen Sie mit *das*?«

»Gar nichts. Ich weiß gar nichts.« Er warf Høyer einen fast vorwurfsvollen Blick zu.

»Was ist mit diesem Mazda?«, fragte Høyer. »Dem roten Mazda? Stand der da draußen?« Er zeigt mit dem Daumen über die Schulter in Richtung Hof.

»Ja.«

»Und Ihnen ist etwas aufgefallen?«

»Er ist am Wochenende gefahren worden«, sagte er. »Wir verkaufen die Wagen doch mit Tachostandgarantie. Ich ging also hinaus und schaute mir den Tacho an, als ich in den Fernsehnachrichten von dem roten Mazda hörte. Und er ist gefahren worden. 134 Kilometer. Man konnte auch sehen, dass er gefahren worden war.«

»134 Kilometer«, wiederholte Høyer.

Das konnte hinkommen. Wenn der Kerl noch ein wenig in der Gegend herumgefahren war.

»War er angemeldet?«

»Nein.«

»Liegen hier irgendwo Kennzeichen?«

»Ja.«

Der Meister ging zu einer Werkbank, die an der hinteren Wand stand, und kam mit einem Paar Kennzeichen zurück, das in einen alten ölverschmierten Sack eingeschlagen war. Er packte sie langsam aus: ET 34 778.

»War der Mazda abgeschlossen?«

»Ja.«

»Hat er auch ein Lenkradschloss?«

»Ja.«

»Und er war nicht aufgebrochen?«

Er schüttelte den Kopf.

»Wo bewahren Sie die Schlüssel auf?«

»Da.« Er zeigte hin. »Da oben in dem Schrank. Der ist auch abgeschlossen.«

»Kennen Sie Jes Villadsen?«

»Den Pastor? Der ermordet worden ist? Ja, den kenne ich gut. Er kam ab und zu mit seinem Wagen hierher. Er und Ry sind doch alte Freunde.«

»Ich meinte eigentlich seinen Neffen. Den Neffen des Pastors.«

Der Werkmeister schüttelte zweifelnd den Kopf. »Nein, ich glaube nicht.« Er dachte noch einmal nach. »Ist das so ein kleiner, schwarz gelockter Bursche?« Er deutete mit der Hand einen Jungen von ungefähr zehn Jahren an. »Er kam ab und zu zusammen mit dem Pastor. Aber das ist schon viele Jahre her.«

»In letzter Zeit ist er also nicht hier gewesen?«, fragte Høyer. »Kam er nicht mal zusammen mit Ry-Nielsens Sohn vorbei?«

»Doch, als sie noch Kinder waren«, sagte der Werkmeister. »Aber der bringt eigentlich niemand mehr mit. Er ist doch dauernd krank. Die Nerven. Jetzt ist er in der Schweiz.«

»Das war gar keine Geschäftsreise?« Høyer sah ihn überrascht an.

»Nein, er ist in einer Klinik. Er bekommt einfach nichts mehr auf die Reihe. Es wird immer schlimmer, finde ich. Eine Zeit lang war er in Silkeborg. Da sollte er lernen, wie man Gebrauchtwagen verkauft. Aber das klappte auch nicht. Während er dort war, hatte er einen seiner Nervenzusammenbrüche. Die bekommt er von Zeit zu Zeit. Seitdem ist er nur noch bei seinem Vater gewesen. Hat etwas Büroarbeit übernommen und so.«

»Sagten Sie Silkeborg?«

»Ja.«

»Wann war das?«

»Das weiß ich nicht mehr genau.«

»War das vor einem Jahr?«

»Ja, das könnte hinkommen.«

»Wo ist der Mazda jetzt?«

»Ich habe Anweisung bekommen, ihn neu lackieren zu lassen.«

»Wer hat diese Anweisung gegeben?«

»Das war Ry.«

»Hat Sie das überrascht?«

»Ja. Ja und nein. Er musste nicht neu lackiert werden. Aber Ry hat gesagt, dass es schwer sein würde, einen roten Mazda zu verkaufen, solange nach einem gefahndet werde.«

»Haben Sie Ry-Nielsen gesagt, dass der Wagen gefahren worden ist?«

»Nein.«

»Warum nicht?«

»Das wusste er schon. Er hat ihn sich am Vormittag angeschaut und anschließend sagte er mir, er finde, dass ich ihn lackieren lassen solle. Blau.«

»Und Sie haben nichts gesagt.«

»Nein.«

»Wo ist der Wagen jetzt?«

Der Werkmeister zögerte und begann aufs Neue seine Hände mit der Putzwolle zu bearbeiten, während sein Blick durch die großen Fenster im Rolltor in die Ferne ging. Dann drehte er sich wieder zu Høyer um.

»Er steht bei mir zu Hause in der Garage«, sagte er. »Er sollte doch weg und da habe ich ihn zu mir in die Garage gefahren.«

Høyer nickte. »Wir werden ihn wohl besser dort abholen.«

»Ja, ich denke, das ist wohl besser so. Statt ihn zum Lackieren zu schicken.«

»Wer hat Zugriff auf die Schlüssel, die in dem Schrank hängen?«

»Niemand«, sagte der Werkmeister. »Niemand außer mir und Ry.«

»Und sein Sohn?«

»Ja, vielleicht. Ich denke schon.«

»Der Schrank steht tagsüber niemals offen.«

Er schüttelte den Kopf. »Nein, er ist schon immer abgeschlossen worden. Früher arbeiteten hier ja ziemlich viele Leute. Auch viele Auszubildende. Und die jungen Burschen früher wären natürlich gerne auch mal gefahren, wenn sie die Schlüssel in die Finger bekommen hätten. Deshalb …«

»Was haben Sie damit gemeint, dass es so nicht mehr weitergehen könne?«, fragte Høyer.

»Das weiß ich nicht. Ich weiß gar nichts. Aber es war doch auch einmal die Rede von einem Opel Ascona, nicht wahr? So einen hatten wir auch hier stehen. Dann fängt man an nachzudenken, und je mehr man nachdenkt, desto mehr bedrücken einen die Gedanken, die einem in den Sinn kommen. Ich arbeite hier seit fast fünfzig Jahren. Seit ich vierzehn war. Ich habe als Laufbursche beim Alten angefangen. Sie haben mich immer ordentlich behandelt. Sowohl der Alte als auch sein Sohn. So war das. Ry und ich sind doch praktisch zusammen aufgewachsen und deshalb …« Seine Unterlippe zitterte und er sah wieder aus dem Fenster. »Vielleicht ist das ja auch alles Unsinn, was ich mir so denke. Aber ich habe es nicht gewagt … ich habe nicht gewagt zu tun, als wäre da nichts.«

»Ist Ry jetzt hier?«

»Nein, er ist doch gestern mit seinem Sohn in die Schweiz gereist. Aber er wollte heute Abend wieder zurück sein.«

»Vielleicht ist er schon wieder zu Hause.«

»Ja, vielleicht«, sagte der Werkmeister.

»Ansonsten treffen wir vielleicht seine Frau an«, meinte Høyer.

Der Werkmeister nickte. »Ja, sie ist immer zu Hause. Heute jedenfalls. Sie ist ja auch älter geworden. Alt. Sie war so ein hübsches Mädchen. Ein wirklich schönes Mädchen. Sie konnte einfach alles. Besser als jeder Mann. Ich weiß nicht, vielleicht ist es auch schwer, dem immer gerecht zu werden.«

Høyer nickte.

»Man merkt einfach, dass nicht alles zum Besten steht«, sagte der Werkmeister. »Lange bevor wirklich etwas passiert. Und am Ende ist man dann doch gezwungen, etwas … Aber es fällt einem nicht leicht. Es fällt einem nicht leicht, oder? Es hat nie ein böses Wort zwischen mir und Ry gegeben.« Er rieb sich die Finger ein letztes Mal mit der Putzwolle ab und sah Høyer an. »Aber Sie *haben* mich doch verstanden, oder nicht?«

»Doch«, sagte Høyer und war auf einmal sehr niedergeschlagen. »Doch, ich denke, das habe ich.«

Therkelsen sah Høyer an, als sie aus der Einfahrt fuhren.

»Nun, das war ja eine völlig andere Geschichte«, sagte er.

»Ja«, entgegnete Høyer.

»Sie nehmen Jes Villadsen bestimmt gerade in die Mangel.«

»Das wird ihm schon nicht schaden«, sagte Høyer kurz.

Therkelsen lugte zu ihm hinüber. »Ja, aber sollten wir nicht …«

»Das kann warten«, meinte Høyer. »Wir müssen erst zu Ry-Nielsen.«

»Er ist doch noch nicht zurück«, wandte Therkelsen ein.

»Aber sie ist bestimmt zu Hause«, sagte Høyer. »Wir fahren auf jeden Fall hin.«

Als sie klingelten, öffnete sie ihnen selbst die Tür. Sie war genauso schlank, elegant und sonnengebräunt wie ihr Mann, aber das war auch alles, was sie gemeinsam hatten. Frau Ry-Nielsen glich einer alten Frau. Ihr Gesicht war verlebt und voller Falten, die dunklen Augen, die tief in ihren Höhlen ruhten, schienen fast ohne Leben zu sein. Sie machte den Eindruck, als verhindere sie nur noch mit äußerster Willensanstrengung den Zusammenbruch.

Als Høyer sich vorstellte, bestand ihre einzige Reaktion darin, dass sie kaum merklich das Gesicht verzog.

»Ist Ihr Mann zu Hause?«, fragte er.

Sie schüttelte den Kopf. »Nein, er ist nicht zu Hause. Ich erwarte ihn in ungefähr eineinhalb Stunden.«

»Vielleicht können Sie uns weiterhelfen?«

»Möchten Sie nicht hereinkommen?«, sagte sie und sie folgten ihr in ein großes, helles Wohnzimmer.

»Es geht um Ihren Sohn«, sagte Høyer, als sie sich gesetzt hatten. »Wir sind in einem Fall, an dem wir arbeiten, auf seinen Namen gestoßen. Wissen Sie zufällig, wo er Samstagabend war?«

Sie saß völlig regungslos da und starrte Høyer an. Ihr Gesicht war vollkommen ausdruckslos. Eine Totenmaske, dachte Høyer und fühlte sich unwohl unter ihrem Blick.

»Mein Sohn?«, sagte sie schließlich und es kam Høyer plötzlich vor, als spreche sie von einem sehr weit entfernten Ort aus.

»Ja«, sagte er nach einer kurzen Pause. »Wir würden gerne wissen, wo er Samstagabend war. Und Sonntagabend.«

»Samstagabend hat er hier gegessen, wie immer. Und später am Abend ist er dann noch ins Kino gegangen.«

»Wann ist er nach Hause gekommen?«

»Das weiß ich nicht. Ich war schon im Bett.«

»Und Sonntag?«

»Am Sonntag war er den ganzen Abend zu Hause.«

»Den ganzen Abend?«, wiederholte Høyer fragend.

Sie nickte. »Ja, den ganzen Abend.«

Høyer sah sie forschend an.

»Sind Sie sich da ganz sicher.«

»Ja«, sagte sie. »Ganz sicher, wissen Sie, er wurde krank. Wir mussten schließlich sogar den Notarzt rufen.«

»Sonntagabend war ein Arzt bei Ihrem Sohn?«

»Ja.«

»Wann?«

»Gegen elf. Vielleicht etwas früher.«

»Wann ist er erkrankt?«

»Nachdem wir gegessen hatten. Als wir hier saßen und die Fernsehnachrichten sahen. Ich konnte sehen, dass mit ihm etwas nicht in Ordnung war, aber er versuchte, es zu überspielen. Kurz darauf ging er in den Flur und rief einen unserer Freunde an. Ich glaube, er hatte vor, ihn zu besuchen, aber unmittelbar danach brach er zusammen. Als der Arzt kam, gab er ihm etwas Beruhigendes. Wir warteten sehr lange. Aber schließlich schlief er ein und anschließend konnte er sich an nichts mehr erinnern. An nichts. So ist es jedes Mal gewesen. Das ist schon vorher ein paar Mal passiert.« Ihre schwarzen, stumpfen Augen ruhten fragend auf Høyer. »Seltsam, nicht? Sich bei dem Versuch aufzureiben, die Wirklichkeit zu verdrängen. Das war es, was er tat. Er rieb sich auf und am Ende konnte er nicht mehr.«

Høyer betrachtete sie schweigend.

Was versuchte sie ihm zu sagen? Ihm zu verstehen zu geben?

»Sie schickten ihn in die Schweiz? War das auf Grund …?«

»Ja, in eine Klinik. Eine Privatklinik.«

»Frau Ry-Nielsen, würden Sie uns eventuell erlauben, einen Blick auf die Schuhe Ihres Sohnes zu werfen?«

»Bitte. Sie stehen alle in der Schuhkammer hinter der Küche. Jedenfalls alle, die er nicht mithat. Alle unsere Schuhe stehen da.«

»Haben Sie etwas dagegen, dass wir …«

»Nein«, sagte sie müde. »Die Küche liegt am Ende des Flurs. Die letzte Tür. Und die Schuhkammer liegt gleich hinter der Küche.«

Høyer gab Therkelsen ein Zeichen, der daraufhin im Flur verschwand.

Frau Ry-Nielsen saß vollkommen regungslos auf dem Sofa. Das einzig Lebendige an ihr waren die langen, sonnengebräunten Hände, die sie immer wieder anders verklammerte. Høyer fühlte sich unwohl, wenn er sie anschaute. Man konnte sehen, welches Chaos an Gefühlen sie innerlich zerriss und zerfetzte, aber sie ließ nicht zu, dass auch nur das Geringste davon nach außen drang.

Høyer konnte hören, wie Therkelsen durch den Flur zum Auto hinausging. Der Kofferraum wurde zugeschlagen.

Er stand auf.

»Ja, dann darf ich mich bedanken. Es ist möglich, dass sich Ihr Mann verspätet. Wir werden wahrscheinlich auch noch mit ihm sprechen müssen.«

»Über unseren Sohn?«, fragte sie und wieder hatte Høyer das Gefühl, dass es hier noch ein paar Dinge gab, die er bislang nicht ganz verstanden hatte.

»Ja«, sagte er. »Über Ihren Sohn.«

Sie blickte auf.

»Dann denke ich, dass es etwas gibt, was ich Ihnen sagen sollte«, meinte sie. »Unser Sohn ist tot.«

Høyer starrte sie an.

»Tot?«, wiederholte er.

Sie nickte. »Ja, ich bekam vor einer knappen Stunde einen Anruf. Aus der Schweiz. Es war der Oberarzt. Er teilte mir mit, dass unser Sohn tot ist. Er rieb sich wie gesagt daran auf, die Wirklichkeit zu verdrängen. Schließlich stand ihm dazu nur noch ein einziger Weg offen.« Sie holte tief Luft. »Er hat sich das Leben genommen.«

Høyer schwieg einen Moment.

»Wissen Sie, ob er einen … einen Abschiedsbrief hinterlassen hat?«, fragte er dann.

Sie schüttelte den Kopf. »Das hat er nicht«, sagte sie. »Das war nicht nötig.«

»Weiß Ihr Mann schon davon?«

»Nein, noch nicht«, sagte sie. »Aber ... vielleicht hat er es vorhergesehen.«

Høyer blieb an der Tür noch einmal stehen.

»Es tut mir Leid ...«, begann er.

»Tut es das?«, fragte sie. »Dazu haben Sie keine Veranlassung. *Mir* tut es Leid, aber ich weine nicht. Ich habe keine Tränen mehr. Die habe ich schon vor langer Zeit vergossen.«

Høyer sah sie an und nickte.

Ihre Augen waren zwei dunkle Flecken in einem verlebten Gesicht.

»Wir sind seit fünfunddreißig Jahren verheiratet«, fuhr sie fort. »Henrik wurde bloß siebenundzwanzig.« Sie machte eine Pause. »Wir haben ihn beide sehr geliebt, aber das ist nicht immer genug, nicht wahr? Manchmal dauert es nur etwas zu lange, bevor man es zugeben will. Allzu lange.« Sie holte tief Luft. »Vielleicht fühle ich mich jetzt fast etwas erleichtert.«

Ihr dunkler, tränenloser Blick hielt ihn fest.

Erzählte ihm die ganze Geschichte.

Høyer spürte, wie in seinem Inneren etwas ins Wanken geriet.

Es sah sie prüfend, fast fragend an.

»Ja, ich glaube, Sie verstehen«, sagte sie und der Blick, den sie ihm zuwarf, glich dem des alten Werkmeisters.

Høyer nickte erneut.

Ja, nun begann er endlich zu verstehen.

Høyer war sehr schweigsam, als sie zum Präsidium zurückfuhren. Therkelsen blickte von Zeit zu Zeit zu ihm hinüber, aber etwas hielt ihn davon ab, das Schweigen zu brechen.

Erst als sie aus dem Wagen stiegen, wagte er es, den Mund aufzumachen.

»Was ist mit Møller?«, fragte er. »Und Jes Villadsen?«

»Könntest du es vielleicht übernehmen, raufzugehen und ihm Bericht zu erstatten?«

»Natürlich«, sagte Therkelsen. »Was ist mit Jes Villadsen? Sie werden ihn laufen lassen müssen.«

»Sicher«, sagte Høyer geistesabwesend.

»Wäre es nicht das Klügste, dafür zu sorgen, dass Ry-Nielsen auf dem Flugplatz abgeholt wird?«

»Auf jeden Fall.«

»Die Stiefel, die in der Schuhkammer standen, schienen mir die richtigen zu sein.«

»Ja, das müssen die richtigen sein«, sagte Høyer. »Lass Bøjsen einen Blick auf sie werfen, falls er noch da ist. Ansonsten musst du ihn auftreiben.«

Therkelsen nickte.

»Was … was hast du jetzt … vor?«, fragte er vorsichtig.

»Ich gehe für eine Weile in mein Büro. Es gibt da ein paar Dinge, über die ich noch einmal nachdenken möchte. Aber schlage den anderen doch bitte vor, dass wir uns bei mir treffen, bevor sie mit Ry-Nielsen kommen. In meinem Büro ist mehr Platz.«

»Ich sag ihnen Bescheid«, sagte Therkelsen. »Soll ich dir einen Wink geben, bevor wir kommen?«

»Ja, das wäre gut.«

Therkelsen nickte wieder und Høyer ging in sein Büro.

Er saß lange mit dem Kopf in die Hände gestützt an seinem Schreibtisch, während er Wort für Wort die beiden Gespräche noch einmal durchging, die er gerade geführt hatte, und fügte ihre Aussagen zu allem anderen, was er vorher schon gewusst hatte.

Høyer streckte die Hand nach dem Telefon aus. Ihm fehlten noch ein paar Mosaiksteine und er hatte noch ein paar Fragen zu stellen, aber er kannte die Antworten, die er bekommen würde, im Grunde schon. Doch, jetzt verstand er alles.

Es war eigentlich so leicht zu verstehen. Und gleichzeitig so schwer.

Nun wusste er, wer die Mädchen ermordet und wer Pastor Villadsen erschlagen hatte.

Therkelsen rief eine halbe Stunde später an.

»Wir kommen jetzt runter«, sagte er. »Sie werden im Laufe der nächsten zehn Minuten mit Ry-Nielsen da sein.«

»Schön«, sagte Høyer.

Einen Augenblick später klopfte es an der Tür. Høyer war vom Schreibtisch aufgestanden und schaute aus dem Fenster.

»Herein!«, rief er, ohne sich umzudrehen.

Møller, Hans Christian und Therkelsen betraten das Büro. Sie machten alle einen etwas aufgekratzten Eindruck, wie Spieler, kurz bevor sie zu einer Partie auflaufen, bei der sie fest damit rechnen zu gewinnen.

Møller setzte sich hinter den Schreibtisch und Høyer drehte sich halb zu ihm um.

»Hervorragende Arbeit«, sagte Møller und rieb sich die Hände. »Hervorragend, Høyer! Therkelsen hat einen ausführlichen Bericht abgeliefert. Woher hast du nur gewusst, dass es der Meister war, der uns den Brief geschickt hat?«

Høyer zuckte mit den Schultern. Er konnte doch jetzt nicht anfangen zu erklären, dass es sein Lächeln war. Dieses Jetzt-ist-es-passiert-Lächeln des Werkmeisters. Das gleiche Lächeln, das Ry-Nielsens Sohn gezeigt hatte, als er zum ersten Mal dort gewesen war.

»Na, das spielt ja letztlich auch keine Rolle«, sagte Møller und zündete sich eine Zigarette an. »Wir können es Intuition nennen oder weiß der Kuckuck was, die

Hauptsache ist, dass wir ihn haben und dass er ausgepackt hat. Die Techniker nehmen sich gerade den Mazda vor. Natürlich müssen wir die Fahrten des jungen Manns zu den Zeitpunkten, an denen die Morde stattfanden, noch untersuchen, aber das ist wohl nur noch eine Formsache.«

»Ry-Nielsen hat noch nicht erfahren, dass sein Sohn tot ist, oder?«, fragte Høyer.

Møller schüttelte den Kopf. »Nein, noch nicht«, sagte er. »Was meinst du? Sollen wir damit warten oder soll er es sofort erfahren?«

»Ich denke, wir sollten warten«, meinte Høyer. »Auf den richtigen Augenblick.«

Møller linste durch die Tabakwolken zu ihm hinüber. Dieser Høyer war manchmal schon ein komischer Kauz. Tüchtig, aber ein komischer Kauz.

»Was den Mord an Villadsen angeht«, sagte Møller. »So behauptet die Mutter zwar, dass der Sohn den ganzen Abend zu Hause war, aber ...« Er winkte mit den Händen, so als fege er einen unbedeutenden Einwand beiseite.

»Es stimmt jedenfalls, dass Sonntagabend ein Arzt bei ihm gewesen ist«, sagte Høyer. »Ich habe das überprüft. Der Arzt kam gegen Viertel vor elf.«

»Er hätte es trotzdem noch locker schaffen können«, meinte Møller. »Wenn wir davon ausgehen, dass der Pastor ungefähr um zehn ermordet wurde.«

»Der Arzt, der ihn untersucht hat, schließt aus, dass er an diesem Abend irgendetwas getan haben könnte. Jedenfalls nicht später als acht, halb neun.«

»Er muss sich irren«, sagte Møller.

»Das glaube ich nicht«, erwiderte Høyer.

Møller kniff die Augen zu einem Spalt zusammen. »Was willst du mir eigentlich sagen, Høyer?«

»Dass es vielleicht nicht Henrik Ry-Nielsen war, der Pastor Villadsen ermordet hat!«

»Ja aber, zum Teufel Mann, sind wir denn nicht einer Meinung, dass Villadsen ermordet wurde, weil er wusste, wer der Mädchenmörder war?«

Høyer nickte zustimmend.

»Und es war der gleiche Mann. Wir haben die Spuren. Und wir haben die Stiefel. Bøjsen ist bereit zu beschwören, dass es die richtigen Stiefel sind.«

»Ja«, sagte Høyer. »Daran zweifle ich auch gar nicht. Es sind die gleichen Stiefel, aber es war Henrik Ry-Nielsen physisch unmöglich, Pastor Villadsen am Sonntagabend zu ermorden.«

»Aber die Stiefel waren doch im Haus und ...«, begann Møller, schwieg dann und saß lange Zeit da und stierte nachdenklich vor sich hin. Er drückte seine Zigarette aus und steckte sich eine neue an, bevor er endlich sein Schweigen brach.

»Ry-Nielsen selbst«, sagte er langsam. »Ihn meinst du, nicht wahr? Er war es, der Pastor Villadsen ermordet hat. Ja, natürlich. Wer sonst hätte mehr darauf bedacht sein können, den Mädchenmörder zu decken? Wer sonst würde so weit gehen, einen Mord zu begehen, um die Aufklärung des Verbrechens zu verhindern? Sogar seinen besten Freund ermorden? Du meinst ihn, nicht wahr?«

Høyer nickte. Er öffnete den Mund, um noch etwas zu sagen, aber in diesem Moment klopfte es an der Tür und einen Augenblick später betrat Ry-Nielsen den Raum.

11.

Ry-Nielsen blieb nach ein paar Schritten im Raum stehen und ließ den Blick durch das Büro schweifen. Bei Høyer hielt er inne.

»Sagen Sie mir, was in aller Welt soll das Ganze?«,

fragte er. »Ist das nicht ein wenig drastisch, mich auf dem Flugplatz abzuholen, so als …«

Es war Møller, der ihm antwortete.

»Es ist vielleicht schon ein wenig drastisch, aber wir ermitteln ja auch in einem drastischen Fall.«

»Und wer sind Sie?«, fragte Ry-Nielsen.

»Møller, Sonderkommission. Möchten Sie nicht Platz nehmen?«

Ry-Nielsen setzte sich zögernd auf den Stuhl Møller gegenüber.

»Ich nehme an, dass es immer noch um Villadsen geht«, sagte er. »Aber ich kann Ihnen versichern, dass ich mich wirklich außer Stande sehe, Ihnen mehr zu sagen, als ich es bereits getan habe.«

»Wir denken schon, dass Sie das können«, sagte Møller. »Aber im Moment geht es eigentlich nicht um diesen Fall. Wie Sie vielleicht wissen, ermitteln wir auch in einem anderen Mordfall. Ein junges Mädchen ist in der Nacht von Samstag auf Sonntag überfallen und ermordet worden und in Verbindung mit diesem Fall haben wir nach einem roten Mazda gefahndet.«

Møller machte eine Pause und Ry-Nielsen rutschte unruhig auf seinem Stuhl hin und her, sagte aber nichts.

»Heute haben wir erfahren, dass sich unter den Gebrauchtwagen, die auf Ihrem Firmengelände stehen, ein roter Mazda befand. Das müssen Sie doch eigentlich gewusst haben. Warum haben Sie das Høyer dann nicht erzählt, als er gestern bei Ihnen war?«

»Es war doch nicht der Fall, den er untersuchte, und außerdem dachte ich nicht, dass der Mazda von Bedeutung sein könnte. Wie Sie ja selbst sagen, war es ein Gebrauchtwagen, der bei uns stand. Er war nicht angemeldet und gar nichts.«

»Aber es wäre doch kein Problem gewesen, Høyer die Information zu geben, wo er doch sowieso schon da war.

Das haben Sie aber nicht getan. Stattdessen sorgten Sie dafür, dass der Wagen entfernt wurde und neu lackiert werden sollte.« Møller sah Ry-Nielsen fragend an. »Warum?«

»Tja, warum? Wir lassen oft Autos neu lackieren. Er hatte schon lange bei uns gestanden und ich hatte Angst, dass es jetzt noch schwerer werden würde, ihn abzusetzen, da alle roten Mazdas verdächtig sein würden.«

»Und das war der einzige Grund?«

»Ja, natürlich. Was sonst?«

»Wir denken, dass Sie vielleicht dachten, es sei das Beste ihn beiseite zu schaffen, weil Sie wussten, dass er am Wochenende gefahren worden war.«

»Unsinn. Ich weiß nicht, wie Sie auf diese Idee kommen. Das Auto war abgeschlossen und kein Unbefugter hat Zugang zu den Schlüsseln. Dieses Auto ist nicht gefahren worden.«

Møller warf ihm einen müden Blick zu.

»Wollen Sie dieser Komödie jetzt nicht lieber ein Ende machen, Ry-Nielsen?«, sagte er. »Wir wissen und Sie wissen, dass der Wagen am Wochenende benutzt worden ist. In diesem Augenblick sind unsere Techniker dabei, ihn zu untersuchen, aber ich kann Ihnen bereits jetzt verraten, dass wir keinen Zweifel daran hegen, dass es sich um das Auto handelt, das von dem Mann benutzt worden ist, der Samstagnacht Birthe ermordet hat.«

Ry-Nielsen war unter seiner Sonnenbräune blass geworden. Sein Gesicht hatte eine trübe graue Farbe angenommen. Er ließ die Zunge über seine Lippen fahren, als wolle er etwas sagen, kniff dann aber den Mund fest zusammen.

»Wollen Sie immer noch behaupten, Sie wussten nicht, dass das Auto gefahren worden ist?«, fragte Møller.

Ry-Nielsen antwortete nicht.

Møller seufzte. Er saß einen Moment lang da und studierte die Papiere, die vor ihm auf dem Tisch lagen, so als wisse er nicht so genau, was er als Nächstes fragen sollte. Dies war einer seiner altbewährten Tricks, wie die anderen wussten. Dann lehnte er sich zurück und zündete sich erneut eine Zigarette an.

»Darf ich auch rauchen?«, fragte Ry-Nielsen.

»Aber natürlich«, sagte Møller freundlich.

Ry-Nielsen zog ein Zigarettenetui aus der Tasche, holte eine Zigarette heraus, zündete sie an und nahm einen tiefen Zug, ehe er das Etui wieder in die Tasche zurückgleiten ließ.

»Sie sind soeben aus der Schweiz zurückgekehrt«, sagte Møller. »Sie waren da unten, um Ihren Sohn in eine private Anstalt zu bringen. Eine Nervenheilanstalt. Warum?«

»Ja, warum wird man wohl in einer Nervenheilanstalt behandelt?«, fragte Ry-Nielsen mit einem leichten Anstrich von Sarkasmus. »Natürlich weil man Probleme mit den Nerven hat.«

»Schon klar, aber warum gerade jetzt?«

»Weil er letzten Sonntag einen schweren Nervenzusammenbruch erlitten hat. Das ist nichts Neues, aber es war schlimmer als früher, weshalb wir den Entschluss fassten etwas zu unternehmen.«

»Und das war nur in der Schweiz möglich? Es gab keinen anderen Grund dafür, dass dies gerade jetzt sein musste?«

»Nein.«

»Ihr Sohn erlitt, wenn wir richtig verstanden haben, seinen Nervenzusammenbruch unmittelbar nachdem er in den Fernsehnachrichten vom Fall Birthe gehört hatte, oder nicht?«

»Ich verstehe nicht, worauf Sie hinauswollen. Es geschah unmittelbar, nachdem wir die Fernsehnachrichten gesehen hatten, das stimmt. Aber es gab doch eine ganze

Reihe von Meldungen. Ich kann nicht sehen, was das mit seinem Zusammenbruch zu tun haben sollte.«

»Wir wollen Ihnen gegenüber ganz ehrlich sein«, meinte Møller. »Wir wissen, dass der rote Mazda, der sich auf Ihrem Grund und Boden befand, von Birthes Mörder benutzt worden ist. In Ihrem Haus haben wir ein Paar Gummistiefel gefunden, deren Abdrücke den Fußspuren entsprechen, die der Täter am Tatort hinterließ. Ihr Sohn war angeblich Samstagabend im Kino, aber Ihre Frau weiß nicht, wann er nach Hause gekommen ist. Wissen Sie es?«

Ry-Nielsen zögerte. »Nein«, sagte er. »Ich habe geschlafen.«

Høyer hatte bislang aus dem Fenster gesehen. Jetzt drehte er sich plötzlich um.

»Haben Sie und Ihre Frau ein gemeinsames Schlafzimmer?«, fragte er.

Ry-Nielsen warf ihm einen überraschten Blick zu. »Nein«, sagte er und Høyer schwieg wieder.

Møller schien den Faden verloren zu haben. Er schielte leicht irritiert zu Høyer hinüber, der dies jedoch nicht zu bemerken schien, und fuhr dann fort: »Mit anderen Worten, Ihr Sohn hat für den Samstagabend kein Alibi. Und Sonntagabend erleidet er einen Nervenzusammenbruch, als er von dem Mord hört. Vor etwa einem Jahr wurde eine junge Frau im mittleren Jütland auf ungefähr die gleiche Art und Weise umgebracht, zu einer Zeit, als sich Ihr Sohn in Silkeborg aufhielt, und am Tag nach der Tat erlitt er einen Nervenzusammenbruch. Ich glaube, es wird sich herausstellen, dass er auch nach dem Fall Tina einen bekam. Und vielleicht auch nach dem Mord an einem jungen Mädchen in Nordschleswig vor zwei Jahren. *War* Ihr Sohn zu jener Zeit in Nordschleswig? Sie müssen natürlich nicht antworten, aber es würde etwas Zeit sparen, wenn Sie es uns sagen könnten.«

Ry-Nielsen befeuchtete seine trockenen Lippen.

»Er … er war in Løgum im Kloster. Er hielt sich zu jener Zeit dort im Refugium auf, aber …« Er machte eine hilflose Geste mit der Hand.

Møller drückte umständlich seine Zigarette aus.

»Vielleicht haben Sie noch nicht verstanden, worauf ich hinauswill? Wir verdächtigen Ihren Sohn, der Täter in den vier Mordfällen zu sein, die ich soeben genannt habe, und wir glauben, dass Sie das wussten. Ich will nicht behaupten, dass Sie sich die ganze Zeit darüber im Klaren waren, aber nach dem letzten Mord waren Sie Ihrer Sache auf jeden Fall ganz sicher. Deshalb sorgten Sie dafür, dass Ihr Sohn außer Landes gebracht wurde.«

Høyer hatte eine etwas geradere Haltung angenommen. Er runzelte die Stirn und sah ein wenig verwirrt von Møller zu Ry-Nielsen. Einen Augenblick sah es so aus, als wolle er etwas sagen, aber dann hielt er sich zurück.

Ry-Nielsen war auf seinem Stuhl zusammengesunken. Nun sah er Møller mit einem ängstlichen Gesichtsausdruck an. »Nein!«, rief er aus. »Nein.«

Møller steckte sich eine neue Zigarette an.

»Es ist vielleicht ganz natürlich, dass Sie immer noch versuchen, ihn zu decken, aber … damit können Sie ihm keinen Dienst mehr erweisen.«

Ry-Nielsen sah ihn fragend an. »Ich verstehe nicht …«

Møller räusperte sich. »Ich bedauere Ihnen mitteilen zu müssen, dass Ihr Sohn tot ist«, sagte er. »Wir kennen noch nicht die genaueren Umstände seines Todes, wir wissen nur, dass er sich das Leben genommen hat, kurz nachdem Sie heute die Anstalt verlassen haben.«

Während Møller sprach, stand Høyer grübelnd da und beobachtete Ry-Nielsens Mimik. Erst sah er Møller entsetzt an und anschließend verbarg er rasch das Gesicht in seinen Händen. Aber Høyer hätte schwören können, dass er einen schwachen Funken von Erleichterung in seinen Augen erkannt hatte.

Lange Zeit sagte niemand etwas. Schließlich ließ Ry-Nielsen die Hände mit einer resignierenden Bewegung in den Schoß sinken und hob den Kopf.

»Ich hätte das vorhersehen müssen«, sagte er leise. »Ich hätte das vorhersehen müssen.«

Høyer räusperte sich. Er hatte so lange still gestanden, dass man seine Anwesenheit fast vergessen hatte. Jetzt schien es plötzlich, als fülle er den ganzen Raum. Alle sahen ihn an und Therkelsen verstand auf einmal, warum Høyer den Wunsch geäußert hatte, dass der letzte Akt in seinem Büro spielen solle. Auch wenn es Møller war, der hinter dem Schreibtisch saß, gab es in diesem Augenblick niemanden, der Zweifel daran hegen konnte, wer hier das Sagen hatte. Therkelsen empfand fast wider Willen Bewunderung. Der Alte war trotz allem cleverer, als man dachte.

»Und ich denke, das haben Sie auch«, sagte Høyer. »Ich glaube, Sie haben ganz genau vorhergesehen, was geschehen würde.«

Ry-Nielsen sah ihn verständnislos an. »Ich weiß nicht, was Sie meinen.«

Høyer ignorierte ihn. »Pastor Villadsen wurde auch ermordet«, sagte er. »Er wurde Sonntagabend ermordet. Am gleichen Abend hatte Ihr Sohn ihn angerufen und sich mit ihm in der Kirche verabredet. Er tat das unmittelbar, nachdem er die Nachricht von dem Mord in den Fernsehnachrichten gesehen hatte. Pastor Villadsen erschien zu der Verabredung und das kostete ihn das Leben.«

»Nein«, sagte Ry-Nielsen. »Das glaube ich nicht, nicht Villadsen. Sie waren … sie waren sehr eng befreundet.«

»Ja«, sagte Høyer. »So eng befreundet, dass sich Ihr Sohn wegen der Mädchenmorde Villadsen anvertraut hatte. Vielleicht hatte er ihm nicht alles erzählt, aber genug, damit Villadsen die Wahrheit erraten konnte, als er von dem letzten Mord erfuhr. Deshalb wurde er ermordet. Wir haben Fußspuren auf dem Friedhof gefunden, die mit denen auf dem Feldweg identisch sind. Und Sie wollen doch wohl nicht leugnen, dass sich Ihr Sohn mit Villadsen verabredet hat?«

»Ich kann das nicht glauben«, sagte Ry-Nielsen. »Nicht Villadsen. Das ist unmöglich.«

»Warum?«

»Weil Pastor Villadsen sein Freund war. Mein Sohn war krank. Er war ein kranker Mensch, das ist wahr, aber das hätte er nie getan. Nicht Villadsen. Das ist unmöglich.«

Høyer nickte.

»Ja, das ist unmöglich. Aber warum nennen Sie nicht den wahren Grund dafür? Warum erzählen Sie uns nicht, dass Ihr Sohn an diesem Abend krank war? So krank, dass Sie einen Arzt rufen mussten?«

»Das wussten Sie doch schon«, entgegnete Ry-Nielsen. »Aber das war später.«

»Du glaubst mit anderen Worten, dass es Ihr Sohn war, der ihn umgebracht hat?«

»Es … muss wohl so gewesen sein«, sagte Ry-Nielsen resigniert.

»Aber der Arzt sagt, dass Ihr Sohn es nicht getan haben kann.«

»Er … er muss sich wohl irren«, murmelte Ry-Nielsen.

Høyer schüttelte den Kopf.

»Nein, Ry, er irrt sich nicht. Ich glaube nicht, dass Ihr Sohn Pastor Villadsen umgebracht hat. Villadsen wurde durch einen Handkantenschlag getötet und das hätte Ihr Sohn schwerlich fertig gebracht. Nicht einmal, wenn er gesund gewesen wäre. Sie dagegen haben alle möglichen Sportarten ausgeübt. Sie haben uns davon erzählt, es aber sorgfältig vermieden, eine bestimmte zu erwähnen. Karate. Sie haben viele Jahre Karate gemacht. Sie haben sogar den braunen Gürtel. Nicht den schwarzen. Sie ziehen nie etwas richtig durch, nicht wahr?«

Ry-Nielsen verzog das Gesicht zu einer Grimasse, aber Høyer tat, als würde er es nicht bemerken.

»Villadsen wurde von jemandem ermordet, der wusste, dass er eine Verabredung in der Kirche hatte. Jemandem, der in Ihre Schuhkammer gehen und sich die Stiefel nehmen konnte, die da draußen standen. Die gleichen Stiefel, die am Tag zuvor benutzt worden waren. Vielleicht mehrere Male zuvor. Und Villadsen wurde ermordet, weil er den Mädchenmörder entlarven konnte. Wen wollten Sie decken, Ry? Wer bedeutete dir so viel, dass Sie bereit waren, einen Mord zu begehen, um eine Entlarvung zu verhindern?«

Høyer machte eine Pause. Es war totenstill im Raum. Alle starrten ihn an. Fragend, verwirrt, gespannt.

»Ihr Sohn?«, fragte Høyer. »Nein, Ry, es war nicht Ihr Sohn, oder? Es war nicht Ihr Sohn, der die vier Mädchen umgebracht hat. Es war jemand, der Ihnen viel mehr bedeutete, nicht wahr?«

Høyer schwieg wieder und ein Seufzen lief durch den Raum.

Ry-Nielsen saß vollkommen regungslos auf seinem Stuhl.

Høyer holte tief Luft, so als wollte er Anlauf zu seinem nächsten Satz nehmen. »Sie waren es selbst, Ry.«

12.

»Menschenskind, Høyer!«, sagte Møller ein paar Stunden später, als das Ganze überstanden und Ry-Nielsen abgeführt worden war. »Du hättest mir fast den Boden unter den Füßen weggezogen! Jetzt dreht der Alte durch, habe ich gedacht, aber du hattest tatsächlich Recht.«

Høyer lächelte schwach. »Es hätte mir auch fast den Boden unter den Füßen weggezogen, als mir klar wurde, dass du den Zusammenhang nicht verstanden hattest. Als ich es selbst erst einmal herausgefunden hatte, erschien es mir so einleuchtend, dass ich dachte, ihr wärt genauso weit. Jedenfalls fand ich, dass ich übernehmen musste und glücklicherweise ist er ja auch ziemlich schnell darauf angesprungen. Wir müssen allerdings darauf gefasst sein, dass er sein Geständnis widerruft, wenn nicht jetzt, so doch spätestens, nachdem er mit seinem Anwalt gesprochen hat. Aber das macht mir keine wirklichen Sorgen, wir haben genug gegen ihn in der Hand.«

»Ich bin heute Abend vielleicht etwas schwer von Begriff«, räumte Hans Christian ein. »Aber es ist mir ehrlich gesagt noch nicht ganz klar geworden, wie du herausgefunden hast, dass es Ry-Nielsen war. Alles deutete doch auf den Sohn hin.«

»Nein, nicht alles«, sagte Høyer. »Im Gegenteil. Es war doch ausgeschlossen, dass er Villadsens Mörder sein konnte. Aber es gab andererseits keinen Zweifel, dass Villadsen getötet wurde, um zu verhindern, dass er den Mädchenmörder entlarvt, und weil wir die Fußspuren hatten, die zu den Stiefeln passten, die wir in Ry-Nielsens Haus gefunden haben, musste dieser Mord auf Ry-Nielsens Konto gehen. So weit waren wir uns einig, nicht wahr? Und dann galt es im Grunde nur noch, logisch zu denken. Falls wir daran festgehalten hätten, dass der Sohn der Mädchenmörder war, hätten wir plötzlich mit zwei Mördern dagestanden und es fiel mir schwer, diesen Gedanken zu akzeptieren. Man sagt zwar, dass alle zu Mördern werden können, aber ... jedenfalls habe ich nicht daran geglaubt. Wie würde ein normaler Mensch reagieren, wenn er herausfindet, dass sein Sohn ein geisteskranker Serienmörder ist? Ich bin überzeugt, dass die Allermeisten ihn der Polizei übergeben würden, sicherlich schweren Herzens, aber sie würden es tun oder ihn vielleicht dazu bewegen, sich selbst zu stellen. Eine andere Möglichkeit wäre natürlich, vorausgesetzt, man hat das nötige Geld dazu, ihn in einer Privatklinik behandeln zu lassen und auf diese Weise unschädlich zu machen. Und das war anscheinend, was Ry-Nielsen getan hatte. Aber warum dann noch Villadsen ermorden? Es gab keine überzeugende Antwort auf diese Frage. Erstens unterlag Villadsen der Schweigepflicht, zweitens hätte er sich bestimmt damit zufrieden gegeben, wenn sein alter Freund und Mitstreiter ihm versichert hätte, sein Sohn sei eingewiesen und aus dem Verkehr gezogen worden. Das Ganze ergab einfach keinen Sinn.«

»Aber falls man dem Sohn den Mord an Villadsen hätte anhängen können, wäre es vielleicht gegangen«, warf Therkelsen ein.

Høyer schüttelte den Kopf. »Nein, das glaube ich nicht«, sagte er. »Aber das war es wohl, worauf Ry-Nielsen zuletzt noch hoffte. Sein Sohn war ja tot und konnte nicht mehr protestieren, aber sobald wir begonnen hätten, seine Fahrten nachzuvollziehen, hätte sich bestimmt gezeigt, dass er es nicht gewesen sein konnte, und außerdem gab es mindestens zwei, die Bescheid wussten. Der eine von ihnen hat zwar nur geraten, aber er konnte dem Druck trotzdem nicht mehr standhalten.«

»Der Werkmeister?«, fragte Møller.

»Ja«, erwiderte Høyer. »Er zeigte geradezu mit dem Finger auf Ry, aber da war ich selbst noch nicht ganz im Bilde. Mir standen Vorurteile im Weg, ich sah nur, was scheinbar ins Bild passte: einen nervenschwachen jungen Mann. Nervenschwäche ist ja ein weiter Begriff.«

Therkelsen musste unmerklich grinsen. Er kannte niemand anderen als Høyer, dem ›Vorurteile im Weg stehen‹ konnten.

»Ich finde eigentlich, dass du ziemlich schnell im Bilde warst«, meinte Møller und zündete sich eine Zigarette an, die bei ihm augenblicklich einen heftigen Hustenanfall auslöste. »Verdammt!«, rief er halb erstickt und rang nach Luft. »Eines schönen Tages werde ich daran sterben.«

»Solange du erst bei deiner vierten Zigarette hustest, hast du immer noch ein paar Monate zu leben«, sagte Høyer tröstend und Møller sah ihn böse an.

»Weiter Høyer«, sagte Hans Christian ungeduldig. »Du meintest, dass das Ganze keinen Sinn ergab.«

»Ja, es passte mir, wie gesagt, nicht, mit zwei Mördern zu operieren, aber für mich gab es nicht den geringsten Zweifel, dass Ry-Nielsen Villadsen ermordet hatte. Und dann versuchte ich, das Ganze in meinem Kopf einmal um die eigene Achse zu drehen und mir vorzustellen, dass es nur einen Mörder gab, und plötzlich fügten sich die einzelnen Teile zu einem Bild zusammen. Die Stiefel, der Mazda und nicht zuletzt die beiden Gespräche, die ich geführt hatte, zum einen mit seiner Frau, zum anderen mit dem Werkmeister, das Ganze passte mit Ry zusammen, sogar viel besser als mit seinem Sohn. Frau Ry-Nielsen war sicherlich eine trauernde Mutter, aber sie war vor allem eine verbitterte Ehefrau. Und die Reaktion des Werkmeisters wurde ebenfalls wesentlich verständlicher, wenn es Ry war, von dem er sprach. Es tat ihm nicht nur Leid, er war sogar todunglücklich, so als stünde er gerade im Begriff, seinen eigenen Bruder zu verraten; aber er schien keine größere Zuneigung für Rys Sohn zu empfinden. Es war Ry, mit dem er ›praktisch zusammen aufgewachsen‹ war, nicht wahr?«

»Ja, das klingt alles überaus einleuchtend«, meinte Møller. »Aber was ist mit den Nervenzusammenbrüchen des Sohnes. Wie willst du die erklären?«

»Er wusste oder hegte zumindest den Verdacht, dass sein Vater der Mädchenmörder war. Vielleicht hatte es etwas mit den Autos zu tun und vermutlich war Ry jeweils bei seinem Sohn zu Besuch, als die Morde verübt wurden. Jedenfalls hatte er diesen Verdacht und versuchte deshalb ›die Wirklichkeit zu verdrängen‹, wie seine Mutter es ausdrückte. Das Merkwürdige war doch, dass er seine Anfälle nicht unmittelbar nach der Tat erlitt, sondern immer erst, sobald die Öffentlichkeit von den Verbrechen in Kenntnis gesetzt wurde. Dafür könnte es selbstverständlich eine ganze Reihe einleuchtender psychologischer Gründe geben, aber in diesem Fall lag es ganz einfach daran, dass er erst dann von dem Verbrechen erfuhr.«

»Glaubst du, er beging Selbstmord, um die Schuld auf sich zu nehmen?«, fragte Therkelsen.

»Nein, er ahnte doch überhaupt nicht, dass wir ihn eine Zeit lang im Visier hatten. Aber ich glaube, er spürte, dass das Spiel aus war und er nicht länger in der Lage sein würde, ›die Wirklichkeit zu verdrängen‹. Und das war mehr, als er ertragen konnte. Seinen Vater so zu sehen, wie er wirklich war. Als einen Wahnsinnigen. Wie seine Mutter schon sagte: ›Wir liebten ihn beide sehr.‹ Da glaubte ich noch, sie würde von ihrem Sohn sprechen, aber sie meinte Ry.«

»Er *muss* wirklich wahnsinnig sein«, sagte Møller. »Total verrückt.«

»Tja«, meinte Høyer. »Das muss er wohl. Aber man wäre nie auf die Idee gekommen. Er war auch ein sehr charmanter Mann. Aber zu irgendeinem Zeitpunkt entwickelte sich da offensichtlich etwas in die falsche Richtung. Vielleicht schon vor vielen Jahren. Und es entwickelte sich zu einer Art Krebs der Seele. Er hätte schon viel früher gestoppt werden müssen.«

Er schwieg und sah nachdenklich ins Leere. Es gab

immer jemanden, der Bescheid wusste. Eine Frau, einen Vater, einen Freund, einen Sohn. Immer.

Høyer ließ zum Schutz vor den letzten tief stehenden Strahlen der Abendsonne die Jalousien herunter und drehte sich dann verblüfft zu Therkelsen um. »Was, zum Teufel!«, rief er aus. »Die Sonne scheint ja.«

Therkelsen grinste. »Sie scheint schon den ganzen Nachmittag, aber ich habe mir schon gedacht, dass du es nicht bemerkst. Du wirst sehen, jetzt kommt der Sommer.«

»Wir wollen es hoffen«, meinte Høyer.

Er gähnte. Er war müde. Niedergeschlagen. Gelegentlich spürte er, dass er langsam zu alt für seinen Job wurde. Er hatte den Eindruck, dass es ihm immer schwerer fiel, sich von der Arbeit freizumachen. Die Wirklichkeit zu verdrängen. Aber von Zeit zu Zeit musste man das einfach.

»Was ist mit Jes Villadsen?«, fragte Therkelsen, als Høyer an der Einfahrt mit dem üblichen Sammelsurium von Rädern und Mopeds hielt.

Høyer grinste. »Der kommt schon klar. Er heiratet seine Cousine und sie leben glücklich bis ans Ende ihrer Tage. Sie ist verliebt in ihn.«

»Meinst du?«, sagte Therkelsen verblüfft. »Ich glaube eher, dass er in sie verliebt ist.«

Høyer lachte. »Das auch, aber an dem anderen besteht auch kein Zweifel. Da bin ich mir sicher.«

Therkelsen zuckte mit den Schultern. Wenn Høyer das sagte, stimmte es sicher. Er stieg aus dem Wagen und blieb noch einen Moment in der geöffneten Autotür stehen. »Hast du eigentlich gehört, dass sie den Kleinen Johnny mit einer ›Probekollektion‹ seines Lagers in Kopenhagen geschnappt haben?«

»Nein, aber das wundert mich nicht. Er kann froh sein, dass er nicht Ry begegnet ist.«

»Glaubst du, dass …?«

»Ja, was hätte ihn schon daran hindern sollen?«

»Stimmt, da hast du Recht«, antwortete Therkelsen. »Na dann, bis bald.«

Er schlug die Tür zu und Høyer fuhr langsam fort.

»Hat sich was getan?«, fragte er, sobald er zu Hause angekommen war.

Seine Frau warf ihm ein kurzes nachsichtiges Lächeln zu und schüttelte den Kopf. »Nein, noch nicht.«

»Verdammt«, rief Høyer. »Das kann doch …«

»Aber jetzt tut sich bestimmt bald was«, unterbrach ihn seine Frau. »Sie hat Wehen.«

»Richtige oder wieder nur diese Senkwehen?«, fragte Høyer misstrauisch.

»Das wird sich ja zeigen«, meinte seine Frau. »Aber ich glaube, diesmal sind es richtige.«

»Hm«, sagte er.

»Hast du Hunger?«, fragte sie vorsichtig. Sie wusste, dass er jetzt nicht zum Reden aufgelegt war. Sie kannte die Symptome. Der Fall war gelöst, in ein paar Tagen würde er davon erzählen, aber jetzt nicht.

»Nein, ich habe gegessen«, sagte er. »Ich glaube, ich trinke einen Whisky-Soda.«

Er mixte sich das Getränk und setzte sich an den Schreibtisch. Wer weiß, wie viel oder wie wenig Villadsen überhaupt gewusst hat? Das würde wohl nie ans Licht kommen. Dann schüttelte er den Kopf über sich selbst, holte sich energischen Schritts eine Sonntagszeitung und schlug das Kreuzworträtsel auf. Entspannung. An etwas ganz anderes denken. Das Hirn mit Hilfe von Worten ohne Sinn leer fegen. Und dann ins Bett gehen und sich vor dem Ganzen in den Schlaf retten. So musste man es machen.

Aber es dauerte lange, bis er in dieser Nacht Ruhe fand. Erst gegen zwei sank er in einen tiefen, traumlosen

Schlaf. Er bekam kaum mit, dass das Telefon klingelte. Er konnte ihre Stimme hören, während er versuchte sich aus den Fängen des Schlafs zu befreien, aber er war zu weit weg, um die Worte zu verstehen.

Dann legte sie den Hörer auf und rüttelte ihn leicht an der Schulter.

»Herzlichen Glückwunsch!«, sagte sie. »Du bist Großvater geworden!«

»Großvater!« Høyer blinzelte, versuchte die Augen einen Spalt weit zu öffnen.

»Ja, eines großen Jungen«, sagte sie. »53 Zentimeter und 3300 Gramm.«

Høyer lächelte schläfrig. »Schön«, sagte er. »Großvater! Sehr schön.«

Er wollte eigentlich noch etwas sagen, aber der Schlaf übermannte ihn.

Das Letzte, was er noch wahrnahm, ehe er wieder in der traumlosen Dunkelheit versank, war der Regen, der an die Fenster schlug.

Das überraschte ihn nicht im Geringsten.

Kirsten Holst

Wege des Todes

ISBN 3-89425-510-2

»Wie Kirsten Holst ihren Kommissar Høyer ermitteln lässt, ist Krimivergnügen pur. ... Die Charaktere sind sorgfältig gezeichnet, ihre Sprache ist authentisch und klar und die Atmosphäre sachlich und lebendig zugleich – ein bisschen wie ein Wallander-Krimi und doch mit ganz eigener Note. Bitte mehr davon!« (Lit4you.de)

»Spannung und Nervenkitzel bietet der neue Roman von Kirsten Holst. Ein geschickt konstruierter Plot überrascht mit unerwarteten Wendungen. Komplexe Charaktere überzeugen mit stimmigen Dialogen. Die Autorin erzählt die temporeiche Story unaufgeregt und mit klarer Sprache. ›Wege des Todes‹ ist ein solider, niveauvoller Kriminalroman und unterhaltsam bis zum Schluss.« (marktplatz.dortmund.de/buchtipps)

»Als Carl Bruun jr. erfährt, dass er sich das erwartete Millionenerbe mit einer ihm unbekannten Halbschwester teilen muss, engagiert er einen Detektiv, um die unerwünschte Miterbin aufzuspüren und auszuforschen. Im Sommerhaus der Bruuns auf Jütland nimmt ein blutiges Drama seinen Lauf, das auch Kommissar a. D. Høyer nicht verhindern kann …« (Literatur-Report)

Internationale Kriminalromane

Harri Nykänen

Schwärzer als ein schwarzes Schaf

Aus dem Finnischen von Regine Pirschel

ISBN 3-89425-513-3

Befindet sich der Gentleman-Verbrecher Nygren auf einem Rachefeldzug im finnischen Norden? Doch bevor Kommissar Jansson Nygren und seinen Kumpel stoppen kann, wird der Unterweltkönig im tiefsten Lappland erschossen ...

Felix Thijssen

Isabelle

Aus dem Niederländischen von Stefanie Schäfer

ISBN 3-89425-513-7

Was als romantische Liebesnacht begann, endet als Tragödie: Der Liebhaber der jungen Isabelle wird vor ihren Augen erschossen, sie selbst schwer verletzt. Als die Ermittlungen der Polizei ins Stocken geraten, bittet die Witwe des Toten Max Winter um Hilfe. Eine Erbschaft, ein Waisenhaus und eine Adoption führen den Privatdetektiv auf die richtige Spur.

Jac. Toes

Tief gesunken

Aus dem Niederländischen von Stefanie Schäfer

ISBN 3-89425-516-1

In der Arnheimer Mafia rollen Köpfe. Eine Abrechnung unter Kriminellen? Oder hat die Polizei ihre Finger im Spiel? Fred Benter, Donald de Wacht und die Polizistin Yvonne Matiber kommen einer Verschwörung auf die Spur, die ihren Ursprung in politischen Ambitionen und verletzter Eitelkeit hat.

Sandrone Dazieri

Keine Schonzeit für den Gorilla

Aus dem Italienischen von Barbara Neeb

ISBN 3-89425-514-5

Gerade aus dem Krankenhaus entlassen, und schon zwei neue Fälle am Hals: In Cremona wird Sandrone in den Mord an einem jungen Albaner verstrickt, in Turin macht jemand dem Verleger Franco Scotti das Leben mit Drohungen und Anschlägen schwer. Hat einer der Verlagsmitarbeiter nicht nur schöngeistige Interessen?

grafit

Krimis von Jan Zweyer

Glück auf, Glück ab
ISBN 3-89425-212-X
Der erste Krimi mit Rainer Esch
Der Fahrsteiger Klaus Westhoff wird tot aufgefunden. Selbstmord, sagt die Polizei. Doch warum? Stefanie, Rainer Esch und Cengiz Kaya stoßen auf eine dubiose Investmentfirma.

Alte Genossen
ISBN 3-89425-221-9
Der zweite Krimi mit Rainer Esch
Die lukrative Tour für Taxifahrer Rainer Esch ist die letzte Fahrt von Jürgen Grohlers: Er wird erschossen. Und Esch wird fortan bedroht.

Siebte Sohle, Querschlag West
ISBN 3-89425-230-8
Der dritte Krimi mit Rainer Esch
Mord auf der siebten Sohle! Ein Bergmann wird tot aufgefunden. Schnell findet die Polizei einen Verdächtigen mit Gelegenheit und Motiv.

Tödliches Abseits
ISBN 3-89425-234-0
Der vierte Krimi mit Rainer Esch
Ein toter BVB-Anhänger, ein toter Bayern-Fan, ein toter HSF-Freund: Meuchelt ein fanatischer Schalke-Fan die Anhänger der Konkurrenz?

Georgs Geheimnis
ISBN 3-89425-242-1
Der fünfte Krimi mit Rainer Esch
Rentner Pawlitsch will wissen, ob sich Esch im Presserecht auskennt – und am nächsten Tag hat der Anwalt das Mandat eines Toten.

Tatort Töwerland
ISBN 3-89425-253-7
Der sechste Krimi mit Rainer Esch
Insel Juist, Weihnachten. Spekulanten streiten mit Ökos um einen Golfplatzbau. Und Rainer Esch gerät in einen Interessenkonflikt.

Glänzender Tod
ISBN 3-89425-263-4
Versicherungsdetektiv Jean Büsing sucht einen für tot erklärten Kunsthändler und gerät zwischen die Fronten von Kunstmafia und Geheimdiensten.